眼巴前儿那點事

二马 著

中国社会科学出版社

图书在版编目（CIP）数据

眼巴前儿那点事 / 二马著. —北京：中国社会科学出版社，2015.1
ISBN 978-7-5161-5183-9

Ⅰ．①眼… Ⅱ．①二… Ⅲ．①地方文化－北京市－文集
Ⅳ．①G127.1-53

中国版本图书馆CIP数据核字（2014）第289714号

出 版 人	赵剑英
责任编辑	王 斌
责任校对	鲁 鹏
责任印制	李寡寡

出　版	中国社会科学出版社
社　址	北京鼓楼西大街甲158号（邮编 100720）
网　址	http：//www.csspw.cn
	中文域名：中国社科网　010-64070619
发 行 部	010-84083685
门 市 部	010-84029450
经　销	新华书店及其他书店

印刷装订	三河市君旺印务有限公司
版　次	2015 年 1 月第 1 版
印　次	2015 年 1 月第 1 次印刷

开　本	880×1230　1/32
印　张	12.875
字　数	268 千字
定　价	32.00 元

序

　　我在北京劳动人民文化宫文学讲习班讲课时认识了一位中年人，他叫冯亚东。课间休息时他拿了一本我的书，让我签名。我一看，竟是一本我二十五年前的作品。他还一直保存着，是个有心人。

　　后来，他突然拿出一部书稿，说是他写的，是幽默小品文，已陆续在报刊上发表，集成了集子，让我写一篇序。

　　我饶有兴趣地读完，觉得怪有意思。

　　首先，这是一本幽默的书。凡是以幽默见长的书，都应该受到大鼓励。因为幽默的书，总的说来，并不多。过去，由于政治的原因，全国上下一时竟不知幽默为何物，仿佛完全断了代，绝了迹；而一旦遭到摧残，恢复起来，照例是不容易的。所以，幽默的书都应该受到欢迎，对其作者都要给予鼓励。

　　其次，冯亚东的故事都来源于生活，很有现代性，读起来感觉很熟悉，因熟悉而亲切。冯亚东一定是个敏感的人。生活中本来就有不少可笑的东西，但能敏锐地捉到却并不容易，所以应该感谢冯亚东，感谢他给人们提供了轻松愉快的作料，而这些作料一点都不生疏，仿佛就是眼前的事，只是大家并不刻意地留神，却让冯亚东一一捉到了，留住了，成了文章，成了书，留在了世上。

再次，冯亚东的文章都超短，可以算是小小说，这是一种新品种，干巴利落脆，抖一个包袱就结束，短小精悍，轻松之至，可读性颇强。这种小小文章自然有其特点和长处，起码是给不喜欢啃大块头的读者以很大的方便和可选性。

冯亚东正在起步之中，他还有很大的上升空间，也还可以写得更精练，因为抖包袱是不应该附加解释的，任何解释和注解都是多余的和泄劲的。

盼着冯亚东有更多、更好、更短的幽默小品文陆续问世，为这个特殊品种再添新花！

目
录

人在旅途

北京、北京

/ / /

一晃儿，在北京生活、工作都半个世纪了。上学的时候，一遇见写"我的家乡"作文就挠头，老想着家乡应该是"在小溪边游泳"，"上树能摘桃子"的世外桃源，而北京却是拥有540多万辆机动车，人口近3000万的特大城市，与我想像中的故乡有些不沾边。后来才慢慢明白过来，那么多人"削尖了脑袋"往北京钻，我还"生在福中不知福"。静静地想了又想，原来我最爱的还是北京。

保洁员

我家住在胡同里，每天都是上公共厕所。原来厕所保洁员是个小伙子，既然都是男性，即使他在做保洁时，你上厕所也无所谓。

前两天，小伙子回老家了，临时换了位女保洁员。

昨天，我去上厕所，刚要进厕所门，见女保洁员正在里面擦地，我就知趣地退了出来，到胡同里转了一圈，想等保洁员打扫完卫生再进去。

过了约莫五分钟，等我再进厕所时，看见虽然保洁员不在里面，可墩布还在，为保险起见，我在厕所门外大声喊了一句："有人吗？"还没等我进去呢，只见一男青年以冲刺的速度跑到我身边，急促对我说："大哥，我肚子不舒服，等我上完了，您再打扫行吗？"得，他把我当成厕所保洁员了。

疾病与口福

俗话说，有什么别有病，此话真是不假。邻居二哥刚过四十疾病就接踵而来。其实光有点儿病倒不要紧，最要命的是每得一种病就要减少一种口福，这是让二哥最不能容忍的。

前年，二哥得了中度脂肪肝，大夫下令，戒酒、戒肉、戒油饼。大夫一句话，就把二哥多年来的一点"爱好"给掐断了，害得二哥每天早晨在早点铺啃烧饼。

去年，二哥犯了痔疮，连喝豆腐脑都不敢放辣椒油。立秋后，二哥到"簋街"转了一圈，看见人家都吃麻辣小龙虾、麻辣烫，馋得二哥哈喇子都快流下来了。

今年春天，二哥又患上了富贵病——糖尿病，弄得他一夏天都没敢碰西瓜。这不，眼看着就到"中秋节"了，二哥开始满世界打听哪儿卖无糖月饼。

二嫂见二哥一天天消瘦，想给二哥补补。可二哥这不能吃、那不能喝，弄得二嫂也是'狗咬刺

猬'——没了辙。

二哥看出了二嫂的心思，拉着二嫂的手开玩笑："其实我每次看病，大夫都说这不能吃、那不能喝，我也就是缺点嘴，时间长了也就习惯了。我最害怕的是，哪天我去看病，大夫说：'想吃点什么就吃点什么吧'，那我可就悬了！"

盯梢

姐姐23岁那年，街坊给她介绍了一位男友，说好晚上六点半在中国美术馆门口见面。

不到六点，姐姐和介绍人就走出了院门。姐姐刚走，母亲就吩咐我去盯梢。一是怕天太晚了姐姐回来不安全，让我去接接，最主要的是让我看看那小子长的啥模样，跟姐姐合适不合适。

接了"圣旨"，我骑车直奔美术馆。美术馆东西两侧各有一块广告牌，见姐姐和介绍人在东侧广告牌下，我便在西侧广告牌下盘桓起来。第一次当"克格勃"，我心里咚咚直跳，使劲盯着广告牌上的字，念了5遍，才平静下来。

等我平静下来，再往东侧广告牌一看，那里竟空无一人。我的心一下缩紧了，赶忙飞车朝东四方向追去。约莫骑了一里地，却连个人影也没看见。我掉头往回骑，都快到沙滩了，才追上他俩。因为天太黑，我从侧面看了半天"姐夫"也没看清，为了对母亲有个交代，我决定正面出击。我快骑了几步停下来等他们。姐姐与"姐夫"一步步走近，我迎着"姐夫"走过去，问："请问大哥几点了？""姐夫"正与姐姐交谈，冷不丁从黑影里闪出个人，吓了一跳。他赶忙撸起袖子看表告诉了我。我只顾端详他，未答话。他以为我没听清，伸过胳膊让我看他腕子上戴的夜光表。在我道谢的时候，我偷眼看了一眼姐姐，她正把头扭向一边，抿着嘴乐。

两个月后，"姐夫"第一次登门，在与我握手时，盯着我看了半天，说："在哪里，在哪里见过你？"

水龙头横梁

70年代末，我住在有十几户人家的大杂院里。那时生活条件不好，十几户人家共同使用一个水龙头，特别不方便。

不光不方便，由于水龙头安在了大杂院一进门处，一到夏天，半条胡同的孩子都到我们院儿打水仗，水浪费得特别严重。那时每家都不富裕，多交几毛钱水费，谁家也吃不消。于是大家就商量用什么方法能挡住玩水的孩子。

老爸是铁工，根据工作经验，给大伙出了个主意，就是把铸铁水龙头顶端的小横梁给卸下来，然后由老爸给每家制作一个横梁，谁用水时谁带横梁，想玩水的孩子手里没横梁，根本开不了水龙头。大伙一听，这可是个好注意。老爸也是说干就干，到单位加工了十几个水龙头横梁，每家发了一个。

您还别说，这招儿还真把爱玩儿水的孩子给震住了，手里没有水龙头横梁，根本就打不开水龙头。

谁知好景不长，由于大伙忘性大，经常把水龙头横梁忘在水龙头上，横梁便成了玩儿水孩子的"战利品"。没出一个月，玩儿水孩子每人手里都有了水龙头横梁，这回轮着我们十几家住户打不开水龙头了。

高度近视

学校最近对图书馆进行了装修改造，在图书馆门口安装了两扇大玻璃门。没想到，学校两位高度近视的老师却都因玻璃门先后住进了医院。

第一位住院的是王老师。那天，他听说图书馆装修竣工了，就跑去看了看。结果图书馆大门的玻璃擦得太干净了，他又是高度近视，一头便撞到了玻璃上。顿时，头上鲜血直流，被同事送进了医院。

第二位住院的是赵老师。她也听说图书馆装修竣工了，还听说图书馆安上了一尘不染的大玻璃门。那天，赵老师两手抱着一摞刚收的学生作业簿去逛图书馆。那时玻璃门已被王老师撞坏，尚未安装新玻璃。赵老师也是高度近视，未发现大门是空的，到了图书馆门口，赵老师腾不出手去开门，就转过身，用屁股去顶玻璃门。谁知门是空的。赵老师一下子来了个后滚翻，把后腰摔伤了，也被同事送进了医院。

业余记者

前两天，报社组织我们二十多个摄影爱好者到郊区拍雪景。一路上，大家有说有笑，不但交流了摄影体会，还增进了彼此的感情。

我们乘坐的大轿子车刚进五环路，我们正说笑呢，只听"咣"的一声，车身猛地一震，把大家都吓了一跳，赶忙往窗外一看，原来是一辆"面包"违章超车，一下子与我们的车刮上了。我们的车右前脸凹进去一大块，面包车左前脸也瘪了一个大坑。面包车司机见惹了祸，开起车就想走，我们司机哪儿干啊，"蹭"地跳下车，与面包车司机理论起来。谁知面包车司机拿出一副死猪不怕开水烫的架势，说什么也不肯赔偿。

我们这帮摄影爱好者见状，一个个都很气愤，纷纷下了车，端起相机，对着面包车司机就拍了起来。正在耍横的面包车司机哪儿见过这阵势呀，被一下子"冒"出的二十多个"记者"吓了一跳，赶忙挥舞着手势，边挡镜头边说："有事好商量，千万别照相，别登报，要是我们领导看见了，非把我开除不可。"一转身，对我们司机说："那大哥，你估算一下，修车需要多少钱，我全赔了。"我们一听，都乐了，"早干什么去了。"

鹩哥说话

小区存车处看车的老头儿新近养了一只鹩哥。只要它一"说话"，就能把您逗乐了。

那天早上我送女儿上幼儿园，在存车处正开锁呢，冷不丁听见一句："早上好！"我以为是谁家上学的孩子和我打招呼，忙不迭地回了一句："早上好！"可等我抬头一看，四周根本没人，原来是那只鹩哥在说话。女儿一见鹩哥会说话，就逗它："你好，吃了吗？再见！"可鹩哥一言不发。女儿又逗了它几句，这回它开口了："小姑娘，学点好行吗？真讨厌！"就为这，我和女儿笑了一路。

刚到单位，我就接到了老婆的电话。电话里讲述了早上在存车处遇到的逗事儿："我刚进车棚就听到了长长的口哨声，我正找吹口哨的人呢，又传来 I LOVE YOU，我以为遇到了骚扰，正要发火，抬头一看是只鹩哥。存车老头说，这只鹩哥有个习惯，一见年轻女性经过，先是吹口哨，然后就说 I LOVE YOU，男的过来，它绝对不说，整个一流氓鹩哥。老婆在电话那头边说边笑。

最可乐的是，那天，我下班后有事，晚上 11 点才到家。刚进存车处，就听见鹩哥大声说："早上好。"

走婚

王大妈在居委会工作。上个月有人把小区里的一只弃猫送到居委会，王大妈见是只不大的小母猫，嗷嗷地叫着，像是好几天没吃东西了，觉得怪可怜的，就把它抱回了四合院的家中，还给它起了个好听的名字——淘淘。

前两周，淘淘身体还有些虚弱，大门不出，二门不迈，颇有"大家闺秀"的风范。在王大妈的精心照料下，淘淘逐渐恢复了体力。身体一好，可就不是它了，逐渐暴露出了动物的本性。头几天，白天出去后还能在午夜前赶回来，再往后，便发展到"夜不归宿"了。王大妈心里明白，淘淘肯定是被其他野猫勾搭坏了，出去"早恋"了，可好几天了，怎么也得让我见见对方的面啊。

前天中午，王大妈回家吃午饭。还没进门呢，就听见屋里有点动静，隔着玻璃往屋里一看，见淘淘和一只大白猫正共进"午餐"呢。王大妈进了屋，主动和大白猫打招呼，"哟，猫姑爷来了。"大白猫一见有人来，赶忙和淘淘跑出去"走婚"了。

找鞋

邻居王大爷虽说七十好几了，可身子骨还算硬朗。社会上有点新鲜事，他一定会跟着凑个热闹。

前两天，王大爷从报纸上得知，一家电器商场搞促销，一台34英寸的液晶彩电仅卖一元。王大爷看罢报纸，动心了。促销那天，他夜里两点就起床了。到商场一看，他前面都排了百八十人了。一打听才知道，促销的彩电总共才20台，靠抓阄决定谁是幸运者。望着黑压压的人群，王大爷本有心回去，可转念一想，既然来了，不妨碰碰运气。

在街上冻了六、七个小时，商场终于开门了。本来排得好好的队伍一时大乱，人们蜂拥而入。王大爷只顾往前跑，被前面的人绊住摔了一跤，一只鞋给摔掉了。后面的人拥着他，他根本就顾不上找鞋。最后，王大爷彩电没买着，倒是光着一只脚回了家。

第二天，王大爷给商场打电话，问捡没捡到一只鞋。人家叫他快来认领。王大爷一听挺高兴，急忙赶了去。到那儿一看，差点没背过气去。只见墙角放着两个大箩筐，里面装满了昨天挤丢的鞋。

经理

我家楼下有一家小吃店，面积不大，也就20多平方米，总共才四位工作人员。四个人分工合作，一个人卖，三个人做。您甭看店面不大，每天早上却是吃客盈门，四个人忙得不亦乐乎。

生意好，不光是他们做得小吃口味地道，更可人疼的是

这四个人喜欢调侃，忙里偷闲也得开几句玩笑，尤其是外面卖货这位。大家在这种氛围中用餐感觉很舒服。

这四个人，三个做早点的分别姓尤、唐、白，卖早点的这位姓寿。四个人经常互称经理。您这儿正排着队呢，他冷不丁就来一句："尤经理，上油饼！"吃客中大多是回头客，跟他们混熟了，也随着他们的习惯，见了面也称他们为经理。我也是这里的常客。早上一进门，我就跟他们打招呼："寿经理，您这儿又卖着呢？""呦，冯爷，我这是北京老太太活100岁——长寿（售）。"正说着，电话铃响了，寿经理手上有油，没敢直接接话筒，随手摁了一下免提键，只听里面大声说："请给我找一下豆浆部经理。"寿经理赶紧接话茬道："请问您是找糖浆部经理还是白浆部经理？"他的话还没说完，我跟那些吃客都笑弯了腰。

豆汁儿

一天早上，我到华天小吃店吃早点。刚吃到一半儿，只见一推门进来了四位食客，一听说话口音就知道他们是从南方来的。估计他们是第一次来北京，各种小吃名字都叫不上来，更甭说小吃的味道了。

服务员一一为他们介绍了小吃的名字和味道，听完介绍，他们点了油饼、焦圈儿、糖耳朵、驴打滚儿后，又对"流食"产生了兴趣。服务员又给他们介绍了面茶、豆腐脑、豆浆等。他们每样都要了一碗。

这时，他们当中的一位像发现了新大陆一样，指着不远处椅子上放着的一个水桶说："听说北京的豆汁儿最好喝，今天终于见到了，快给我盛一碗尝尝！"服务员回头一看，笑着说："这'豆汁儿'还真不能给您盛，那是我们洗抹布的水。"

高消费

邻居王大妈今年六十多岁了，属于典型的"一分钱掰两半花"的那种人。也难怪，为了抚养五个子女，王大妈一辈子没工作，挑家过日子就靠老伴的那点工资不算计着花行吗？

如今五个子女都结婚另过了，每逢过年过节都忘不了给王大妈一些钱，渐渐地，王大妈的存折也有了五位数的存款。可有钱归有钱，王大妈就是改不了"抠儿"的习惯，仍是舍

不得吃舍不得穿，就为这老伴没少跟她闹气。

就拿家里用水来说吧。每次洗菜水、洗米水，王大妈都舍不得倒掉，留着冲马桶。这到也不为过。但油乎乎的刷锅水她也留着，一次两次也就算了，时间一长老伴受不了了，和她吵吵起来："你会过我不拦你，可用刷锅水冲马桶，水上漂着油，边上沾着油，省下的钱还不够买洁厕灵的呢，你这是省钱还是糟践钱？"听老伴这么说，王大妈不干了，气乎乎地和老伴吵了一架，转身到银行取了2000块钱，气老伴说："既然日子不过了，我现在就奔王府井把钱都花了，我也要高消费一回！"

直到天黑王大妈才进门，老伴气早消了，凑上前问她："你去高消费都买了些什么呀？"王大妈扑哧一乐说："我就花一块五喝了瓶酸奶。"

店庆与打折

我和同学小宋、小赵都是商业学校毕业的，后来都分到了北京各大商场工作。由于是好哥们，虽然大家工作都很忙，但还是经常抽空见见面，谈谈工作，叙叙旧。

前两天，我们又聚了一次。吃饭的时候，我们聊起了商场打折的事。小宋抢着说："今年是我们商场开业 76 周年，全场打七六折，你们要买东西，赶快到我们商场来。"小赵接着说："我们商场跟共和国同龄，这几天我们商场搞店庆，打六一折，比七六折实惠多了。"

见我半天没说话，小宋、小赵都问我那儿怎么样。我叹口气，说："我们商场可不敢跟你们比，你们打七六折也好，打六一折也罢，还都能赚到钱，可我新去的这家商场去年才开业，今年才店庆一周年，要打折才打一折，还不得赔死。"

看车牌

昨天，郝大妈去早市的路上被一辆抢行的小轿车撞伤了左腿。撞人的司机非但没有下车救助，反而一加油门溜之大吉了。

郝大妈在地上痛苦地呻吟着，一位好心的路人见状拨打了 122 报警电话，不到 10 分钟，一位交警骑着摩托车赶来了。他蹲

下来，向郝大妈询问有关情况："大妈，您看清楚他的车牌号了吗？"郝大妈摇摇头。"那您知道是什么车撞的您吗？""这我倒看清了。""什么车啊？""那车后头写着'ABS'。"

影迷

1978 年，上初二的我迷上看电影，一年中，大概看了200 多场电影。甭看看了这么多场电影，却从没买过电影票。我有一哥们儿叫赵二，他父亲是搞文艺的，认识人多，三天两头拿回"内部"电影票，每次都是我与赵二同去。

那时，我家住市中心，南到永定门，北到立水桥，东到十里堡，西到五棵松，大大小小的电影院、内部礼堂，没有没去过的。

说起看电影的劲头，原则只有一个，就是甭管电影院有多远，也甭管在家正干着什么，只要赵二一来，立刻放下手里的事，蹬上车跟赵二就走。

那天，一家人正吃晚饭，热乎乎的饺子刚端上桌，我拿起筷子刚要夹，这时赵二一推门进来了，我二话没说，放下筷子就跟赵二奔了电影院。

那年三九天的一个傍晚，外面的气温已降到了零下十几度，天上还下着中雪，我正琢磨着早点休息，没想到赵二来了。赵二一进门，拉起我就走，我忙问："今天咱们去哪儿啊？""中山公园音乐堂（那时音乐堂还是露天的）。""看什么片子？""《冰山上的来客》。"我一听，后脊梁都冒出了冷汗。

驴打滚儿

上个世纪 70 年代初，我七、八岁那年。有一天，妈妈带我和姐姐去逛隆福寺。在隆福寺小吃店前，我站着不走了，非要妈妈给我买小吃。妈妈没办法，拉着我和姐姐走了进去。售货员是位中年妇女，妈妈对她说："同志，请您给拿两块驴打滚儿。"售货员警惕地向两边扫了一眼，小声地对妈妈说："同志，驴打滚是'四旧'的称呼，现在早改名叫豆面糕了。您这是碰见我了，要是碰见别人，人家听了准说您觉悟低。"妈妈感激地点头称谢。

日历翻到了 2002 年。

前几天，我又陪年逾古稀的妈妈去逛隆福寺。在隆福寺小吃店前，妈妈提起当年的事，觉得挺可笑。说着话又走进去买小吃。

这回售货的是位小姐。妈妈老了，对人对物的称呼都改不过

来了："同志，您给我拿两块豆面糕。"小姐说话还挺客气："哟！大妈，我们这店可是老字号，从来没卖过豆面糕。"妈妈指了指柜台里的小吃说："那不是豆面糕吗？""嗨，那叫驴打滚儿啊！您怎么管它叫豆面糕啊！真逗！"小姐笑着说。

暑期工

每到暑假，也就是旅游旺季，我们公园都要招一批暑期工，以缓解人力不足。暑期工里，绝大部分是高考完事的学生，既进行了社会实践，多少也能有点收入。

小曹姑娘干了快一个月暑期工了，昨天听说她收到了大学录取通知书，还听说她决定再干儿天就不干了，玩上几天，就开学了。

今天一大早，小曹的妈妈找到我，把请假的事儿说了一遍。说实话，小曹干的不错，现在离开学还早，我就想挽留她再干些日子，也给自己多攒点零花钱。小曹妈妈笑着说："我让她打工，主要是让她接触接触社会，并不是为了钱，再说了，她干了一个月，也挣了三千块钱，够花一阵子了。""多少钱？我听说我们公园一天才给 40 元补助，外加 5 元钱饭补，干一个月，怎么会挣三千块钱呢？"小曹妈妈一听，有些不好意思，说："是这么回事儿，小曹嫌每天的工资太少，说少了 100 元不去，没办法，我每天'补助'她 55 元，凑成了日工资 100 元。"

胖舞伴儿

同事胖丫和胖三哥是一对舞伴。只要单位一有活动，两人肯定"友情出场"。甭看胖三哥体重 120 公斤，胖丫也朝着 100 公斤发展，可两人一跳起舞来却"身轻如燕"，没有一点蠢的感觉。可就一样，胖三哥和胖丫的肚子太大了，胖三哥搂胖丫的腰部、胖丫把手搭在胖三哥的肩上，都觉得有点"够"得慌。随着两个人体重的日益增加，这种感觉越来越明显。

两人的这种尴尬被同事大赵发现了。他是个很能替别人操心的人，发誓要为两人排忧解难。

终于有一天，人们发现胖三哥和胖丫又能"抱"在一起跳舞了。细心的人发现，把他们"连"在一起的是每人手里拿着一个勾在对方腰部和肩膀上的大赵为他们定做的大如手掌的"痒痒挠"。

换车

三姨开的车尾号是"6"，正赶上周二车限号。周二那天，三姨要赶到位于四环外的上级单位开一个很重要的会，特意起了个大早儿，才六点五十就进了单位。刚下车，就看见同事小齐也开车进了单位大门，停在了三姨的车边上。三姨打开小齐的车门，说自己的车今天限号，现在急着去上级单位开会，要借小齐的车一用。

小齐刚一下车，三姨就迫不及待坐到了驾驶座儿上，关上车门就打着了火。小齐要解释什么，紧着敲车窗玻璃，三姨着急走，就说了句："回来再说吧。"就开着车，一溜烟儿地驶离了单位。

刚上路还没一公里，三姨就被交通警察拦了下来。三姨好生奇怪，自己没违反交通法规，他没事拦我干吗？警察敬了个礼，说三姨开的车今天限号。三姨理直气壮地说："这个我知道，我的车尾号是'6'，今天限号，所以把车停在了单位，开了别人的车出来的。"警察指了指车的尾号"1"说："今天尾号是'1'的车也限号。"三姨如梦方醒，拍着脑门儿说："我说小齐每天都迟到，今天怎么来那么早呢，原来他的车今天也限号啊。"

反其道而行

周末，我开车拉着老婆去逛家居商场。车刚上了东三环南路，交通广播就传来东三环中路和北路堵车的消息，主持人规劝大家改走周边线路，以免耽误行程。

老婆听完广播，建议我走三环路东侧的一条路。我只当是耳旁风，依然沿着三环路走。可越往前走，车堵得越厉害。这时广播里不断劝导大家别走三环路，要大家改走周边线路。老婆见前边堵得都不动了，又劝我走别的路。我依然我行我素，不动地方。老婆又反复唠叨了几句。我不耐烦地说："用不了五分钟，前面不但不堵车了，还一路畅通。"老婆说我吹牛，我让她瞧好吧。

果然，时间过了不到三分钟，前面的车开始松动，不一会儿就陆续走起来，最后就达到了时速60公里以上了。老婆挺好奇，问我怎么知道用不了多会儿车就好走了。我不屑地哼了一下，说："你没听见广播里一个劲儿说前面堵车，劝大家走其他路，听话的或胆小的肯定不敢走三环路了，都改走其他路了，你说三环路能不好走吗？我这叫反其道而行之，你现在到其他路看看去，肯定堵成一锅粥了。"

神奇手套

天转凉后，每天早晨乘坐公交车时，老婆都戴双薄手套。一是嫌车内栏杆凉，戴手套能起到保暖作用，再一个就是戴手套扶栏杆，也干净卫生些。

昨天早上，老婆又乘公交车上班。等车时，老婆从兜里拿出'迷你'公交卡，一时没地儿放，随手就把公交卡放进了手套里。

车进站了，老婆迈进车厢，举起手朝读卡器上挥了一下，读卡器长鸣了一下，老婆便朝车厢里面走去。刚扶着栏杆站好，后面上车的一位小伙子凑过来："大姐，您这手套在哪儿买的。"老婆也没在意，随口说："在批发市场批的。""这手套一定很贵吧？"小伙子问。"不贵，才几块钱一双。""我才不信呢，几块钱的手套，能当公交卡使？在读卡器前一比画还能响。"

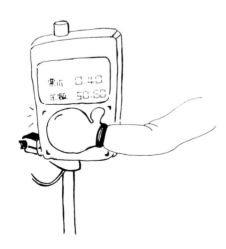

我的朝花夕拾

　　人过五十，怀旧，也就成了生活中挥之不去的、每天必做的功课之一。有人说这是衰老的表现，但却是无法抗拒的现实。怀旧，有时出现在同学聚会中，有时出现在街头与同学偶遇中，更多的是出现在对子女的教育中。虽然童年、少年时生活的远远没有今天这么惬意，但孩提时代的纯真、过去的人和事还是常常萦绕在脑海中。

班车

学车后，由于驾校地点偏僻，根本不通公交车，每天清晨我只好早早起床，为的就是能赶上驾校的班车。

学车第一天，由于天黑再加上经验不足，我竟没赶上驾校的班车，却误打误撞地上了另外一所驾校的班车，令人惊喜的是，这辆班车离我的驾校竟近在咫尺，真是老天爷饿不死瞎家雀儿。

第二天，我又在始发地等班车。奇怪的是，我总是等不来自己驾校的班车，而总是"蹭"相邻驾校的班车。

转眼一个礼拜过去了，那天早上我正等驾校的班车呢，突然发现自己驾校的班车与相邻驾校的班车前后脚来了。见自己驾校的班车来了，我还挺兴奋，终于可以不用麻烦人家，也可以坐一次自己驾校的班车了。就在我抬腿上车时，司机竟大声嚷道："坐自己驾校的班车去，我这车不拉外人。"我赶忙解释说，我就是您这所驾校的。谁知司机竟不信任地说："骗谁呢，一个礼拜了，我天天看见你从后面那辆班车上下来，你蒙不了我。"您说我冤不冤呀。

娃娃脸

我从小到大都长了张娃娃脸。如今都快奔"四张"了，可同事们都说我长得面嫩，看着不过三十出头。我一直以为他们是在恭维我，可前几天我去了趟医院，才知道他们说的没错。

给我看病的老中医在把了脉、问了病情后，让坐在对面的年轻女徒弟给我开化验单。女大夫写好名字，问我："二十几岁？"我听了一愣，如实回答："三十六岁。"女大夫不知是没听清还是我回答的与她想象的出入太大，抬头仔细打量了我一番，语气肯定地又问了我一遍："问你呢，二十几岁？"我只得又回答了一遍。只见女大夫又犹豫了一下，才不情愿的在化验单上填上"36"。我心想这大夫的眼真够拙的，我在你眼里真有那么年轻吗？

36岁

我拿了化验单刚走出诊室，女大夫竟跟了出来，叫住我说："医院可不允许用别人的名字看病啊。"这都哪儿跟哪儿啊。

不是好人

前些日子我大病了一场，住了一个月的医院。住院期间，我去化验的时候，在楼道里遇见了小学王老师。王老师都六十多岁了，记忆力还那么好，竟然叫出了我的名字。想想也是，虽说近三十年没见面了，可那时我是全校有名的好学生，王老师记着我也不足为奇。

病好以后，我没歇几天就上班了。一天晚上，我刚回家就接到了王老师打来的电话，一个劲儿地询问我的病情。当得知我已经上班时，王老师有些激动："亚东啊，你可不能光想着工作不顾身体呀，你要记住，你现在可不是一个'好人'呀！"我一听老师这么关心我，感动的不得了，立刻表示："王老师，我了解自己的身体情况，我从来就没把自己当好人，我知道自己不是好人呀！"

生日

　　我的生日是 10 月 8 日，几年前被国家定为了"全国高血压日"。而老婆的生日是 5 月 18 日，正好与一家大商场的生日相同。每年的这一天，商场就会打出广告，"凡是与本商场同一天生日的顾客，可凭身份证领取精美礼品一份。"因此，老婆每年过生日时都会领到一份生日礼物。

　　又到我的生日了，老婆正跟我商量生日该怎么过时，又不禁吹嘘起自己的生日来："你看咱这生日过的，每年大商场都送我礼物，再瞧你这生日，偏偏赶上了'高血压日'，有谁会送你礼物啊？"

　　8 日那天下班后，我刚进家门，老婆就兴奋地拿出一张报纸对我说："你快看看，报上说了，凡是 10 月 8 日过生日者可领礼物一份。"我接过报纸一看，只见上面写到：凡 10

月8日过生日的高血压患者，可领取降压药品一份。"得，看来我要想领到礼物，还得先得上高血压。

因祸得福

我上小学时，常因为调皮而被老师留下。

最后一次被留下是在"儿童节"的前一天，我和另外三个男生用足球把教室玻璃踢碎了。全校静校后，我们四个捣蛋鬼在老师办公室笔管条直地"低头认罪"。正当我们商量该由谁赔偿时，校长急火火地走进来。原来她要找四名学生参加第二天在人民大会堂举办的"六一"联欢会。可全校除了我们四个，哪儿还有学生啊（那时候谁家都没电话，通知个事非常困难）。于是，经过校长训话后，重任就落在了我们四个肩上。

能参加如此盛大的联欢会对我们四个震动很大。回到学校后，我们像变了个人，不论是纪律还是学习，都大有长进。几年后，全班只有我们四个考上了大学。

监考

80年代初，我上高一的那年期末，全年级参加市里的统考。统考那天，我一进教室就觉得气氛不对，全年级最乱的我们班每天都是人声鼎沸，此时却鸦雀无声。只见讲台后面正襟危坐着一位白发苍苍的老太太。甭问，准是监考老师，是她把同学们给镇住了。

这位老师我从没见过，绝不是本校老师，莫非她是上级派来的教授？可她又穿着一身劳动布工作服。我正瞎琢磨着，考试开始了。老太太真是金口玉言，总共才说了四个字："好好写啊！"然后就目不转睛地盯着大家考试。

老太太话越少，同学们越觉得她有来头，不知哪路神仙下凡了。在考试的90分钟里，没有人敢轻举妄动，就连平时的"作弊大王"也没敢把准备好的纸条拿出来，更甭说窃窃私语、

下位子偷看别人试卷了。你什么时候抬头，都能看到老太太威严的目光在盯着你。结果，此次考试全班有三分之一的人不及格（此乃后话）。

可第二天早晨，我刚进校门，就见昨天监考的老太太正拿一把扫帚在扫操场。我心里很纳闷，后来一打听，才知道老太太是学校新招的清洁工。昨天考试前，监考老师突然发病，一时找不着监考老师，临时让她当了一回替身。据说这位老太太还是文盲，连自己名字都写不好。回到班里，我把探听到的情况跟同学们一说，没把大伙儿的鼻子气歪了，尤其是那些考试不及格的同学。

语言障碍

20 年前，社会上风行《风雪夜归人》，先是话剧，后来又改编成了广东粤剧。当时，演出票非常难买，同学小齐好不容易搞到两张粤剧票，拉我一同去看。

演出一开始，我就后悔来了。倒不是演出不精彩，而是因为语言有障碍，本来广东话就听不懂，再唱出来跟听外语没什么区别了。台上只要一道白、一开唱，我就赶紧抬头看墙上的字幕，然后再抽空儿看看演员，到后来，大唱段越来越多，脖子也累的受不了了，干脆就仰着头看字幕，不看演员了。

　　我坐在第二排，前一排是中央人民广播电台的录音师在录音。刚开始我还挺羡慕他们的，因为他们每人手里都有一个厚厚的剧本。不像我们还得仰着头看字幕。后来我才发现，他们也够累的，闹了半天也听不懂粤语，都低着头看剧本，从来没抬过头看演员。我又回头看了看，展现在我面前的是这样一幅画面：偌大的人民剧场里，几乎没人看演员，不是抬头看字幕，就是低头看剧本。台上与台下、演员与观众缺乏交流，还不如买盘磁带回家听呢。

调电视

　　25 年前，我家攒了一年多的钱，又托了熟人，终于从商场抱回来一台 12 英寸的黑白电视机。

　　电视机是买回来了，可家里谁也不会摆弄，母亲跑了两条胡同，才找着公用电话，让当电工的弟弟帮忙鼓捣鼓捣电视。

　　舅舅虽说是正式电工，干起电路活是轻车熟路，可鼓捣电视那可是大姑娘上轿——头一回。他面对电视上一大溜的旋钮也是一筹莫展，没比我们强哪儿去。

没办法，既然来了，舅舅也只好对照着说明书鼓捣起来。

要说电视这东西搁到现在根本就不算什么，拿遥控器就可以完成各项操作了。可在25年前，电视可着实是个稀罕物。街坊邻居听说我家买了电视。半条胡同的男女老少都挤进了我家，来晚的，就在院子里站着，说什么也要瞧一眼"小电影"。

舅舅费了九牛二虎的劲儿才把电视鼓捣出图像来，街坊们一阵欢呼。可谁知银幕上的"小人儿"出来不到半小时，就再也不出来了（那时每天晚上只播放三、四个小时的电视节目），给大伙留下了大大的遗憾，相约明天早点到我家看节目。

第二天晚上，街坊们早早地就围坐在电视机前等着看节目。19：00，终于盼到了电视中有了节目，孩子们一片欢呼声，但遗憾的是图像特别白、特别亮，晃得大伙儿眼睛直发花，不免有些抱怨。可抱怨归抱怨，一屋子人谁也舍不得走，眼睛紧盯着那个晃眼的电视，却没有一个人想起去调一调电视的对比度。后来，有的人都开始流眼泪了，才恋恋不舍地回家了。

等街坊们一走，老妈一边揉着眼睛一边埋怨这电视的不是，并与大伙儿商量有没有解决办法。

第三天晚上，当街坊们又来我家看电视时，意外地发现我家五口人每人都戴了一副墨镜。

败事有余

33 年前，我上初二。学校为了培养学生爱劳动的品格，经常组织我们从事公益劳动。

校外劳动地点选在美术馆东侧的街心公园。那时北京的街心公园屈指可数。因此，即便是三九天，那里也断不了在长椅上谈情说爱的。

我们一拨十几个半大小子每人扛着一把扫帚来到公园。十二三岁正是"少年不知爱滋味"的年龄，我们对长椅上卿卿我我的男女视而不见，不管三七二十一，抢起扫帚就扫。三九天本来尘土就大，再加上十几把扫帚一抢，您想想，他们在长椅上还坐得住吗？纷纷掩鼻而去。见他们走了，我们几个倒高兴起来，大叫："鬼子夹着尾巴逃跑了。"

由于这样的公益劳动每周都组织。后来，只要我们几个"愣头青"在公园门口一出现，人们便溜之大吉。有好事者把情况反映到校方，这哪儿是公益劳动啊？纯粹是给人们添堵。

从那以后，学校就不让我们出去"做好事"了。而是安排我和另一男生每天课后冲厕所。那时教学楼的厕所非常简陋，就三块一米高的挡板，中间两个蹲位。进厕所后，我俩每人端一盆水，也没问有人没人，就朝挡板上方泼去，随着一声惨叫，只见两块挡板间晃晃悠悠"水鸡子"似的站起来一位老师。他一边抖搂着身上的水，一边怒视着我们。

称呼

单位里互称"同志"的年代我没赶上。等我工作了，大家都互称"师傅"了。于是，甭管大姑娘小媳妇，还是小伙子老头老太太，一律互称"师傅"。不仅显着自己谦虚，还挺尊重人，以为就这么叫下去了，谁知改革开放没几年，称呼就变了。

这次变的还真前卫，同事间改称"先生"、"小姐"了，男的还好说，甭管多大岁数，称先生都不为过。可岁数大的女士，称人家小姐，人家准会跟一句："我是小姐她妈。"再后来，当"小姐"一词成为一种不光彩职业的代名词时，您再叫人小姐，人家敢跟你急。看来这称呼还得改。

果不其然，从前两年开始，单位同事间又改称"哥"、

"姐"了。这一称呼虽然有称兄道弟之嫌，但叫惯了，也就约定俗成了。找谁办事，把姓搁前头，后面加个哥、姐，透着亲切。从每天清晨一上班起，您就听吧，"赵哥好"、"李姐早"不绝于耳。大家都这么叫，可没想到那天就出了娄子。

捅娄子的小王刚分到单位没几天，百八十号人里数他最小，他见谁都得叫哥、姐。

小王人聪明，嘴也甜，很快就入乡随俗，张嘴闭嘴，赵哥、王姐叫的那一个溜儿。可那天他叫哥姐却得罪了人。因为他叫姐的那人姓姚，叫哥的那人姓韦，他一叫成了"窑姐"和"伟哥"了。

公园与工作

/ / /

在皇家园林上班，虽然比不上白领的高收入，但能在"看得见风景的"房间里工作，在比周边多几倍的负氧离子环境下"施展拳脚"，也着实让整日关在"水泥格子"里的白领们羡慕不已。其实，在公园上班，不光环境好，三教九流、中外游客无不接触。接触的人多了，有趣的事还能少吗？

VIP 卡

前些日子，单位更换工资卡。下发的时候，99% 的人都是蓝色的普通卡，只有我和少数几个人是金色的卡。小曹一见，羡慕得不得了："冯哥，您这是 VIP 卡呀，一般人要存 20 万元才能得到，拿这卡到银行办理业务不排队，跨行取钱不用交手续费……"我到会计那儿一打听，原来是蓝色普通卡不够了，为不耽误发工资，只好增加了几张 VIP 卡。

昨天上午，我和小曹到银行存钱。路上，小曹说我拿的是 VIP 卡，肯定快，办完了等他一会儿。

一进银行大厅，没想到只有三、五个人，小曹拿号后，我也想拿一个，谁知值班经理却对我说："您是 VIP 卡，请到二楼 VIP 厅办理。"

一上二楼，只见十几个沙发坐得满满的人，二楼值班经理歉意地笑笑，说："这些都是 VIP 用户，请您耐心等待。"

20 分钟过去了，才叫了 5 个号。我正心里叫苦呢，小曹的电话打来了："冯哥，我这儿办完半天了，你在哪儿等我呢？"

发芽土豆

我们部门在一所四合院内办公。由于没有食堂，我们十几个人中午都是自己做饭吃。去年刚冷的时候，小王图省事，到批发市场拉回来一麻包土豆，足足有二百斤。

土豆堆在那儿，可谁也不爱吃，吃了一冬天，也就吃了一少半。昨天轮到我做饭，我打开麻袋一看，一百多斤土豆全都长了长长的芽，惊得我大嚷一声。

听见我嚷嚷，大家全都跑了出来看热闹。大张说，这土豆长了芽可不能再吃了，吃了容易食物中毒。小曹反驳说，这么多土豆不吃，那可就浪费了，只要把芽挖掉，还是可以吃的。大张说，要吃你自己吃，我可不吃。小赵出主意说，不如再等两天，等天暖和了，把这些土豆种在后院得了。老宋说这主意好，旧土豆没糟蹋，还能吃上新土豆，不过我在插队时种过土豆，这百十斤土豆种下去，最少能收获几千斤新土豆，到了秋天，咱们公司的人恐怕就不能再办公了。那干吗去？小曹问。"到新发地批发土豆去。"老宋笑着说。

购年票

公园发售年票时，我一直盯在现场，工作虽然枯燥，但时不常地也会出现一些乐事。

前几天，一位老大爷到公园购买年票。问工作人员："再过半年，我就年满65周岁了，还用买年票吗？"工作人员回答："年满65岁，可到街道办理老年优待卡，就可以免费逛公园了。""我到街道问了，我的老年优待卡要到七月份年满65岁才能给我，前半年我逛公园怎么办？""那您就买一张50元的年票？""那我可就亏了，因为后半年我就不用年票了，能卖我一张'半年票吗'？"

昨天上午，大家正忙着。忽然有人大声嚷嚷起来。我赶紧挤过去了解情况。一位老太太说工作人员欺负她。我忙问怎么回事。老太太说她要买50元的年票，可政策规定要年满60岁才能享受50元的年票，也就是必须是1953年出生或之前出生的人才能享受这一待遇。老太太拿出身份证，上面赫然写着老太太是1954年出生的。我们解释了半天，可老太太就是认准了她年满60岁，还信誓旦旦地说："我们老家的人都按虚岁算，没有你们这么不讲理的。"引来周围游客的笑声。

买年票

我要从郊区进城到公园办理年票。同事们听说了，都纷纷让我捎带。你三张，他五张，你买五十一张的，他买一百一张的，还有要买二百一张的，不一会儿，就凑了近百张。

到了年票发售点我才知道，敢情不论多少面值的年票，每张年票都要缴三元工本费，我一共买97张年票，光工本费就小三百元。出来的时候不知道，现在知道了，也没法回去管人家要，再说每张就三块钱，也不好意思张口，没办法，只好自己出了。好家伙，一下子就搭上了近三百块。

回到单位，大伙取回自己的年票，高兴得合不拢嘴。快退休的老李估计知道工本费的事，问我钱够不够，我尴尬地咧了咧嘴儿，不情愿地说够了。老李信以为真，高兴地说："今年真不错，不光增加了几个公园，连工本费也免了，为我们想得真周到。"

……山

昨天吃完午饭，小曹走进办公室，神秘地对我说："我刚听说，咱们公园要组织春游了。""去哪儿？"我一听，立马来了精神。"听说是'五什么山'？""五指山？"我猜道。"没那么远吧，那得玩儿天呀，公园的工作还怎么做呀。""那就是武夷山，不远不近，正合适。""也没那么远吧。""那不会是武当山吧？就事再逛会儿神农架，都是一条线路。"我接着猜到。小曹还是摇摇头。

正聊着呢，小赵走了进来。我赶紧拉他坐下，把事情的原委讲了一遍，让他帮忙猜是'五什么山'。小赵听罢，一拍脑袋，说："我数了数，归了包堆儿就有四座'五（武）'字打头的山，你猜了三座，就没猜着'五台山'。"

双 11

11 月 11 日中午，同一办公室的单身男孩小曹拉我一块去吃午饭，我手头正好还有点活儿没完，就叫他自己先去。

大约过了半小时，小曹回来了。一进办公室，小曹就连打了好几个饱嗝。我问他吃什么好的了，吃这么饱。小曹兴奋地说："今天是光棍节，楼下刀削面馆出奇地大方，规定只要一个人吃刀削面，能吃多少面，就免费添多少面，我一连吃了三大碗面，就花了一碗面钱，撑得我晚上都不用吃饭了。"

我俩正聊得热闹，部门赵经理走了进来，热情地拍着小曹地肩膀说："节日快乐，刚才总经理来电话了，今晚提前下班，凡单身的朋友都到饭店就餐，据说今天的餐标很高，晚上一定要多吃点哦。"小曹一听，苦笑着点了点头。

提醒

上个月，我们办公室新来了一位小曹姑娘。小曹20多岁，干事挺刷利，可就是有些浮躁，让她干点什么事，没一会儿就忘了。前两天，主任让她出门办两件事，人家倒好，没出去多久就回来了，我们还夸她办事利索呢，敢情是办了一件事，忘了一件事，得到了主任的批评。

昨天早上一进门，小曹就必恭必敬地叫了我一声"冯老师"，我不知她葫芦里卖的什么药，忙不迭地回了个礼。小曹说："主任安排我下午一点半去上级单位开个重要会议，我怕给忘了，您中午一定提醒我一下。"我年岁大了，记忆力也是大不如从前，恐怕把人家托付的事儿忘了，本想推辞，可转念一想，小曹从没求我办过事，就这么提醒一小事，再推辞不太合适，就满口应承下来。

我这人答应别人的事儿就一定要办好，可这还好几个小时呢，万一发生点什么状况，我把提醒开会的事儿给忘了，罪过就大了。我便拿着手机，到院子给记性好的老婆打了个电话，告诉她我下午出去开会，让她中午提醒我一下，千万别忘了。谁知老婆却说："咱们离着八丈远倒让我提醒你，你们办公室不是新来了一位小曹姑娘吗，她年轻，记性肯定好，让她提醒你一下吧。"得，她又把球给踢回来了。

羽绒服

开春后，我一直想脱掉厚重的羽绒服，穿上轻薄的春装，可老天爷就是不争气，气温一直上不去，尤其是早晚，出奇地凉，再加上我每天骑电动车上下班，羽绒服就一直没舍得脱。

进入三月后，整个办公室就我一人穿羽绒服了。每天早晨一上班，我的羽绒服简直成了大伙第一话题了。谁见了我都说羽绒服是租来的，不多穿几次恐怕不够本，我一一反驳他们说："小曹，你每天开着二十多万的汽车，当然不冷了；大赵，你也甭美，你每天虽然骑车上班，但你距离近呀，不到十分钟就能骑到单位，别站着说话不腰疼；还有你，小孙姑娘，你每天乘地铁上班，虽说拥挤，可挤着暖和呀。"见我这么说，他们几位都不言语了。

过完小长假，我终于脱掉羽绒服，穿着一件风衣上班了。一进办公室，大赵一愣："您的羽绒服还回去了？"我正愣神呢。大赵走过来，使劲拍了拍我的风衣。我不知这小子葫芦里卖的什么药，就问他拍什么呢。大赵坏笑着说："我以为大伙总说您，您不好意思穿羽绒服上班，在羽绒服外面套了件风衣呢。"

原书记

前两天，单位领导派我带十几名团员到一家大型国企的团委参观交流。

国企的领导拉着我的手，非常热情给我介绍起来。他指着一名三十来岁的女士，说她就是团委的原书记。我赶紧与她握手。握手时，我暗想，可能是现任书记有事没在，找原来的书记来替班的。

中午吃饭的时候，我跟国企团委的小张交谈。我小声对小张说："下次一定要把现任的团委书记介绍给我们，以便开展工作。"小张愣了一下，说："刚才给您介绍的就是现任的团委书记呀？"我也一愣："那怎么介绍她是团委的原书记呀？"小张慢幽幽地说："人家就不能姓'袁'呀？"

传染

前几天，我感冒了。同事小曹看我难受的样子，就劝我休息两天。那两天我手头活儿正忙，就谢绝了小曹的好意。

昨天下午，办公室的五位同事陆续有了"症状"。大李有些头疼；小赵咳嗽不止；胖孙开始流鼻涕；老马浑身乏力；最典型的就是小曹，把其他几个人的症状集于了一身。

我一看情况有些不对，便开始自责起来。前两天要是接受小曹的建议，休息几天，也不会把大伙都传染上。我赶紧跟同事们表示，从明天开始我要休息几天。五位同事齐说："你的感冒传染给我们，肯定快好了，你千万别休息了，从明天开始，我们几位休息，你一个人上班吧。"

点蜡烛

上个月，我换到销售部上班。销售部共六位男同志，个个都吸烟。我这人对烟味过敏，甭说他们六个人一块儿吸烟，就是有俩人一块儿吸，也够我一戗。

曹经理知道我有过敏的毛病，就给我出了个主意，他们吸烟时，你在桌上点支蜡烛，你就闻不到烟味了。我赶紧到胡同小卖部，买了一包蜡烛，一试，果然管用。从这儿开始，只要他们六个人中有一人吸烟，我就点上蜡烛。可是他们六位吸烟特别勤，我桌上的蜡烛，一天八小时几乎就没灭过。烟是少闻了，可三天买一包蜡烛，也让我浪费了不少银子。

昨天，我又去小卖部买蜡烛。卖东西的大妈见我隔三差五地买蜡烛，打量了我好几眼，叹口气说："你们这些打工的可真不容易啊。"我一愣，不知大妈什么意思，还没接话茬呢，大妈又说上了："你们工作条件多差呀，连电都没有，还得点蜡烛上班。"

丢手机

不到五个月，我一连丢了三部手机。没办法，我又在网上订了一部，可要三天时间才能送到。为了不影响工作和生活，回到家我就翻箱倒柜地找出了几年前用旧的一部手机，装进了书包。

第二天一上班，同事小鲁听说我又丢手机了，便过来安慰我说："大哥，手机丢了不要紧，旧的不去，新的不来。"忽然，他看见了我那部旧手机，又接茬说："你看看，这么快就买了新手机了，破财免灾吗。"我白了他一眼说："你仔细看看，这是新手机吗，我这叫'新的不去，旧的不来'。"

光棍节收获

周一刚上班，我就迫不及待地问小曹，上周五公园与外单位共同举办的相亲会参加得怎么样，找没找到女朋友。小曹一脸地兴奋说这个光棍节过得太有意义了，收获太大了。我一听，赶忙问小曹是不是找到女朋友了。小曹却摇了摇头。我失望地问："没找到女朋友，没脱离'光棍'，那有什么可兴奋的。"谁知小曹却满脸自豪地说："女朋友虽说没找到，但网上购物却十分火暴，不少商家借'光棍节'促销，打折特别狠，这两天，我不光换了冰箱，买了加湿器，连皮夹克也以旧换新了，整个冬季没什么可愁的了，您说收获大不大。"

纪念品

再过几天，单位值夜班的老曹就年满65岁了。公园规定，值夜班人员的年龄不能超过65岁，也就是说，在公园值了七年夜班的老曹就要回家享清福了。

这几天，大伙儿一谈起老曹要离开公园的事，就唏嘘不已。我说："老曹多好啊。每天都给咱们打好开水，擦好地，什么都不用咱们操心，现在老曹要走了，咱们给他开个欢送会吧，我要送他一个保温杯，让他留作纪念。"大李接过话茬说："天冷了，我要送老曹一个热宝，让他拿在手里，暖在心里。"接着大家纷纷表态，有要送老曹微波炉专用饭盒的，有送十字绣表达心意的。

我见大伙儿都表了态，惟独家在外地的小郭姑娘没言语。就走过去，问小郭有什么表示。谁知小郭竟动了感情，抽噎了一下说："平时曹大爷对我最好了，经常炖肉给我吃，他要是走了，就没人能炖那么好吃的肉了，这回我要送曹大爷一个电压力锅，我什么时候想吃肉了就让曹大爷给我炖。"

三不外露

我们公园对员工的管理比较严格，工作时个人物品（尤其是餐具，水杯等）、生活垃圾、卫生工具不得外露，称为"三不外露"。

此要求虽然执行了一段时间，可还有职工说不全面。前两天，上级单位要对公园进行综合检查，共三十多项内容，

其中一项就是要求会解释"三不外露"。为避免疏漏，班长要求每名职工把要检查的三十多项内容都背诵下来，遇到检查人员提问时要对答如流。

昨天上午，十六名检查人员深入班组，见着职工就提问。职工小曹虽说刚来公园不久，可她年轻，记忆力好，三十多项内容数她背得快。检查人员进屋时，班长正给小曹布置工作，检查人员走过来，要小曹说一下"三不外露"的内容。小曹一愣，再加上紧张，竟脱口而出："第一是'笑不露齿'……"。一句话，把检查人员都逗笑了。

什么灯走

同事王姐今年四十九岁，差一年就退休了。前些日子，王姐硬是用了半年时间拿下了驾照，赢得了大家的一致好评。

驾照是拿下来了，可开车上路却是另一回事，每次王姐开车出去都得有点小插曲。昨天，王姐开车出去办事，为抄个近路，王姐高估了自己的开车水平，竟不自量力地把车开进了胡同。拧吧了半天，终于要出胡同了，王姐看见胡同口的红绿灯变成了红色，慌忙把车刹住。等了一分钟，红灯变成了绿灯，王姐刚要起步，一慌，车竟熄了火，王姐捅咕了半天，车也没着起来。这时王姐身后的汽车喇叭声响成了一片。王姐的心越发慌乱起来，心越慌，手脚越不听使唤。好不容易把车鼓捣着了，绿灯又变成了红灯。

王姐抹了把头上的汗，刚要喘口气儿，却从反光镜中看见后面车中的男司机气呼呼地下了车，直奔自己过来。王姐忙摇下玻璃，刚要道声对不起，就听见那男子说："我看出你是新手，可哪个驾校也没教过红灯不走，绿灯也不走啊，你究竟要等什么灯才走啊？"

午睡

天气炎热，从上周开始，午饭后我都要在办公室小睡一会儿，以缓解疲劳。

昨天中午，我在沙发上躺下，刚有点迷糊，同事小曹、大胖李就有说有笑地进了办公室。一进门，可能看见我睡觉了，便不再有声音了。又过了一会儿，马姐和董姨一边探讨着网购经验一边推开了办公室的门，只听见"吱纽"一声门响，再加上董姨的大嗓门，一下子就把我吵醒了。我嚷了一声："小点声，人家睡觉呢。"便没了动静。

我们办公室一共六个人，除了刚才进来的四位，再加上我，只有小尚姑娘没回来了。我知道小尚姑娘干事踏实，知道心疼人，不会吵我午睡，就想再找补一觉。恍惚之间，就感觉大门被轻轻推开了，肯定是小尚姑娘回来了。然后是蹑手蹑脚、高抬腿、轻落足的声音。我心说，还是小尚姑娘懂事。正想着呢，只听见小尚姑娘一声"阿嚏"，忍不住接连打了三个重量级的喷嚏，这回我算是彻底醒了。

不识字

小长假期间，我到公园大门口帮忙收票。我刚站到岗位上，一对穿着时髦的情侣来到我面前，小伙子掏出两张公园年票在我眼前晃了一下，迅速收了起来，然后就要进公园。我见小伙子拿的是黄色年票，也就是应该六十岁以上老人才能购买的优惠年票，就拦住他俩，要求小伙子拿出年票，要仔细看一看。

小伙子不情愿地掏出年票，我接过一瞧，果不其然，年票上的相片是一男一女，俩人头发都花白了。就对情侣说："年票只限本人使用，不能借用。"小伙子说："我们不知道。""年票上都写得明明白白的，怎么会不知道呢？"我以为她俩会道个歉，说声对不起，可谁知道女孩竟说："我们俩都不识字。"我无语了，一指两三米外的售票窗口，让他俩去买票。

他俩买完票，刚向我走来，一名外国男子用英语问他俩门票多少钱。这对情侣用流利的英语给外国男子解释，还告诉男子公园里有哪些景点。一转身，女孩见我张着嘴，有些吃惊地看着他俩，有些不好意思，解释说："我们俩英语好，不认识中国字。"

离谱

最近一个月，我们公园每天为游客办理年票。上级规定，每天办理年票时间为早八点半到下午四点半。为方便游客购买，我们坚持每天八点就开门，下午等没有游客了再关门。

昨天下午，都差一刻钟就五点了，我往窗外张望了半天，确认没有购买年票的游客后，才发出了下班的命令。

等大家都走后，我正锁门呢，这时从车站一路小跑着过来了一位约莫五六十岁的老大姐。她快跑到我面前时，我主动跟她打招呼，问她是不是要办理年票，她大声说："是"。我告诉她下班了，得等明天再办了。老大姐一愣，着急地说："不是五点半下班吗？"我陪着笑，问她是不是记错了，是四点半下班，不是五点半。老大姐耷拉下脸："怎么这么早下班啊？"我说："这是上级规定，再说现在天黑的早，职工又大多住在五环以外，经常堵车，到家都得六点半以后了。""那你们单位没有单身宿舍啊？""职工大多上有老，下有小，回家还得照顾家庭，谁愿意在单位住啊？""那你们就在单位边上买块地，给职工盖宿舍，把他们的家属都接来，我这年票不就能买上了。"我听大姐说的越来越离谱，忙说您明天再来吧，我还得赶地铁呢。好家伙，她买张年票，我们单位还得兼职开发房地产，哪儿的事儿呀？

美好回忆

节后上班第一天，对桌的小曹姑娘总是打不起精神来，一直用手托着下巴，一阵阵地发愣，什么也不想干，有时还傻笑几声。我本以为过一会儿就好了，谁知这个坎还就迈不过去了。

都十点多了，我见小曹还是耷拉着眼皮发呆。就忍不住问她想什么呢？小曹不情愿地乜斜了我一眼说："正美好回忆呢。"我一听，来了兴致："说说，什么美好回忆？"

小曹吧唧了一下嘴，说："从初一到初七，我这钟点儿才刚刚自然醒。""然后呢？""然后就去庙会吃小吃，七天，我逛了五家庙会啊；晚上，我就去长辈家串门，吃饱喝足回家睡觉，真是醉生梦死啊。"说着，小曹深吸了一口气，无比享受地回忆道。

这时，门口一阵骚乱，是总经理给大伙拜年来了。我赶紧扒拉了小曹一把，说："快醒醒干活吧，别回忆了，要不明天这点儿你肯定回忆道：'昨天这点儿，总经理正训我，扣罚我奖金呢。'"

盼限号

同事小曹姑娘上个月刚拿下车本，这个月就幸运地摇上号买了车。可车是买了，小曹胆小就是不敢上路。家长、同事都劝她，你家住得远，开车上下班多方便啊，省得天天挤公交。

听了大伙的劝告，从上周起，小曹开始战战兢兢地开着车上路了。每天一到单位，小曹先要喘上20分钟的气，才能缓解一路上开车的压力。

中午吃饭的时候，小曹跟我发牢骚："别人开车是享受，而我就是受罪，一路上小心翼翼，并线时战战兢兢，出入口时慌慌张张，停车时停不进去。"说着，她用手托住下巴，做回忆状，说："还是坐公交好啊，省心又省力。"我劝她："刚开车时都这样，过一阵就好了。"可小曹根本听不进去。

昨天早上，我刚一进办公室的门，见小曹又在座位上唉声叹气，我知道肯定还是因为开车的事，就说："你今天叹什么气呀，今天你车限号，不用开车，你不是乘公交来的吗？"小曹又叹了口气说："我是嫌一周限号一天太少了，要是每天都限号该多好啊。"

重名

下午，我到下属单位收支票。当离开最后一家单位时，已将近六点，我只好把支票带回了家。

吃完晚饭，我拿出十几张支票进行整理，7岁的侄子看见了，兴趣浓厚地挨张儿看起来。这是他第一次接触支票，看得很认真。看了一会儿支票上法人盖的章，他歪着小脑袋问我："大大，你们单位重名的人怎么那么多呀？"我看了看支票，疑惑地反问侄子："这十几位法人重姓的有几个，可重名的我怎么没发现呀？"侄子拿起几张支票，指着章上的名字说："您看，这六个人都叫'之'，有李佳'之'印，马丽'之'印，还有董凡'之'，刘和'之'，赵静'之'，张晓'之'，这重名率还不高啊？"我一听，哈哈大笑，拍着侄子的小脑袋，解释说："没文化真可怕，那是人家的名字只有俩字，为填满印章，只好在名字后面加个'之'字，跟重名一毛钱关系都没有。"

大树

公园把100年以上的树木统称为"古树"，其中100年以上至300年以下的"古树"挂绿牌，300年以上的"古树"挂红牌。有些树木也有年头了，可还够不上古树标准，就统称为"大树"，并在树体上悬挂了编着号码的标志牌。

昨天，一对中年夫妇逛公园，被一棵开花的树木吸引住了，俩人围着树木又是转圈，又是使劲吸着花香。男士问女士："这是什么树啊，开的花这么香？"女士摇摇头，称不知道。忽然，男士发现了树体上悬挂的标志牌，大声说："我知道这是什么树了。"女士急忙问："什么树？""大树"。男士回答。一句话，没给女士鼻子气歪了。

忘性大

天气转暖以后，公园里踏青的游人一下子多了起来。人一多，情况也就多起来，有划船时不小心把手机掉到河里，工作人员帮助打捞的；有蹬山时忽然感到不舒服，工作人员帮助找药的。好人好事一下子多了起来。

周末，我正在公园办公室值班，一位60多岁的老太太敲门，说是刚才上厕所的时候把一个包裹落在了那里，那里的工作人员发现后，主动把包裹还给了她，让她非常受感动，非要我表扬那位工作人员不可。我赶忙拿出纸笔，让她把要说的话写下来，第二天上班我转交领导。老太太挺麻利，三下五除二就写完了。等我把老太太送出大门，回到办公室一

看，老太太的包裹还原封不动地在桌子上放着呢。我赶忙追出去，把包裹又还给了她。没想到老太太非要跟我回来，说是要在刚才表扬的工作人员后面再加上我的名

字，我赶忙说："我替您加上我的名字行吗？我怕您一会儿再把包裹落我那儿？"

前门码头

同学小曹在北海公园工作。那年夏天，小曹正在琼岛忙着给游客讲解，一位外地游客走到小曹身边，静静地听他讲解。等他讲完了，问他："请问，哪里可以划船？"小曹连忙一指殿外说："在前门码头。"

过了好一会儿了，小曹正在为另一批游客讲解，刚才那位问划船码头的游客气喘嘘嘘地来到他身旁，劈头就说："你刚才怎么骗我呀？"小曹一头雾水，正反思呢，那位游客又说上了："你告诉我在前门码头可以划船，我出了大门，坐上5路车就奔了前门，可到了那儿，甭说划船，连个河沟也没看见呀。"

六指

每到黄金周，为保证游客游览安全，我们公园都要成立游园总指挥部，下面再设几个分指挥部，每个分指挥部组织起20多人的队伍，负责在园内维持游览秩序。

那天，我正拿着对讲机在园内巡逻，迎面碰到一个多年未见的老同学带着7岁的女儿来公园玩。我赶忙跟他打招呼，寒暄起来。

正与老同学聊得高兴，手中的对讲机忽然传出了急促的声音："我是总指挥部，六分指（挥部）听到请回答，六分指听到请回答。"我心中一惊，以为出了什么事，忙不迭地冲着对讲机大声说："我是六指，我是六指，请指示。"我说完，一抬头，发现周围不少游客都用异样的眼光看着我。我还没明白是怎么回事，老同学的女儿就好奇地拉起我的手。问："叔叔，您哪只手是六指儿啊？"

日全食

7月22日一大早，同事都对日全食表现出极大的兴趣，八点刚过，大家就从办公楼上下来，等待观看日全食。

谁知天公不作美，天一直阴沉沉的，根本看不见太阳，大家失望至极，纷纷返回办公楼继续工作。

九点多，不知谁嚷了一声：太阳出来了。大家一听，赶忙往楼下跑，到楼外开阔地看日全食。我没有观测专用镜，便抓了一把前些日子脚崴时照的片子，朝楼下走去。

同事见我拿了不少骨科片子，纷纷伸手来要。一时间，只见十几个人每人都拿一张片子朝太阳望去。正看得起劲呢，一个路过的老太太拿着一张片子对我说："小伙子，你们这是医院搞义诊吧，我刚上医院没找到大夫，快帮我看看这片子有没有问题。"这都哪儿跟哪儿啊？

订服装

我们单位福利不错，每两年就要发一件羽绒服。前几次发的时候，到不了立冬，羽绒服就发到手了。今年又到了发羽绒服的年头了，可眼瞅着过了"立冬"节气，都快到"小雪"、"大雪"了，可发羽绒服的消息还是一点也没有。虽说大家心里都挺着急的，可谁也没好意思问。只是我们办公室的小曹姑娘发了几句牢骚，说再不发羽绒服就自己买去了。

昨天，经理派我外出办事。临走时，小曹姑娘问我干什么去？我说去"定福庄"。小曹姑娘睁大了疑惑的眼睛问我："你可真沉得住气呀？""什么沉得住气？"我有些不解地反问。"你不是要去'订服装'吗？咱们一个办公室的，怎么也不早点告诉我们一声啊？"咳，她把"定福庄"听成"订服装"了。

诱木

前几天，我带女儿到公园玩。女儿见不少大树下都堆着一捆捆绑扎好的柏树枝。就问我它们是做什么用的。我见女儿如此好学，就告诉她，这是一种物理治虫的方法。放置的柏树枝是一种诱木，引诱害虫双条杉天牛到柏树周围，然后由工作人员对天牛进行捕杀。女儿听了，似懂非懂地点了点头。

周末，单位组织我们去郊区踏青，我带女儿去了。由于我们住的是农家院，女儿见了什么都新鲜，一会儿问这，一会儿问那。在院门口，女儿发现了一捆捆的树杈，就问房东这树杈是不是引虫的诱木。房东眨了眨眼，说："你说的诱木我不懂，我只知道这是烧火的柴禾。"

小眼儿

我有一姓张的女同事，20多岁，模样长得还成，就是眼睛小点，是个小眯缝眼儿。她不光眼睛小，而且还近视，戴一副宽边眼镜，愈发显得眼睛小了。平时，她眼睛睁着闭着都看不出来。好在张小姐心理特阳光，别人说她眼睛小，她不但不生气，还学会了自嘲，称自己的小眼儿能聚光。

张小姐是家里的独生女，去年结婚的时候，母亲花了近5000元给闺女配了一副镀金眼镜。婚后第三天回娘家时，母亲惊奇地发现，女儿戴了十几年的近视眼镜却突然不戴了，回到家瞪着俩金鱼眼到处趔摸。当着姑爷的面儿，母亲没好意思问。过了一会儿，趁姑爷与岳父聊天的当儿，母亲赶忙把女儿叫到一边问起不戴眼镜的原因。女儿解释说："我

不戴眼镜，老公说我更漂亮些，我不戴眼镜看他，也觉得他更顺眼些。"

上个月，工会更换会员证，要求每个人交两张一寸照片，张小姐赶忙去照了相。取照片时，张小姐见服务员犹犹豫豫，脸上表情很复杂，以为照片没照好，刚要询问，服务员吞吞吐吐地开口了："真对不起，这张照片没给您照好，眼睛照得太小了。"张小姐接过照片一看，高兴得一下子蹦起来，"不瞒您说，这张照片是我有生以来，眼睛照得最大的一张。"

馊主意

春节临近了，办公室里 21 岁的小裴姑娘一直兴奋不已，每天都念叨着过春节时可以回湖北老家探望父母，一家人就要团聚了。看着小裴的兴奋劲，我们都为她高兴。

可昨天吃午饭时，小裴却叹起气来。我们赶忙询问原因。小裴满面愁容地说："回家好是好，可我就是为坐火车发愁。""为什么？是火车票难买吗？""那只是一方面，我每次坐硬卧，车厢里不是闹耗子，就是跑蟑螂，坐一宿火车光跟它们斗了，根本睡不了觉。第二天早上回到家，蔫头耷脑，父母以为我病了呢。"大张出主意："那你干脆多花些钱，买张软卧票，也许会好些。"小裴说："我试过，软卧也没好哪儿去，还得多花不少钱。""与其多花钱还受蟑螂骚扰，那你不如买站票，反正你也睡不着觉。"半天没言语的大李出了这么个馊主意。

包饺子

大年三十中午，单位会餐后，领导就宣布可以回家了。我知道新结婚的小曹家在外地，而且两口子都不会做饭，平时晚上不是在食堂凑合一顿，就是下馆子，就邀请他三十晚上到我家吃饺子。小曹推辞说："按我们老家的习俗，三十的饺子只能在自己家吃。""你自己不是不会包吗？要不你就买点速冻饺子得了"。"我爱人是个非常注重家庭气氛和家庭情调的人，三十晚上的饺子一定要在家里包。"

晚上十二点，我放鞭炮回来，连忙给小曹打了个电话，问他的饺子吃的怎么样了。小曹显得很兴奋："我爱人真是太有才了，她先到超市买了饺子皮儿，又到包子铺买了饺子馅……"他还没说完，我打断他说："这么说，这饺子是你们两口子自己包的了？""我们试着包了几个，结果不是露馅，就是仰巴饺子，我跟您说过，我爱人是个非常讲究家庭情调的人，三十的饺子一定要在自己家里包，我们就把邻居家的保姆请来，帮我们包的饺子。"看他这饺子吃的。

手机号

昨天早上一上班，老总就要我通知在家休假的销售部王经理来公司开紧急会。可巧，我的手机忘带了，找不到王经理的手机号。我赶忙给销售部新来的小赵打电话，询问王经理的手机号。小赵嗫嚅了半天才说他也记不太清了。我有些着急，大声说："你记住多少都行，你说个大概，也许我能回忆起全部手机号来。""可我只记得她的手机号前两位是'13'，后面我就不知道了。"这不跟没说一样吗。

改制羽绒服

入九以来，表妹单位兴起了一股改制羽绒服热，光表妹所在的销售部就有四位女同志先后改制了羽绒服，而且都是在同一家小作坊改制的，所以样子都一样。

按说改制羽绒服是好事，花上百八十元，就能穿上款式新颖的羽绒服，搁谁心里不美呀。可就是羽绒服改制的样子太"嫩"了，让四位四十出头的女同志穿上，别人有些接受不了。以往的半身羽绒服前襟和后摆都是一般长，可改制的羽绒服后摆比前襟长出足足两寸多，像天真烂漫的小企鹅，要是十七、八岁小姑娘穿上肯定会迎得高"回头率"，可四位四十出头的女同志穿上后，虽然自我感觉良好，还号称"四小天鹅"，可有人背地里却叫她们"四老婆婆"。

表妹今年也快四十了，听见有人这么称呼她们，气不打一处来。昨天她休息，一大早，就拿起那件黑色短款羽绒服要去裁缝铺改制，被她父亲拦住说："这样吧，这件羽绒服给我穿吧。"表妹瞪大眼睛问："您穿，我穿还显'嫩'呢？""这你就不知道了，我每天都到小区里看人下棋，冬天坐地下太凉，我每次都得带个棉垫，我看你这羽绒服后面长出一大块，像个屁帘，我穿上它坐在地上看下棋，就用不着带棉垫了。"

填表说明

前两天，单位让每个人填一份住房登记表。我打开一看，发现登记表有好几十项内容，除了自己填写外，里面需要核实的内容还要到爱人单位盖章。由于怕写错了，我就去总务科找曹科长询问一些陌生的项目该如何填写。

到了总务科一看，里面有六、七个人，都在向曹科长询问填表的事。曹科长见询问的人越来越多，就说："既然大伙儿都来问这事，这样吧，一会儿我让新来的小宋给大家写一份填表说明，大伙儿就都明白了。"

下午，填表说明发下来了，我一看，差点把我鼻子气歪了，只见说明上写着，姓名：请填写本人姓名，性别：请填写本人性别，身份证：请填写本人身份证号码，住房面积：请按照本人实际住房面积填写……这不跟没解释一样吗。

速冻汤圆

那天，单位发给每人一盒速冻汤圆。科长说汤圆放屋里会化了，放外边又不保险，就建议开开窗户，把汤圆放在窗台上冻着，这样就两全齐美了。

这下倒好，汤圆倒是化不了了，可办公室却成了冰窖。不大一会儿，大伙儿就冷得受不了了，老张赶紧穿上了羽绒服；大赵直喝开水，而小谷找借口一会儿去一趟厕所。过了不到一小时，办公室几乎没人办公了。

好不容易熬到了差 10 分钟 17：00，大伙儿纷纷回来，拿起汤圆准备下班。老张一边打着喷嚏一边说："这是冻汤圆还是冻人啊？一盒汤圆几十块钱，要把我冻病了，我没准就

'弯'回去了；嘿，海东，明儿早上我要是没来，你帮我请个假，准是到医院看感冒去了。"

条件反射

这些日子，公司值夜班的老头生病住院了，领导安排我替他值两个月的夜班。

值夜班虽说没什么事，可就怕来电话。由于公司比较大，下面还有几个子公司，几乎每天夜里都有电话打来。十二点前来电话还好些，要是等睡熟了，凌晨两、三点来个电话，准把我吓一跳。

公司电话铃声是《天鹅湖》中的"四小天鹅"，值班这些日子，一听见"四小天鹅"的音乐我就激灵一下，简直就成了条件反射了。直到值夜班老头上班了，我才踏实了许多。

昨天晚上，我陪老婆逛商场，一直溜达了两个多小时，感觉有些累了，便坐在椅子上，不一会儿，竟打起了盹。正迷瞪着呢，商场的背景音乐响了，放的正是"四小天鹅"，我一个激灵站起来，抄起柜台上的电话就接了起来。

猜词

元旦前，公司组织了一次联欢会，既有文艺节目，也有抽奖环节，中间还穿插了一些互动游戏，如"学说话"、"做主持人口令相反的动作"等。

经理进来后，被大伙儿起着哄拥到了台上，与女员工小刘玩起了猜词游戏。小刘面向大家，手里翻动词目，然后用与词目接近的词提示经理。经理则背对大家，靠小刘的提示猜出词目。当小刘翻出"焦点访谈"词目时，她提示道："就是'新闻联播'完了的那个节目。"经理嘴快，说："天气预报。"小刘急得直跺脚，说："不对，再往下一个节目。"经理一听，如梦方醒，大声说："是广告。"

只吃二两

最近，我们单位一些人渐渐对食堂的饭菜失去了兴趣，经常在午间休息时自己鼓捣饭菜。

这天，科长宣布，明天中午咱们自己做炸酱面，并给科里的 8 个人安排了任务：李大姐管炸酱，小王负责面码儿……由于科里就我一位男士，跑腿买面条、煮面条的活儿就落到了我的肩上。

临去买面条，我挨个问了问姐儿几个的饭量。出乎意料的是，大家都异口同声地称自己只吃二两。新来的小丽还嗲声嗲气地说："就我这 80 多斤的体重，哪顿饭不是只吃点猫食？你们剩的面头就够我一顿饭了。"我知道姐儿几个都不好意思说自己吃的多，可买少了又不合适，我就照着一人半斤的标准总共买了四斤。我想，吃不了就给别的科室送去，还能落个好人缘呢。

由于这是科里第一次做饭，再加上李大姐的炸酱可以和"老北京炸酱面"媲美，因此，炸酱面大受欢迎。不一会儿，四斤面条就见了锅底。等大伙吃完，我宣布大家共"消灭"了四斤面条时，姐儿几个都瞪大了眼睛，纷纷表白自己只吃了二两面。七位女同志，每人吃二两面，共吃一斤四两，合着剩下的二斤六两面都让我一人吃了。我是饭桶啊！

代领工资

单位发奖金的时候，都是每科派一人到财务科领取。上月发奖金那天，正好我手头没事，理所当然去领奖金。签字的时候，头儿个人我还写海东（笔名）代，后来写烦了，索性简化了，海东代就变成海代（带）了。

前两天，又到了发奖金的日子，这回是皮小明去领。这小子更懒，上来就写皮代（带）。财务科长一见大笑，说："上个月你们科都是海带，这个月又变成皮带了，下个月小齐来，还不成脐带呀。"

找东西

同事小赵当妈妈都三年了，可还是改不掉丢三落四的毛病，上班8小时，她最少有一个小时是在找东西。尤其是到了下班的时候，本来是大伙儿有说有笑地往外走，可小赵每次都是走出好远了，又急匆匆地返回去，不是找车钥匙，就是找钱包，反正每天不折腾一两次，她是不会罢休的。

您还别说，下班往回返不都是耽误时间，有时也有好处。昨天晚上，都下班十多分钟了，办公室已空无一人。小赵返回找钥匙时，正碰上经理拿着两张某歌星演唱会的票走进来，见小赵还没走，就把演出票给了小赵。小赵举着1000多块钱的演出票，乐得直蹦高。

今天下班后，快出大门的小赵又鬼使神差般地返回找东西。进了办公室，一摸兜，钥匙在呀，钱包也在，手机也在，我回来是找什么来的？正琢磨呢，手机响了。小赵一接，里面传来她爱人急促的声音："赵姑奶奶，你要是再不回来，那1000多块的演出票可就作废了。"

买车

同事小聂一年内丢了三辆自行车，简直丢怕了。每次丢了车，为了不耽误上班，都是赶紧再买一辆，可价钱却越买越便宜。

去年年初，小聂骑的是一辆价值1000多元的山地车。车丢后，小聂买了辆500多元的普通车。再丢后，他买了辆200多元的杂牌车。去年底，当第三辆车丢后，小聂到街边小店花95元买了辆拼装车。用小聂的话说就是："车丢了我也不心疼，小偷偷了也卖不出钱来。"

两个多月过去了，谁也没见小聂骑过几回车。大伙儿以为他的车又丢了，本想关心一下，可又怕刺激他。那天在饭桌上，小聂有些喝高了，跟大伙儿说出了原因："前几辆车我锁两道锁都丢，可现在这辆车我不锁都丢不了。"大伙儿一听，赶紧问为什么。小聂说："为什么，小偷怕累死呗！我每次骑这辆车上班，比走着累十倍。"

车本妙用

同事小谢五年前大学毕业后从江西老家来北京闯荡。工作刚有了着落，他就立马学了车。可他在北京的朋友中没有一个有车的，公司的车又不敢动，租车又挺贵。所以拿车本五年了，他从没摸过车，车本更是无从用起。

前几天，公司组织大家到郊区打靶。由于头天下了场雨，地面湿漉漉的，小谢趴在地上打靶沾了一身泥。打完靶，别人都挤公司的车回家了，小谢一人去当地风景区走走。等他吃完晚饭，郊区没公交车了，小谢只好往城里走去。没想到碰到了查夜的警察。

警察见小谢一身的泥土，再加上他满嘴的外地口音，就要检查他的身份证。小谢那天恰巧没带身份证。小谢愣了愣神，猛然想起身上带着车本，就赶忙拿出来递给警察。警察看后让他走了。小谢心里这个乐。五年了，车本终于派上了一次用场，当了回身份证和工作证。

看世界杯

昨天晚饭后，我下楼闲逛，走着走着，便进了一家电器城。在电视展台前，我正看新闻呢，突然听见有人叫我，我抬头一看，原来是单位的小宋。

我见他手里拿着刚开的发票，就问他买了点什么。小宋说，刚买了一台46英寸的液晶电视。我知道年轻人喜欢看世界杯足球，就跟小宋开玩笑："你为看世界杯可真舍得下本啊！"谁知小宋叹口气说："我哪儿是为世界杯下本啊，我是为老婆下本。"见我没明白，小宋接着说："这两天每晚七点半那场球我是必看的，可老婆却非要看电视剧。为这，我俩呛呛好几回了，今儿早上，老婆下了最后通牒，买回一台46英寸的液晶电视，作为电视剧专用电视，原来那台21英寸的小电视就专门归我看球了，所以咱俩才碰上了。"

方向感

同事小曹姑娘的方向感一直很差，经常找不着北，用她自己的话说就是只有站在天安门前，她才能知道哪是东长安街，哪是西长安街。

前几天，小曹新买了一辆沃尔沃轿车。周末的时候，她拉上我和几个同事，开车走高速去天津玩。到天津后，她开着车在斜了吧唧的大街小巷中穿行，一边开还一边告诉我们，现在是往东南方向开，一会儿又告诉我们现在正朝着西北方向走。说实在的，我这个方向感极强的人，到了天津的斜街都转向，小曹却能说出东南、西北方向来，着实令我吃惊。为了证实她所说方向的准确性，趁大家上厕所的工夫，我问了一下当地住户，小曹说的方向竟然丝毫不错，太让我诧异了。

回到车上，我问小曹的方向感是如何提高的。小曹一笑，手指着方向盘上方的反光镜说："我的方向感全靠它了，这车带有指向功能，车朝哪开，反光镜上就会显示相应的字母，这回你明白了吧？"

换鞋

同事小曹新买了一套小户型的房子，准备以后结婚用，可目前小曹连女友还没有，就一个人住在里面。从装修完开始，小曹就邀请我去参观，可我一直没空。一晃半年过去了，小曹说再不去，新房就变成旧房了，我这才下决心，到他的"新房"去参观。

周末，我带着老婆孩子去小曹家。一进门，我见门厅鞋架子上有几双拖鞋，就换了一双，并招呼老婆孩子也来换鞋。小曹赶忙说不用换鞋，我以为他是客气，就说别把地面弄脏了，还是换吧。

我换好拖鞋，最先走进客厅，然后，我大声向门厅的老婆孩子嚷："你们俩不用换鞋了，进来吧。"老婆孩子刚拿起拖鞋要换，听到我喊，又放下了。

中午出去吃饭的时候，女儿拉住我小声问："爸爸，你为什么又不让我们换拖鞋了？""你没看见客厅的地面最少有半个月没擦了，地面脏得比咱们穿的鞋还脏，你说，还用得着换拖鞋吗？"

心理平衡

前几天，单位组织职工到医院进行体检。中午吃饭的时候，我们部门的几个人议论起体检的事，就聊了起来。大张说："我被查出胆结石了，大夫建议我到医院做进一步检查。"小宋也说："大夫说我血压有点高，明天我得去趟医院。"我见一贯体弱多病的胖孙一直没言语，就关切地问她检查得怎么样。胖孙神秘地一笑说："等检查结果出来你们就知道了。"

昨天，检查结果出来了。上面不光有各项检查的结果，还有医生的建议。我挨个把检查结果都翻了一遍，见大家或多或少地都查出了一些问题，大夫也都提出了建议，惟独平时体弱多病的胖孙是"全部正常"，大夫在建议栏里只写了"希望保持"四个字。我百思不得其解，就问胖孙是不是在检查中做了手脚，胖孙仍是神秘一笑说："我身上的毛病本来就够多的了，怕再加剧了心理失衡，估计有毛病的项目我就没查，比如我有中度脂肪肝，我就没照B超；血脂高，我就没验血；心率不齐，就没做心电图等等，所以落了个'全部正常'。"

长个儿的秘密

昨天，同事王姑娘把花了15000多元拍摄的厚厚两大本婚纱照拿给大家看。我们这些"过来人"都围在照片前，一边评头品足，一边啧啧称赞。不愧是大影楼的作品，不论是内景还是外景，照得都完美无缺。

看着看着，我们都发现了一个问题。王姑娘的男友小宋我们都见过，人长得是一表人才，可就是个儿长得比王姑娘矮一些。王姑娘就是穿上平底鞋，看上去也比他高一大块儿。可照片上却不一样了，凡是合影照片，小宋都比王姑娘高头。见我们有些疑惑，王姑娘笑着解释说："影楼为了展示男同志的'光辉形象'，不伤他们的自尊心，特意为矮一些的男同志准备了三种尺寸的小板凳，小宋就是站在了一个15公分高的板凳上，才显示出与我的'差别'的。"

远大理想

不到一年，好友小赵就连续"跳槽"了两家公司，可还是不满意，发誓要自己要开一家公司，自己当老板。我们都劝他，自己当老板不容易，操心受累不说，弄不好还可能赔个血本无归。可小赵的理想远大，谁的话也听不进去，铁了心要自己开公司。

经过半年多的筹备，小赵终于办起了一家房屋中介公司。周末，我们哥几个去小赵的公司道喜。只见公司门前上方悬挂了一名人题写的牌匾，我正端详呢，猛然发现牌匾一角处赫然写着：第100家店。我非常纳闷，连忙把小赵叫来问他是怎么回事。小赵解释说："我的理想是开 100 家店。""那你应该标第一店才对呀。""我用的是倒计时，先写第 100 家，然后再开第 99 家，以此类推。"有他这么开店的吗？

正宗厕所

同事小赵是个近视眼，本来一直戴着近视镜，可新近认识的女朋友说他戴眼镜不好看，小赵便不再戴眼镜，而是整天眯着眼睛看世界了。

前两天，公司组织我们到承德避暑山庄游览，玩着玩着，部门经理肚子有些不舒服，急需上厕所。小赵了解情况后，眯着近视眼紧着踅摸哪儿有厕所。过了一会儿，小赵像发现了新大陆似的指着路口的指示牌说："快看，那里有正宗厕所。""正宗厕所"？只听说过正宗名牌，还真没听说过正宗厕所。我心里纳闷，赶紧走了几步，只见路口立柱上一共有两块指示牌，上面一块写的是："正宫"，下面一块才是"厕所"。小赵眼睛近视，硬是把"正宫"，看成了"正宗"，才闹出了乐子。

桌签

前两天，公园请了一位大学教授给我们上培训课。讲课那天，由于路上堵车，我晚到了几分钟。进会议室时，教授已经做完自我介绍，开始讲课

了。我赶紧找个座位坐好，认真听起课来。

教授的课特别出彩，也特别实用，我听着听着就上了瘾。于是，我特想知道教授姓甚名谁。本想问问旁边的人，可人家都在认真听课，我也就没好意思问。突然，我发现教授面前摆着一个桌签，甭问，那上面准写着教授的名字。我使劲朝前面探身子，可由于离得太远，就是看不清上面写的字。

一下课，我赶忙跑到教授跟前，探头看桌签。这一看不要紧，我自己都乐了。那桌签上面写的是："请勿吸烟"。

咳嗽

同事小王的父亲孤身一人住在大杂院里。虽然老父亲身体硬朗，但小王总是放心不下。每到周末，小王都带上老婆孩子"常回家看看"。

上周一早晨，小王刚上班就接到父亲院里许大叔打来的电话："你父亲昨儿夜里咳嗽了一宿，八成是病了，你快来看看吧！"小王吃了一惊，可转念一想，又觉得不太可能，上周六我看父亲时，他还是好好的呢，怎么说病就病了，而且还整宿咳嗽，许大叔是不是听错了？但为保险起见，小王还是赶紧请了假，骑车直奔父亲家。一进门，见父亲正坐在沙发上看电视呢，根本不像病了的样子，小王这才放了心。出了父亲屋门，小王还特意到许大叔家向他表示了谢意。

可到了第二天早晨，小王又接到了许大叔打来的电话，说你父亲昨儿夜里又咳嗽了一宿。小王虽不太相信，但晚上还是去了趟父亲家，想看看到底是怎么回事。

刚一进院门，小王就听到了咳嗽声，但听着不像是从父亲屋里传出的。小王找了个手电筒，在院子里踅摸起来。转了半天，他终于在墙角处发现了咳嗽声，原来是一只刺猬，它可能是吃咸了，正躲在角落里像老头儿一样咳嗽呢。

擦错车

一年前，我新买了一辆"捷安特"自行车，一开始还隔三差五地擦擦车，后来同事劝我，车越干净越容易被贼"瞄"上。我一想有道理，就索性不擦车了。过了俩仨月，车脏得扔大街上也不会引起贼的注意了。

那天下班，天热得出奇，白花花的太阳在头顶照着。一出办公楼，我就赶紧戴上了墨镜。到了存车棚，我推起车就走。没想到在树阴下乘凉的一位不太熟悉的同事见我推车便冲我喊："车擦的够干净的吧？"我以为他跟我开玩笑，寒碜我的车脏，就含混地答应了一声，骑上车又要走。可没想到那位同事又开了腔："给你把车擦这么干净，怎么连声谢谢都不说呀？"

我这才摘下墨镜看了看车，可不是吗，车擦得那叫一个亮。我有点糊涂，一打听才知道，本来他是给他师傅擦车的，由于俩车是同一个牌子，停放的又挺近，一不留神，把我的车给擦了。给我擦车可费了劲了，擦了快一个小时了，才看出车的"本色儿"。

敲门

半个月前，我们公园销售部新来了一名大学毕业生小曹，小曹不但人长得精神，还特别有礼貌，每次进我们办公室前都是先敲三下门，等有人喊"请进"了，才慢慢进来。

由于销售部与我们办公室打交道机会特别多，小曹一天要进办公室十多次，不是发传真，就是复印，要么就是盖公章。小曹有礼貌，敲三下门才进屋是不假，但时间一长，大家又都挺忙的，每天光让小曹"请进"就十多次，就有些受不了了。大家就告诉小曹，以后再进办公室不必敲门，直接进来就行。小曹可能是习惯了，每次进门还是先敲三下门再进，弄得我们特没脾气。

周一一上班，我对大家说，今天小曹再敲门，我们都不说话，看他怎么办。正说着话呢，门外响了三下敲门声，我们都不再说话，屏住呼吸，装听不见。又响了三下敲门声后，总经理气呼呼地走了进来，说："我以为屋里没人呢，我敲了半天门，怎么没人搭理我呢，尤其是你——海东，你离门最近，不会听不到吧？"我一听，赶紧把脸扭了过去。

男……

昨天，单位组织我们体检。由于第一次去这家医院，哪儿都不熟悉，便向医务室大夫打听一共检查几项，都在几层查。大夫说，只要门上写着"男"字的，都可以进去查，绝对错不了。按照大夫说的，我先后到"男B超室"、"男心电图室"、"男外科室"进行了检查。

从"男内科室"出来，我见前面还有一个写着"男"字的牌子（下面的字有人挡着没看清），就走过去准备接着体检。刚要撩门帘进去，一位护士拦住了我，并指了指牌子，我仔细一看，敢情牌子上写着"男宾止步"。

找厕所

同事小曹肠胃不好，一到夏天就爱闹肚子，常常是没有什么原因，突然就要去厕所，最多一天跑过12次厕所，人送外号"曹一打"。

昨天，我和小曹到金五星商城为单位购买文化用品。刚一进去，小曹还没事，刚过了五分钟，小曹却突然腹痛难忍，急需上厕所。我赶忙一边打听厕所的位置，一边带着小曹顺着商城通道往前找。这时小曹快坚持不住了。我一面安慰他，一面寻找厕所的位置。突然，我发现通道尽头上方有一个一平方米见方的"男"字，我赶忙告诉小曹，厕所找到了。小曹也高兴起来，朝着"男"字招牌跑去。可等我俩呼哧带喘地跑近一看，那根本不是什么厕所，而是一个柜台。我抬头一看，敢情招牌上"男"字的后面还有一个"装"字，刚才前面的柜台挡着，没看见"装"字，错误地理解成"男厕"了。

用卡开门

单位里马大哈还真不少。每天早晨都能见到有人忘带钥匙而进不去门。同样是忘带钥匙，有的人就死等，什么时候来人什么时候进；可有人却很聪明，掏出张卡来，在门缝里蹭来蹭去，赶巧了就能把门打开。时间不长，单位里不少人都学会了这一招儿——用卡开门，而且屡试不爽。可能是我这人比较笨，有时我忘带钥匙，用卡照着别人的样子试了多少次也从来没打开过门。

昨儿早晨，我起早了，吃完早点就到了单位。一摸兜儿，糟糕，忘带办公室钥匙了。看看表，才七点二十，离大部队上班还得半小时呢。无奈，只好掏出公交乘车卡，硬着头皮在门缝里蹭起来。

来回蹭了五六回，锁也没打开，还急出了一脑门子汗，正要把卡退出时，只听"嘎巴"一声，锁竟然开了。我刚要得意一下，却发现公交乘车卡却折成了两截，我脑袋一下子蒙了，那里面有我前天才充的300块钱呀，早知这样，我早找开锁公司去了，不仅省劲，才只花100块钱呀。您说我这锁开的。

电话表

我们公园比较大，部门比较多，电话号码变化比较频繁，隔不了半年，都会重新印制电话表。这几年，每次发了新电话表，李大姐都嫌A3纸的电话表太大，嫌占地儿，都是找我把电话表缩印成A4纸的。时间一长，我也就习惯了，有几次不等李大姐说话，我就把电话表缩印好，给李大姐送去。李大姐高兴得直夸我工作主动。

上周，新电话表又下发了，我赶紧缩印了一张给李大姐送去。李大姐一见我，赶紧说："海东啊，我正要去找你呢。""不用找了，我已经把新电话表缩印好，给您送来了。"
李大姐听完，苦笑着说："不瞒你说，我这眼神是一年不如一
年，新电话表甭说缩印，就是'原大'我也看不清了，这不，
我正要抽空找你给扩印一张电话表呢。"您看我这累受的。

打开水

我们办公室 8 个人，住的离单位都比较远，惟独王大姐
住在单位边上。因此，每天早上打开水的活儿就非王大姐莫
属了。王大姐人特热情，乐意为大伙儿服务。大伙儿虽总觉
得有些过意不去，但早出来的
时间都耽误在路上了，一直没
机会打开水。

昨天早上，小赵有些起猛
了，提前一小时就赶到了单位，
终于在王大姐到来之前把 4 暖
瓶开水都打好了。干完了活儿，
小赵就出去吃早点了。吃完早
点回来，小赵路过锅炉房，见
王大姐正呼哧带喘地把四暖瓶
开水当成昨天的剩水往下水道

里倒呢，一边倒还一边自言自语："真是奇怪，昨天的 4 暖瓶开水怎么还满满的呢？"

两顿饭

同事小宋花了近万元买了一架 800 万像素的数码相机，我们看了都挺羡慕，小宋当即表示，以后出去玩，照相的活儿他包了。

前两天，单位组织我们到长城赏红叶，小宋跑前跑后，用新相机给大伙拍照。回来的路上，我跟小宋一起翻看相机里的照片，选出了 10 来张我们俩都认为特别"经典"的好照片，这其中就包括小宋给我照的三张照片。

第二天早上一上班，我就拿着 U 盘找小宋要照片。谁知小宋却一反常态地说："要照片可以，可你得请我吃顿饭，饭一吃完，照片立刻给你。"我磨了半天也没用，看来这顿饭是躲不过去了。

下午，我碰见了跟小宋一个部门的赵哥，我知道赵哥跟小宋关系不错，就请赵哥帮着说说，把我的照片给我。赵哥听我说完，坏笑一声，说："这样吧，你请我吃顿饭，我去帮你说，你看怎么样。"您看我这人托的，本来一顿饭就能解决的问题，现在变两顿了。

特产

家在农村的大学生小刘人特实在，刚来公园不久就成了业务骨干。前几天，公园派他到承德出差，临行前他问我，有没有什么需要带的。我知道承德那地方特产不多，只是郊区盛产些蘑菇、杏仁、榛子等山货，拿着也不太沉，就麻烦他带回些特产来。

三天后，我刚要下班，接到了小刘打来的电话。让我到火车站接他。我问他带回来了什么特产，还用我去接他。这小子还卖关子说，到了火车站就知道了。

当我气喘吁吁赶到火车站一看，楞把我给气乐了。这小子也忒实在了，硬是从承德搬回来五箱露露，怪不得叫我去火车站接他呢？

寻人启事

春节的时候，同事大张带四岁的儿子大壮逛了趟庙会，谁知庙会人太多，大张一把没拽住他，爷儿俩竟被人流给挤散了。当时把大张给急的，又是找派出所报案，又是联系广播找人，就差贴寻人启事了。大张一路小跑着转了好几个门，最后终于在"儿童招领站"见到了正在哭闹的大壮，那是一位好心人碰见给送到这里的。

俗话说，一次遭蛇咬，十年怕井绳。自从那次"丢人"事件之后，大张加强了对大壮在特殊情况下怎么办的教育，比如遇到坏人怎么办，遇到着火怎么办等等，还经常指着报纸上的寻人启事，教育大壮如果不听话，就像他们一样找不着家了，就再也见不着爸爸妈妈了。经他掰开揉碎这么一讲，大壮可真害怕了，再跟爸爸出去的时候，再也不敢离开家长半步了。

那天，大张坐在沙发上看报纸，报上刊登了十几位大腕的2寸头像照片，照片旁对应的是他们对盗版问题的看法。大壮看见了那么多人头像，以为是寻人启事，一下子来了精神，对大张说："爸爸，他们都是不听话才丢的吧？"然后，又睁大了眼睛，指着其中的两张照片，惊讶地说："啊，连赵本山和张国立都丢了。"

狗剩儿

同事小赵家在农村，上周末，他拽着我和新分来的阿鹏以及办公室其他几个人去他家的菜地采摘。不一会儿，小赵

便张罗着要用刚拔的茴香包饺子给大伙尝鲜，我提议用黄瓜、香菜、辣椒拌个老虎菜，其他几个人也纷纷亮出了自己的绝活。只有阿鹏低下头，不好意思地说："我就会做宫爆鸡丁。"小赵为了不使阿鹏太难堪，真的就杀了一只鸡，把鸡胸肉交给阿鹏让他做宫爆鸡丁。

一小时后，小赵的饺子包的差不离了，我的老虎菜也拌得了，我们都询问阿鹏的宫爆鸡丁怎么样了。阿鹏正忙着逮蛐蛐呢，听我们一问，忙到门外去取鸡胸肉。随着阿鹏一声惊叫，我们都跑出了房门。只见小赵家的大黄狗正津津有味的大嚼鸡胸肉呢。等我们轰走了大黄狗，两大块鸡胸肉只剩下半块了。阿鹏见状，哭丧着脸说："你们说我这宫爆鸡丁还做不做了？"我们都故意逗他，非让他做不可。阿鹏说："我做倒没问题，可做出的菜就不能叫宫爆鸡丁了。"大伙儿忙问："那叫什么？"阿鹏一字一顿地说："狗剩儿。"

雷峰塔

同事小刘怕老婆是出了名的，凡事向老婆汇报不说，每月工资、奖金还得如数交给老婆，是典型的"妻管严"。大张有些看不过去，便给小刘出了不少"反抗"的高招儿，可试来试去，也未见成效。

前些日子，大张到杭州出差，在西湖边听说，受气的男人只要买一个雷峰塔的模型，然后把媳妇的照片压在雷峰塔下，就能"翻身得解放"。于是，毫不犹豫地买了一个雷峰塔模型。

回到北京后，大张把雷峰塔模型交到小刘手里，并一再叮嘱小刘行事时千万不要让老婆知道。

半个月过去了，大张发现小刘脸色非但没有好转，且面露菜色了，便忍不住问了问情况，才知道小刘最近受"虐待"更加严重了。原来小刘确实把媳妇的照片压在雷峰塔下了，可没过两天，就被媳妇发现了，被媳妇教育了一顿不说，媳妇还把他的照片压在了雷峰塔下，这下小刘可是"永世不得翻身了"。

拨表

同事小曹新婚燕尔，歇了十天婚假后，上班第一天就迟到了，以后也是一连几天迟到。我一打听，原来，婚前都是他母亲叫他起床，现在单过了，总是起不来床。

作为哥们儿，我给小曹出了个主意，建议他睡前把表拨快一个小时。这招儿果然灵验。第二天早晨，小曹第一个到了单位。刚到他还犯蒙呢，后来才想起拨快了表，遂心中大喜。见到我，他直夸我棋高一招。从这天起，小曹再没迟到过。

到了周末，小曹还挺明白，把表又拨慢了两小时，为的是能睡个懒觉。

由于小曹今天把表拨快，明天又把表拨慢，弄得别人一看他的表就犯迷糊，只有小曹心知肚明。

那天下午，单位所有人都在礼堂听报告。过了很长时间，我估摸着快四点了，便抬起小曹手腕看他的表。谁知一看竟吓了我一跳，他的表都快六点了。我忙问他的表怎么看，小曹得意地说："我的表最准了，减两个小时再加一刻钟，跟电台报时一样。"

错时上班

周一早上一上班，大家就议论错时上班的事。小曹消息灵通，说过一会儿经理要来征求大家意见，大伙儿可得想好了，不然上班时间一公布就不可能改了。

半小时后，经理果然进来征求错时上班的意见了。老赵先开口了："我岁数大了，觉少，每天五点多就起了，闲着也没事，上班时间不如改成七点钟，虽然早上班，可还能早下班呢。"老赵话音还没落，大孙就开口了："我说老赵，你不能光照顾自己呀，你说说，咱们这部门有几个能坚持七点上班的，我赞成改成十点上班，十九点下班，这样两头儿都不堵车，最符合错时上班的要求。"大孙还没说完呢，小宋就不干了："大孙，你那孩子大了上学不用接送，我这儿子才上一年级，每天七点半要准时送孩子上学，要是十点上班，送完孩子富余那俩半小时我干吗去，再说了，晚上班就得晚下，孩子四点放学，我不可能天天请假接孩子吧。"

经理见公说公有理，婆说婆有理，叹了口气，见我半天没说话，就叫我发表一下意见。我沉思了一会儿，说："这错时上班不论怎么改，也都是众口难调，不如这样吧，咱们不设上班时间，以自然醒为界，您忙完自己的事，就来上班，往后推八个小时，您就下班，大家说怎么样？"经理一听，上来就掴了我一巴掌。

绿豆汤

前两天，北京奇热无比。单位不光发了防暑降温费和饮料，还在餐厅为大家提供免费绿豆汤。

中午，我走进餐厅，直奔盛绿豆汤的大桶。拿勺刚要盛，我一下楞住了。绿豆汤不仅清汤寡水，没什么颜色，而且捞遍了整个桶底儿，也没见几个绿豆。正巧餐厅管理员正在旁边，我就问他今年的绿豆汤怎么跟去年的不一样。管理员叹口气说："我也没办法，去年绿豆十块钱四斤，今年绿豆十块钱一斤，可领导批的钱跟去年一样多，我就只好按去年四分之一的比例放绿豆，按去年四倍的比例放水了。"

冰火两重天

单位传达室有老宋、大赵两位师傅，俩人分工合作，上一天，歇一天，也就是说，老宋在的时候找不着大赵，大赵上班时老宋就回家休息了。

老宋五十多岁了，患有风湿病和关节炎，夏天甭管天多热，也从来不敢开空调。因此，只要老宋上班，一进传达室，准是六月穿皮袄——捂汗。而大赵呢，才四十多岁，体重却接近 200 斤，年轻力壮再加上胖，大赵就怕热。只要他在班上，

绝对把空调调到 20 度以下，一进传达室，就以为到了冷库呢。这两位，简直就是冰火两重天。

昨天，我带 8 岁的侄女上班。中午的时候，我让侄女把一封快递送到传达室，交给宋大大或赵大大，由快递公司取走。侄女问我："我分不清哪个是宋大大、赵大大，叫错了怎么办？"我灵机一动说："进传达室后，你先别说话，先站几秒种，

如果胳膊上起了鸡皮疙瘩，你就叫赵大大，如果身上出了白毛汗，你就叫宋大大，绝对不会错。"

换班

我们单位的男同志每月都得值两三回夜班，虽说十来天才轮一回，但也备不住谁晚上有个事，换班也就经常发生了。

昨天刚一上班，小曹就找我，说他是周三的夜班，我是周日的夜班，要跟我换一下。我知道小曹正谈女朋友，痛快地答应了，小曹道了谢，满意地走了。

刚吃完中午饭，小曹又来找我，一幅欲言又止的样子。我让他有事直说。他吞吞吐吐地说，情况有变化，夜班又不想换了。我一听是这事儿，拍拍他肩膀说："小伙子，这回你可来晚了。""怎么晚了？""上午你刚走，小赵跟我换班，让我值下周六的班，小赵还没走呢，小孙又让我值下周日的班了。"

打铃

时至今日，我们单位还保留着打铃下班的传统。周一至周五，每天下午五点，传达室马师傅都会到二十米外的电工房去打铃，大家听到铃声才下班。

立冬后，天黑得越来越早，五点下班的时候差不多路灯都亮了，大家都盼着早点打铃下班，尤其是周末的时候。可马师傅是个认真的人，表不到五点他决不打铃，大家也没脾气。

上周五，天空刮起了大风，快五点的时候，王姐赶紧穿好大衣，等着去接孩子放学；赵姐也急着回家做饭；小王也要赶去约会。可都差五分钟就五点了，马师傅却还没去打铃。我看她们三人急的厉害，便自告奋勇地往传达室拨了个电话，想让马师傅早点打铃。谁知电话打过去竟无人接听，过了好一会儿才听到马师傅气喘吁吁来接电话，还没容我说话，便抢着说："今儿是周末，我想早几分钟打铃，让大伙早点回家，出了传达室，都快到电工房了，一听电话响，我赶紧跑了回来，有什么事赶紧说，我还得去打铃呢。"您看我这电话打的，还不如不打呢。

代购

上个月，办公室新来了一位大学毕业的小周姑娘。像其他女孩子一样，小周也特别喜欢吃零食。隔上三、两日，小周就会在午饭后到离单位三站地远的一家超市买零食。用她的话说就是既散了步，又满足的口腹之欲。

每次采购前，小周都客气地问问办公室每一个人，用不用代购些日用品回来。一开始，大家跟小周都不太熟，谁也不好意思麻烦她。时间长了，大家发现小周确实很热情，谁家要是缺点纸杯、湿纸巾什么的，也会让小周给带回来，小周也俨然成了办公室的代购员。

昨天中午，小周又要去超市买零食。临出门时客气地问我要不要带东西，我犹豫了一下说不用了。小周见状，立刻说："冯师傅，买什么您就说，还跟我客气什么呀？""让你代购不合适，还是下了班我自己去吧。""有什么不合适的呀，上次我还帮您买过一包蚊香片呢"。"这次不一样，早晨上班前，老婆让我买回一袋50斤的富强粉来，我怕你扛不动。"

定会议室

我们办公室的墙上有一块小黑板，整个公司哪个部门要预定会议室，都要由预定人写到小黑板上。由于公司部门多，业务又比较繁忙，礼堂、大、小会议室等三个会议室根本就不够用，往往是谁先预定，会议室就归哪个部门用。

记得刚实行预订会议室时，大伙写得还挺正规，如"8日上午，销售部用大会议室"，"12日下午，人力资源部用小会议室"等。后来，销售部的小曹嫌这么写繁琐，就用简称了。于是，如"销售部用大会议室"就成了"销用大"。胖孙更绝，怕别人占了会议室。就把部门经理搬出来，"李经理用礼堂"，就被简化为"李、礼"了。

昨早上刚一上班，我们主任就大声对大家说："预订会议室使用简称还说得过去，可不能把菜谱写上啊。"我们朝黑板上一看，不知是谁，把"麻经理用小会议室"，简写成"麻、小"了，难怪主任生气了。

乱穿衣

俗话说，二八月乱穿衣，此话真是不假。我们办公室有两个小伙子小曹和小宋，俩人的年龄相差不过一、两岁，但对天气的适应程度却大相径庭。

十月中旬，小曹还穿着短袖 T 恤呢，小宋都薄毛衣上身了。前两天下了一场雨，小宋又扛不住了，皮夹克、羽绒服也开始往身上招乎了。而小曹呢，只不过把短袖 T 恤改成长袖衬衫而已。大家都说，这哥俩儿的打扮至少差了两个节气。都在一个办公室，适应天气的能力怎么相差那么大呢？

昨天，南方客户大周来谈生意，一走进办公室，先是看见了穿长袖衬衫的小曹，便打哈哈说："我临来北京时，以为北京挺冷的，看见你我才知道我带的厚衣服多余了。"一转身，大周又看见了毛衣外还穿着羽绒背心的小宋，便转身要走。小宋赶忙拽住他，问他为什么走，大周坏笑着说："北京现在到底是啥季节呀，看见你，我得赶紧买件棉袄去。"

踢毽

春节前，工会组织了一次体育比赛，有跳长、短绳，象棋、踢毽等项目。小宋踢毽棒在公司是出了名的，去年踢毽比赛，别人一分钟最多也就踢 90 个，小宋却踢出了 120 个，打破了公司个人踢毽比赛记录。

昨天下午，到了比赛时间，为鼓励小宋今年再创佳绩，工会马主席自告奋勇地要亲自给小宋掐表、计数。比赛开始后，小宋先声夺人，发挥出色，体现出较高的踢毽天分。其他选手刚踢了十来个，小宋都三十往上了。小宋踢毽又好又快是没的说，可就有一个毛病，就是不会在原地踢，踢着踢着就往前走，踢了还不到 50 个呢，就往前走了十多米，不光观众得给他让道儿，给他计数的马主席也得跟着他走。等踢到最后十秒时，马主席跟着小宋已走出百、八十米了。比赛结束后，马主席已累得有些喘了，他拍着小马的肩头："我这哪儿是踢毽裁判啊，简直是足球裁判。"

一人对一半

昨天中午，我打好饭刚在餐桌前坐下，同事宋、李两位小姐也坐在了我旁边，并开始聊天。小宋说："食堂的饭我都吃腻了，以后咱们到外边吃吧，你知道哪家饭馆的饭物美价廉吗？"小李回答："我还真知道一家饭馆符合你的要求，就在美术馆往北，三联书店对面。""三联书店？我怎么不知道，我只知道那有一家韬奋书店。""你说的是隆福医院南侧的书店吗？""就是那家书店。""那咱俩说的名字怎么不一致啊？"

我在旁边听得实在忍不下去了，就搭话说："你们俩说的那两家书店，其实是一家书店，叫'三联韬奋书店'，你们俩每人只说了一半，硬把一家书店分成了两家。"

真正的开水

前几天，单位新安装了一台电热水器。虽然省去了烧茶炉的麻烦，但电热水器也有不尽人意的地方，最大的缺点就是一个八磅暖壶还没灌满，热水器的加热指示灯就亮了。至少要等七、八分钟，加热指示灯才灭。尽管安装热水器的师傅一再强调，只要水龙头出水，就是开水，但大伙心里都认为那水根本就不开。

每天早上，电热水器前都挤满了等待打开水的人，有耐心的，就多等一会儿；着急的，打了水就走，每天都有人讨论水到底开不开的问题。

昨晚我值夜班，今儿起的早。趁大伙没来之前，我就把四个暖壶全灌满了。李大姐上班后，沏茶一喝，赞叹到：今天的水和每天不一样，我立刻接到："那是，今天喝的是'真正的开水'，味道当然不一样了。"话音还没落呢，别的办公室的人都拿着杯子，也要尝尝"真正的开水"。不一会儿，水就倒光了。李大姐感慨到："海东，为了大伙的身体，要不，我跟领导说说，再给你争取几个'夜班'？"

长不大

新分到办公室的女大学生小赵不仅能干，脾气还特好，不出一个月，就受到了大家的喜爱。小赵好是好，可就一样，好像永远长不大似的，回家就看动画片，张嘴就谈卡通人物。前两天，王姐带6岁的女儿来上班，小赵硬是跟小孩聊了多

半天的动画片，真令我们这些"老人"哭笑不得。

渐渐地，我们发现，只要是看了好的动画片，小赵干起活来情绪就特高涨，要是电视里没播她爱看的动画片，她的情绪就会低沉许多。

昨天，我发现小赵的脸沉得很厉害，估计又是没看好动画片。本以为一会儿就过去了，没想到她的眼圈竟红了。我赶紧过去安慰她，没想到她竟低声抽泣起来。我忙问怎么回事，小赵伤心地回答："以前我每天都看报上的'找不同'（画面上有两张漫画，一般有8处不同之处，请读者辨认），可这几天广告占了版面，我已经三天没看到'找不同'了。"

迟到

天暖以后，公园上班迟到的人却多了起来。8：00过了，却还有三分之一的人没露面。经理了解了一下，迟到原因也是五花八门，有因为堵车的，有因为送孩子上学的，还有是因为丈母娘病了，送老人到医院看病的。但不管什么原因，上班也不能迟到啊。

为整顿劳动纪律，上个月，公司重新修订了有关规章制度，规定每人每月最多迟到三次，每次不得超过 15 分钟，违者扣除当月出勤奖。从公布新规定那天起，部门经理就多了一个活儿，每天观察迟到的员工。时间长了，经理发现迟到的总是那么几个人，大多数员工还是非常守时的。便跟总经理商量，月底，对从不迟到的员工进行奖励。

昨天下班时，部门经理听见从不迟到的王姐对小赵说："从明天开始，我要连着三天上班迟到。""为什么？""不为什么，我就觉得每人给三次迟到的机会，不利用好就可惜了。"

委屈奖

天热以后，公园要求大家上班时必须穿统一发放的蓝色短袖工作服。我们这些上点岁数的男同志穿着不讲究，每天都是穿着工作服上下班。而女同志就不同了，都是上班时穿工作服，而上班前和下班后都要换上自己珍爱的个性服装。

我们部门有八名工作人员，其中七名都是女性，就我一个"党代表"，每天上班前和快要下班的时候，女同志都要换衣服，每到这时，她们都用商量的语气对我说："海东，我们要换衣服了，请你回避一下。"一听这话，我赶紧放下手头的活计，站到门外，等她们换好了，我再进来。由于她们换衣服的时间有先有后，有时一天我要在门外站七、八回，甚至充当起禁止其他部门男同志进入的角色。其他部门同志知道这个情况后，也都非常同情我，说我不容易。

月底发奖金的时候，我发现我的奖金比其他人的多了200元，就不解地问部门经理。经理笑着说："我们每天换衣服，你都要到门外'罚站'，我们姐几个一商量，就给你设了个'委屈奖'。"

吃错饭

同事王姐办事钉是钉、铆是铆，循规蹈矩，就连"头伏饺子，二伏面，三伏烙饼摊鸡蛋"也是严格按日子来吃。可就是这位办事几乎没出过差错的老同志，前两天也闹了回乐子。

离冬至还好几天呢，王姐就开始打听冬至应该吃什么。最后终于从快退休的老张口中打听到冬至应该吃饺子。王姐如获至宝，冬至那天，包了三种不同口味的饺子来庆祝，闹了个不亦乐乎。

第二天早上一上班，王姐慌慌张张地走进办公室，嘴里还说着："不好了，不好了。"我们见状，忙围过去，询问出了什么事。王姐叹口气说："昨天我家吃错饭了。""饭还有吃错的？"我好奇地问。"怎么没有，老张说冬至应该吃饺子，可昨儿晚报上说了，应该吃馄饨。"

念文件

上级单位制订了一篇管理工作方面的文件，全文十一章共 32 页。昨天下午没什么事，经理组织我们部门成员进行了学习。

学习首先从通读文件开始，经理首先读了第一章，然后由大家轮流往下读，每人读一章。由于大家事先没看过这个

文件，一读起来才知道，敢情经理读的第一章才一页多，而后面的内容每章都有三、四页，由于大家都没带水杯，直读得口干舌燥，嗓子冒烟。

趁大伙正读的工夫，读最后一章的小赵想先做做准备。谁知翻到第十一章，小赵乐了，只见十一章只有一句话：本规范从公布之日起施行。

幸福家庭

这两天，单位正在评选文明幸福家庭。按规定，我们部门只能给一个名额。大家却推举了赵大姐和小宋两个家庭作为候选家庭。眼看着离报送名单的日子越来越近了，可大家还是拿不定主意，觉得割舍了谁都不合适。没办法，我们只好开了一个小会儿来商议此事。

会上，大家按照评选条件一一列举了两人的优势，发现二人都是家庭和睦、夫妻恩爱、孝敬公婆，只有在孩子方面赵大姐占了优势。她的儿子今年考上了市重点高中。而小宋的孩子太小，没有可比性。我一看小宋被评上的希望小了，怕影响了团结，赶忙打圆场说："小宋的孩子虽然小，但也很有出息，刚三岁就考上了北京市第一幼儿园。"

中了 500 万

这几天，电视里正热播电视剧《我中了 500 万》。中午吃饭的时候，我们这几个铁杆彩迷兼电视迷便聊起了中奖这个话题。小张说："你看电视剧里的那位老师，只花了 2 块钱，就中了 500 万，命多好啊？"小赵接着说："可不是吗？我买彩票都花了 1 万多了，也没中上大奖。"小曹搭茬说："我要是中了 500 万，我就辞职，然后周游世界。"半天没说话的马师傅开口了："我要是中了 500 万，我就不言语，该上班还上班，该干吗还干吗，让别人根本就看不出来，这就叫喜怒不行于色。"我们哥几个看着老马侃侃而谈，且喜怒不行于色的样子，心里不禁产生了怀疑。过了一会儿，我终于忍不住开了口："马师傅，该不是您已中了 500 万了吧？"

肿眼皮

昨儿早上刚一上班，我就接到了同事小曹的请假电话："夜里我发现孩子的眼皮肿得很厉害，今天我休息一天，带他

到医院好好检查一下。""是不是针眼啊？"我关切地问。"绝对不是，我怀疑是肾脏出了问题，因为他最近出汗多，排尿少。""那你赶快带他去看病吧，千万别耽误了。"

可刚刚过了一个多小时，小曹却笑着推门而入了。我赶忙问他带孩子去医院了吗？孩子怎么样了。小曹故做义愤填膺状说："别提了，我是被大夫轰回来的。""为什么？""大夫说，孩子的眼皮肿跟肾脏一点关系都没有，是被蚊子叮的，根本用不着来看，还说我一点生活经验都没有，说完，就把我给轰出来了。"

母爱

从9月1日起，同事小宋多了一个活儿，那就是每天到幼儿园接送两岁半的儿子。接儿子好说，每次儿子都张着小手朝她扑来。可送就困难了，从一出家门，儿子就又哭又闹，吵吵着不去幼儿园。到了幼儿园门口，小家伙哭得简直就是声嘶力竭。每次都是老师硬从小宋怀里把儿子"抢"走。这时的场面极其感人，往往是儿子大哭，小宋哽咽着抹眼泪。

都到单位了，小宋的眼泪还挂在腮帮子上呢。有时都上班半天了，小宋一想起儿子还要哭上几声。几位女同事见了，往往唏嘘不止，甚至掬一把同情泪。这样的情况一直持续了快一个月也没改变。

那天早晨，小宋进办公室后，一改往日满面愁容，不但没哭还有说有笑。大家想，她那宝贝儿子一定是适应了幼儿园生活，不用她操心了。我们都为小宋高兴。中午吃饭的时候，大家说起这件事，小宋叹口气说："哪儿是儿子适应了，是他今天哭得厉害，我就没送他去幼儿园，把他放我妈那里了。"

签字

上个月，部门新换了经理，并指定我给他当秘书。新经理对我很信任，上哪儿办事、开会都带着我，就连职员报销都是我替他签字。结果，公司的报销单上落满了我的笔迹，经理的笔迹倒成了稀罕物。

周一上午我外出办事。小宋跑来找经理，说是急着领取支票给客户结帐。经理正忙，喊我替他签一下字。得知我不在，经理就顺手在支票领用单上签了名字。没想到，小宋出去一会儿就跑回来了："经理，会计不给支票。""为什么？""会计说，这字跟每次经理签的字不一样，是假的。"

交 2000

前两天，公司派我和新分配来的小赵参加了总公司举办的继续教育培训班，这是我第三次参加这样的培训了，培训方式我早就轻车熟路了，不外是请大学里的几位教授，讲一讲当今科技形势，说一说电子政务的最新发展等等，最后每人再交一篇2000字的总结，就万事大吉了。

第一天上课，果真像我想像的一样，临时班主任啰里啰嗦地说了一大堆注意事项后，宣布开始上课。我想早点把总结准备出来，省得到时抓瞎，就举手问班主任："老师，还是交2000（字的总结）吧？"班主任赶紧补充说："这位学员提醒的好，刚才我忘了说了，要想拿到结业证书，必须交2000（字的总结）。"没想到小赵误会了，紧锁眉头对我说："这学校怎么这么'黑'呀，我刚到公司，还没挣到2000块钱呢，怎么交2000呀？"

卡拉是条狗

同科的小王上班三四年了，按说与人相处的能力也该具备了，可任凭同事言传身教，他一张嘴说话还是不讨人喜欢。

用同事的话就是"说话不过脑子"，哪壶不开提哪壶。

科里的大赵喜欢人像摄影，经常给报纸投稿，但由于摄影水平有限，能见报的作品很少。那天早晨，大赵刚走进办公室的门，就兴奋地对大家说："编辑通知我了，明天我给儿子拍的照片见报。"大家纷纷祝贺。小王也接茬道："赵哥，明天我也买张报看看，你拍的照片是在宠物版吧？"

春节前，科长被评为先进个人。前两天，他拿着刚领到的500元奖金对大家说："今天中午我请大家吃饭，然后咱们卡拉。"别人都没有言语，小王又接茬道："卡拉不是条狗吗？"

电脑与鼠标

同事大李在股市闯荡了好几年，最后落了个两手空空。刚入市时，他以为炒股就是扛着空麻袋去装钱。经过一段光赔不赚的摔打后，他才逐渐明白过来，自己敢情是扛着一麻袋钱给人家送了去。您说，他能善罢甘休吗？他一直在等机会，等着来点阳光他也灿烂灿烂。

去年年初的时候，股市持续火暴。这天，大李兴奋地跑来告诉我，手里买的几只股票猛涨，如果现在抛出，挣的钱够买台电脑的。我劝他该出手时就出手，千万别错失良机。他连说了好几次打住，挤对我目光短浅，并发誓一定要把以

前的损失补回来。

　　一个星期后，大李再见到我时，情绪有些低沉。我感觉情况有些不妙，忙问他电脑怎么样了。大李垂头丧气地说："还电脑呢？现在就剩下一只鼠标了。"

自助餐

　　同事大勇上个月刚来公司，他身高 1.85 米，体重 120 公斤，每顿饭二两一个的馒头能吃五个，还不算菜和汤。公司每天发的盒饭根本不够吃，常有同事把自己的盒饭拨一半给他。时间一长，大勇有些过意不去，便到公司附近的饭馆去吃自助餐。

　　自助餐，顾名思义，只要交了钱，吃多吃少没人干涉。大勇便甩开了腮帮子吃，可他一个人吃的饭快赶上 5 个人的饭量了，直看得服务小姐目瞪口呆。谁知没几天，饭馆老板就拐弯抹角地提醒他该换换口味了。大勇是明白人，第二天便换了一家饭馆。就这

样，没出三、五天，大勇准得换一家饭馆。不出一个月，大勇把公司附近几家经营自助餐的饭馆都吃遍了。

最后这家饭馆的老板特逗。一次，在大勇吃饱后竟把饭钱退给了他，条件是：从明天开始，请大勇到对面饭馆吃去。大勇一脸无奈地对老板说道："不瞒您说，昨天对面饭馆的老板八成是挺不住了，让我今天到您这儿来吃。"

黑箍

老孙是单位的工会主席，职工的生老病死、红白喜事，他都要过问、操心，并亲自上门探望。

周一早上刚上班，小赵就找老孙说："技术科的曹力歇了一个星期假，今天刚上班，我发现他戴了一个黑箍，莫非他家出了什么事？"老孙一听，吓了一跳，心想，只听说曹力

上星期去旅游了，没听说他家谁去世呀？要真像小赵说的，那我可就失职了。

想到这儿，老孙坐不住了，他要亲自找曹力了解一下情况。离着老远，老孙就发现曹力右胳膊上戴着一个黑箍。更糟糕的是，他左胳膊上也戴着一个黑箍。莫非他父母一块儿……老孙不敢往下想了，快走几步，来到曹力身旁，仔细一看，差点被气死。原来曹力戴的根本不是什么黑箍。他新穿了一件夹克，不知哪位设计师把两只袖子的中部设计成了黑色，从远处一看，就像戴了黑箍一样。

睡友

单位搬进了新办公楼，午休的问题终于解决了。

每天中午，与我同睡一室（会议室）的还有睡友小李，此君五大三粗，头一沾枕头就着，且鼾声如雷。我要想睡着觉，每天不得不早睡几分钟，赶在他打呼噜之前进入梦乡。

第一次与他同睡一室的时候，他嘱咐我1点前叫他（单位 1 点上班），我答应了。领了任务总怕睡过了头，醒了好几次，才到 12 点 40，索性不睡了。此时的小李依然鼾声大作。我不忍心叫醒他，等到 12 点 59 分了，才轻轻推了推他。可他却不买帐，睡眼惺忪地看了看表责怪我说："还有十几秒呢，叫我这么早干吗？"一听他说这话，我心里这气，我这给你打更，你还有意见。可说归说，在以后的日子里我一如既往地叫醒他。

一天中午，我有事外出了，一点钟才赶回来。本来还想着到会议室看看小李起没起，可工作一忙给忘了。转眼到了下午 4 点，与小李同科的小赵急匆匆地来找我，责问我把小李鼓捣哪去了？上班仨小时了都没见着他面儿。我一听不好，赶忙带他去了会议室，还没进门就听见了鼾声。推门进去，人家老先生还做美梦呢。我上去就摇晃他："醒醒吧，都快下班（5 点下班）了，还睡呢？"小李迷迷瞪瞪地坐起来，嘴里叨唠着："到 1 点了吗？"

编外彩民

俗话说，榜样的力量是无穷的。自从南方一彩民花 18 元中了九注特等奖共 4500 万元的消息在单位传开后，一些老彩民坐不住了，遂加大了投注力度。他们每期购买彩票绝不少于 100 注，大有不中大奖绝不收兵的姿态。连我这个平时很少买彩票的"编外彩民"也被他们拉着买起了彩票。

买了大约十来期彩票，我们单位终于有人中了 500 元。这下大伙儿劲头更足了。我这个"编外彩民"就惨多了，虽说花了千儿八百块钱，却由于经验不足，连中末等奖的滋味都没尝到。可我深信有投入就有回报的道理，要一直坚持买下去。

谁知风云突变。在彩票开奖前，单位的铁杆彩民没有按照惯例招呼我去买彩票，我觉得很奇怪，难道他们这么轻易就放弃了？我决定问个究竟。谁知他们一个个竟对我置之不理，最后是我的一个哥们儿给我揭开了疑问。他用老师教训学生的口吻对我说："你怎么连这都不懂？上次开奖开出 3 个 500 万，这期奖池中总共才有 200 万元，谁还犯傻买彩票？"我一听，才明白是怎么回事，但仍表示这期还要买。哥们儿一听有点儿上火，规劝我别买。我急了，说："这期奖池中有 5 元吗？"哥们儿不解其意，点了点头。"这不就结了！有 5 元我就买，因为我连 5 元都中不上！"我咆哮着说。

尝饺子

同事宋姐做饭好，尤其是包饺子在全单位百十号人中是出了名的。冬至前一天，宋姐对我们说："今儿晚上我给大伙儿包饺子，明天冬至吃饺子，我带来给你们尝尝。"大家一听，都挺兴奋，就等着第二天吃宋姐包的饺子了。

晚上一下班，宋姐就赶到超市，买了肉馅和白菜，回家和了面，包了近百个饺子，装了满满两大饭盒，就等着第二天给大伙尝了。

谁知宋姐是起了个大早，赶了个晚集。第二天早上走的急，竟把两盒饺子忘在了屋里。等中午吃饭时发现未带饭盒，再回去取，已经来不急了。

第三天中午，大伙儿才尝到了宋姐包的饺子。大家一边吃，还一边啧啧称赞。小赵抹了一把嘴角上的油，说："真好吃，宋姐，您包的是酸菜馅的吧？"

实惠

昨天，单位组织我们到郊区培训。晚上吃饭的时候，我去晚了一步，八张桌子几乎全坐满了，只有领导坐的那桌还

空着两个座位。我本想在旁边桌子挤个地儿，正搬椅子呢，不知哪位领导说了句：这儿有空座儿。听了这话，我只好硬着头皮坐到了领导席上。

根据以往的经验，男同志由于吃得多，挤一桌谁都甭想吃饱；而跟女同志坐一桌，虽然菜量够，但往往碍于情面，也有吃不饱的危险。这次跟领导坐一桌，吃饭肯定受拘束，估计这顿饭也就"比划比划"，根本就别指望吃饱了。

可谁知一开撮，竟发生了戏剧性的变化。领导们一趟趟地到另外七张桌子敬酒，我所在的领导席只剩了我一人，便甩开了腮帮子一通招呼，直到吃了个肚歪。心里盘算着，下回还跟领导坐一桌。

兜儿

前几天，单位要为每位职工做一套夏装。试样衣那天，裁缝师傅根据我的体型找出一套衣服。我往身上一穿，就跟

定做的一样，那叫一个合适。可
合适归合适，有一样我还是不太
满意，那就是裤兜儿太浅了，骑
车的时候兜儿里的钱包和钥匙肯
定会往外拱，特别容易搞丢。我
就跟裁缝师傅商量，能不能把兜
儿做得深一些，师傅非常爽快，
麻利地在登记表的备注栏里注上
了我的特殊要求。

　　昨天，夏装发下来了。我领
到衣服一试，还是那么合身。我还特意往裤兜儿里伸手试了
试，这一试不要紧，我的手硬是没摸着兜儿底。这兜儿做得
也太深了，我略微弯了弯腰，才在膝盖上边一点摸到了兜儿
底。这哪是兜儿啊，整个一个七分裤。

　　回到家，我把这事跟老妈说了。老妈说没事儿，一会儿
我给你改一改。

　　第二天早晨，我穿上了老妈改过的裤子刚要去上班，老
妈走过来笑着说："你发了一条裤子连我也跟着沾了光。"我
不解地问："您沾什么光了？"老妈指了指胳膊上的套袖说：
"这不是，你那兜儿布太长了，我又裁下一副套袖来。"

考外语

去年春天，为使老方在退休前能评上高级职称，单位让他参加职称英语的考试。

老方的英语水平本来就不高，又扔了20多年，复习起来格外吃力。有人给老方出主意，"反正考试都是选择题，你看没把握的就都选'C'。这样怎么也能得个几十分。"老方没理他们这一套，找了份模拟题认真演练起来。可做完题一算分数，还不如都选'C'得的分多呢。大伙都认为老方这次考试没戏了。

可等考试成绩下来，老方居然得了63分。大家百思不得其解，纷纷向他讨教考试的诀窍。老方得意地说："我哪有什么诀窍啊，只不过我坚信一点：我认为正确的答案一定是错误的，我认为错误的答案没准倒是正确的。"

空中溜索

周末，单位组织我们到郊区进行拓展训练。在经历了拔河、长走等传统项目后，组织者把我们带到了空中溜索项目旁。

所谓空中溜索，就是在两个山头之间架起一根粗粗的钢索，游人钻进钢索下面的"网兜"里，靠惯性由山的一端滑向另一端。

看到前面的游人一个个"溜"过去，几位男士大喊刺激，跃跃欲试，而有几位胆小的女孩子看到钢索下面是一百多米的"深渊"，两腿便不住地发抖。尤其是又瘦又小的小曹姑娘，直接找组织者，要求放弃这一项目。组织者一面为小曹打气，一面告诉她既然来了，所有的项目必须参加。小曹没办法，只好硬着头皮钻进"网兜"里。

真是怕什么来什么，前面几位同事靠着身高马大，不费吹灰之力便"溜"到了对面，而小曹姑娘体重只有80斤，由于"惯性"不够，"溜"到距对面山头不远处，竟然停下不动了。小曹姑娘不知如何是好，再加上脚下的"万丈深渊"，便大喊大叫起来。我们这些"过来人"也是心急如焚，赶忙找工作人员帮忙。工作人员一面安慰小曹不要紧张，一面迅速找来一根十多米长的竹竿，把正在惊魂未定的小曹姑娘硬是给"钩"了过来。小曹姑娘一落地，眼泪便流了下来，嗫嚅着说："这哪儿是拓展训练呀，简直是生死考验。"

过水面

最近这些日子，天气特别炎热，食堂还挺人性化，新添了过水面，就是把煮好的面条用水管子里的水冲，直到面条冰凉为止。

我这人，就爱吃面条，属于一天吃三顿面条也不嫌烦的主儿。虽然过水面好吃，可我的肠胃不好，吃了过水面准有情况。

昨天，食堂又吃过水面。我买了三两，望着冰凉的面，我有些犹豫。卖饭的大李看见了，关切的问我："你是嫌面条不够凉吗？我可以帮你再过两遍水。"我一听，心里这个气，没好气地说："我是嫌面条不够热，你把暖壶递我，我要过两遍热水。"

忌口

同事老赵肠胃不好，吃饭忌讳较多，到外边聚餐的时候，大家点菜时都会照顾老赵，可难免有照顾不周的地方。而老赵也从不计较，挑自己能吃的吃两口，其余的大不了不吃罢了。

昨天晚上，单位开年会，免不了要吃一顿。我们桌点完菜，女服务员按惯例问了一句："饭菜有什么忌口的吗？"大家都表示自己没什么，然后把点菜单递到老赵手上，说："一年了，我们也没照顾好您，快过年了，您也别不好意思，有什么忌口的您只管说。"只见老赵沉吟了一下，慢悠悠地说："那我就不客气了，服务员，听好了，麻辣香锅别麻别辣，酱肘子别油别腻，糖醋鲤鱼别甜别酸，最后，酸辣汤别酸别辣。"大家一听，都愣住了。过了足足有一分钟，大李才开了口："照您这忌口的方式，我们大伙儿只能吃白水熬菜了。"

生活麻辣烫

／
／
／

　　俗话说，生活，就是一个七日，接着又一个七日。过日子，无非柴米油盐，婆婆妈妈，平平淡淡。以前农村人还能在井台聊聊家常，城里人还能在公共厕所嚼嚼舌头。可现如今，家家住单元房，房门一关，"老死不相往来"。要是自己还不来点"麻辣烫"，刺激刺激感官和平淡的生活，找上点乐子，那这辈子就憋屈死了。

家长的一天

周末一大早，八岁的侄子说他要写作文，题目是《家长的一天》，这一天，他都要跟在我身边，看我一天都干些什么。

从八点钟开始，我就忙个不停。先是把穿了一冬天的羽绒服洗了，然后洗床单。忙活完了，又去超市购物，回来又赶着做午饭。中午小睡一会儿，又给侄子检查作业，辅导功课，眼瞅着到了五点，又开始准备晚餐，等吃完晚饭，刷完碗，《新闻联播》就开始了。

刚靠在床上歇个脚，侄子走过来，说："大大，您这一天可真够忙的，简直满负荷呀。"我见侄子这么懂事，就想趁机教育他替大人分担点家务。可我还没来得及说话，侄子做语重心长状，拍拍我的肩膀说："您虽然辛苦，但日子还得过下去，您还得干下去啊。"

白忙活

上周三一大早，我起床后被窗外的雪景震惊了，好大的雪呀。我连忙喊起老婆，叫她也来欣赏。老婆看了一会儿，突然对我说："你赶快把咱家车顶上的雪除掉，要不孩子上学该晚了。"

我抄起一把笤帚和墩布就下了楼，到楼下每晚老婆停车的地方一看，不是我家的红车，而是一辆白车。我又往前走了好几步，才看见红车。

雪太大了，不光车顶上堆了厚厚的积雪，车门拉手上都是雪，就连车牌子上都糊满了雪，什么都看不清了。

我先是用笤帚把车顶上的雪扫下来，然后又用墩布擦开了，足足折腾了20分钟，才拾掇利落。最后我开始擦车牌子，等车牌子上的雪擦干净了，我一下子愣住了：我忙活了半天，擦的根本不是我家的车，而是别人家的红色车。

差距

晚上，与老婆一起看电视里的访谈节目。电视里一钢琴家说起他的成名来，也是一肚子苦水。他上小学三年级的时候，就因为多看了半小时的电视，少练了半小时的钢琴，母亲知道后，第二天就把电视给卖了。没了电视，他只能苦练钢琴，一步步才走到了今天。

看到这儿，老婆深有同感，叹了口气，说："我上小学时也练钢琴，而且是一边看电视一边练习，我妈知道后，特别生气，也给卖了。""你妈也把电视给卖了？"我好奇地问。"她把钢琴给卖了。"老婆不无遗憾地说。

长个儿

女儿纯子都上高二了，身高才 1 米 61，而且这 1 米 6 的个儿全是小学和初中长的，上高中后几乎没怎么长。眼瞅着她的同学一个个的身高都奔了 1 米 7，我心里那叫一个急呀。

我也分析了纯子不长个儿的原因，感觉最重要的一条就是她不爱喝水。人要是喝水不勤，不但不爱长个儿，还容易得病。

自从有了定论后，我每天都督促纯子喝水，可她已养成了不好的习惯，每天只喝一点水，气得我没辙没辙的。

前两天，同事大曹带初二的女儿到家串门，好几年不见，他的女儿都长到 1 米 68 了。我忙向他讨教女儿长个的原因。大曹谦虚地说：我们两口子个儿都不算高，这孩子就是特爱喝水，所以长得高。我一听，像抓住了救命稻草，忙把女儿叫过来，叫大曹的女儿"现身说法"。

昨天，我带纯子去看望一个远房舅舅。一进门，舅舅的孙女走过来叫我。我一看，小姑娘岁数不大，可身高足足有 1

米75。舅舅介绍说，孙女才上小学六年级，个子却着实不矮。我见教育女儿的机会又来了，赶紧问舅舅这孩子是不是特爱喝水。谁知舅舅却说："这孩子从小就不爱喝水，每天也就是涮涮嗓子，你有什么好招儿没有，有的话告诉我。"我臊眉耷眼地回头看了一眼纯子，纯子正扬起下巴，瞪眼向我示威呢。

炒土豆丝

大年初三，我到同事小曹家串门。一进门，小曹刚娶的台湾媳妇就热情地跟我打招呼。落座后，小曹媳妇又是递水果，又是沏茶水，好不周到。

在小曹新房里参观了一会，转眼就到了午饭时间。小曹媳妇走进房间问我想吃什么菜，我不想给人家添过多的麻烦，再加上过年这几天总是大鱼大肉的招呼，想吃点清淡的，就说："那就炒个土豆丝吧。"

可吃午饭地时候，餐桌上并未见到土豆丝，我好生奇怪。这时，我还发现小曹媳妇也没有了刚才的热情，有些耷拉脸。我百思不得其解。午饭后，趁小曹媳妇刷碗的空挡儿，我问小曹，为什么你媳妇没炒土豆丝，而且还有些不高兴。小曹听后哈哈大笑，说："原来你让她炒土豆丝啊？""啊，怎么了？"我问。"台湾把花生米叫土豆，你让人家炒花生米丝，你说人家能高兴吗？"

防寒帘

昨天骑电动车上街的时候，我见路边有卖防寒帘的，就是上口儿套在脖子上，腰部有尼龙搭扣，面儿能防水，里儿是绒毛，骑电动车既防风、又挡雨的那种，就花50块钱买了一个。心想，有了它，这一冬天可冻不着了。

晚上遛弯儿回来，刚进门的老婆发现了沙发上的防寒帘。拿起来看了半天，问我这是什么东西。我故意逗她，让她猜。老婆拍拍打打，里外端详了半天，说："说是门帘子吧，又上下够不着；说是围裙吧，就算是冬天，也不至于要棉围裙吧，那是会什么呢？"过了一会儿，一拍脑门，做恍然大悟状："我明白了，是不是小时候'屁帘'没戴够，人到中年开始怀旧，买个屁帘戴吧？"

父亲节

周日是父亲节。刚过九点，老婆和闺女就拉我去商场，说要给我买一样礼物，着实让我感动了半天。

到了商场门口，老婆递给我一沓钱，说是两千块，我暗自窃喜，终于不再像往年父亲节那样，买件衬衫，买个剃须刀糊弄我了。

一进商场，路过化妆品柜台，老婆先是选了个口红，又买了眼霜，最后又看上了一款护肤水，一下子就出去了九百多。

上了二楼，是女装部，女儿说妈妈买了那么多化装品，自己怎么着也得挑件连衣裙呀。选来选去，女儿看上了一款碎花儿连衣裙，我到收银台交了八百八。

母女俩都买到了心爱的商品。老婆拉着我就往三楼男装部走。我说："别去了。"老婆认真地说："那怎么行，今天是父亲节，你是主角，还没给你买东西呢。"我说："买什么买，就剩一百多块钱了。"老婆有些不好意思，说："没想到都花那么多钱了，这家商场也真是的，为什么就不能把男装部往下挪两层啊，设计太不合理了。"接着，老婆又安慰我道："其实你又不缺什么穿的，买不买也不吃劲，再说了，这时间过得这么快，再有三百多天，又该过父亲节了，到时再给你补上呗。"您说，我还敢信她的话吗？

过期

老爸过苦日子惯了，甭管是食品，还是物品，只要还能食用、使用，就舍不得扔。

上周，家里的挂面过期了，我刚要扔掉，老爸一把抢过来，说干面过不过期没关系，你们别吃，我自己吃。望着老爸的坚决样，我也只好由他去了。

前两天，家里的空调使了十多年了，早已过了使用期限，虽然还能凑合用，但噪音大，还费电，我就打算换一台柜式的。老爸知道后，又搭茬了："你换空调没问题，把旧的空调安我那屋去。"

昨天，老婆整理抽屉，找出来好几样过期药。老爸看见了，就要留下自己吃。老婆笑笑说："这药您还真不能吃。""为什么？""这是治疗妇科病的药。"

花眼

进入五十岁后，我的眼睛是越来越花了。平时看书报，戴着眼镜根本看不清楚，只好摘了眼镜咪着眼看。前儿天去了趟秦皇岛，还闹出了笑话。

车刚进秦皇岛市区，我突然发现前方红绿灯下，有一提示牌，上书：此路口没有闯红灯照相，看得我直发愣。不由得直嘀咕："没有探头就没有呗，还提醒司机，这不是引诱司机闯红灯吗？"听了我的牢骚，车里人哈哈大笑。我有点儿丈二和尚——摸不着头脑。等车离红绿灯近了，我仔细看了一眼牌示，原来写着：此路口设有闯红灯照相。

买国债

周末一大早，老妈就催我去银行给她买国债。我赶到银行一看，门口最少排了四、五十人，而且都是老年人。我在队尾排了几分钟，见半天也没挪地方，就扭头回家了，告诉老妈国债卖完了。

中午吃完饭，老妈说反正也买不着国债了，直接把钱存银行算了。说完，就自己溜达出去了。

过了约莫一个小时，老妈一进门，就大声叫我的名字。我刚一搭茬儿，老妈就闯进了我房间，"啪"地一下，把一张凭证式国债存单摔到了我面前。我一看，傻了眼，谁知道这期国债发行量这么大呀，到下午了还有的卖。我只好实话实说，嬉皮笑脸地表示要给老妈一些"精神损失"，老妈才气呼呼地离开。

洗车

一连三天，老婆都张罗着要洗车。我见一周来的天气预报都显示这三天有雨，就从中作梗，劝老婆再忍一忍，等熬过这儿天再洗车。

谁知这老天爷像是逗人玩儿，一连三天，只是阴了阴天，却连点雨星儿都没见着，老婆埋怨我好几次，说是车脏得不成样子了，都不好意思开出门了。

第四天，从大早上起就艳阳高照，天气预报也没说有雨，我放心地给老婆打了电话，让她晚上下班后踏踏实实洗了车再回来。

可都晚上七点了，也没见老婆洗车回来。电话打过去，老婆说洗车的人可多了，再排十几分钟就轮到她了。我一听，踏实了，就看起了电视，突然，听电视里说，今晚城区将有雷阵雨天气，正奇怪呢，耳边就传来了雷声，不一会儿，黄豆大的雨点就砸在了地面上。

过了一会儿，老婆回来了。我问她洗车了没。老婆叹口气：说洗了两次，一次花钱排队，用自来水洗的，一次没花钱，在马路上洗的。

蒸红薯

晚上，老婆拿回一个果篮，嘱咐我，看看里面有没有烂的水果，然后就去小区里的理发馆做头发去了。

我打开果篮，烂水果倒没看见，却从果篮里发现了一块足足有二斤重的大红薯。心想，这卖水果的真会赚钱，拿红薯放果篮里充数来了。于是，我径直走进厨房，把红薯放进蒸锅蒸起来。

约莫过了有四十分钟，我打开蒸锅盖儿，用筷子插了插红薯，竟没插进去。我想可能是红薯块儿太大，盖上锅盖儿，又蒸了二十分钟，可筷子还是插不透。

正琢磨不透呢，老婆做完头发回来了。我向她抱怨说：这破红薯蒸一小时了还蒸不透。老婆进厨房看了看，突然大笑起来。弄得我丈二和尚——摸不着头脑。老婆一边揉着笑疼的肚子，一边解释说："这根本就不是红薯，而是天山雪莲果，是一种水果，生吃的。"

重感冒

期末考试前两天，女儿得了重感冒，发烧乏力，卧床不起。眼看着就要期末考试了，我急在心里，但又不好表现出来。女儿看出来了，说她病的真不是时候，本来还打算考进全年级前三名呢，这下估计够呛了。我赶紧安慰女儿："考第几不重要，关键是先养好病，你考成什么样，我们都不会责怪你的。"

考试那三天，女儿硬撑着进了考场。奇怪的是，女儿每天都说自己考的不错。我以为她是在安慰我们，也就没在意。

昨天，考试成绩公布了。女儿竟考了全年级第二名。我百思不得其解，就问女儿怎么回事儿。女儿淡定地说："我还得感谢这次重感冒，我问同学了，我病那儿天，他们光做篇子上的难题了，可我没有篇子，就躺在床上，把基础知识巩固了几遍，没想到，这次考试考的都是基础知识，特难的题没考几道。"

租房广告

晚饭后，我和老婆到楼下遛弯儿。楼下新开了一家房产中介，玻璃窗内安装了大型显示屏，滚动播出房产广告。

由于广告是大字体，离着老远，老婆就看见了内容，兴奋地对我说："这写字楼的租金打错了吧？你看，200平方米的房间，租金怎么才15元啊。"我每天都从这儿路过，知道是怎么回事，就故意逗老婆，让她等会儿往下读。这时下一行字滚上来了。老婆一吐舌头："哦，少念了一个字，原来后面还有个'天'字，可200米的房间，每天租金15元也太便宜了。"我赶紧接过话茬："你是少念了一个字吗？再往后念。"老婆往后一看，还真是少念了一个最重要的"平"字。原来是15元/天/平。这回她不说租金便宜了吧。

安慰奖

女儿学校开运动会，让家长也参加。我坐在看台上，一会儿为女儿班上参加跳远的选手加油，一会儿为她们班上的长跑选手鼓掌。可等全部比赛都结束了，也没听到女儿班上的选手获得任何奖项。

单项奖发完后，集体奖中团体操奖、列队奖、集体舞奖等先后有了得主。最后校长都讲话了，我心想，完了，女儿所在的高一六班算是全军覆没了，什么奖都没捞上。正瞎想呢，就见一位老师跑上台去，递给校长一张纸条。校长看了看，大声宣布："高一六班的同学们表现突出，没有在看台上追跑打闹的，被授予'最佳观众奖'。"台下一片哗然。

包粽子

端午节前几天，好几位同事都包了粽子让大家品尝。我看大伙儿包的粽子外形不但漂亮，而且又好吃，从未包过粽子的我也不免活动起了心眼儿。在向同事请教过包粽子的技巧后，那天下午，我到超市买了粽叶、马莲、江米、小枣，就开始忙活起来。

还真别说，虽说是第一次包粽子，但由于得到了同事的"真传"，包出的粽子还真像那么回事。为给下班的老婆一个惊喜，我赶紧把包好的粽子放入锅里煮起来。

俩钟头后，我揭开锅盖一看，立马傻了眼。一大锅粽子不知是米放多了还是马莲没系紧，几乎个个都开了口。粽叶里没多少米和枣，相反，白花花的江米铺满了锅底，红红的小枣也在粽叶外面漂浮着。正犯愣呢，老婆下班推门进了屋，她鼻子还挺尖，立刻闻到了粽叶香，就问我是不是包粽子了？我说差不多吧。老婆问："什么叫差不多呀？"我说："就是粽子的原料都不少，可做出来的成品不叫粽子。""那叫什么？"老婆好奇地问。我没好气地回答说："叫江米小枣粽叶粥。"

不吃午饭

家长会快要结束时，班主任杨老师特别提出家长要照顾好孩子的一日三餐，尤其强调要让孩子吃好早餐。她说班上有几个孩子长期不吃早餐，到上午第五节课时孩子都脑缺氧了，根本无心听讲，怎么能应对马上就要面临的高考。

停顿了一会儿，杨老师总结了学生不吃早餐的原因："早上赖床，住址离学校过远，路上堵车等，耽误了早餐时间。"接着，杨老师话锋一转，说："如果吃不上早餐还情有可原的话，特别让人奇怪的是，班上有几位女生中午也不吃饭，我一问原因，简直五花八门，有说饭菜不好吃的，有说肚子疼的，还有说要减肥的，各位家长，回去一定要做好孩子的思想工作，按时、定量吃午饭。"

我一听老师的话，心不由得抽紧了。家长会刚一结束，我赶紧来到讲台前，迫不及待地问老师我的女儿是不是也在不吃午饭行列。杨老师看了我一眼，不紧不慢地说："吃饭问题您大可放心，您的女儿很有个性，决不会受那几位学生影响而少吃一口，她吃午饭时，一般一盒米饭、一盒菜根本就不够，还要再盛二回才能吃饱。"

带病工作

初三中午，表妹带 5 岁的女儿圆圆来给我拜年。娘儿俩一进门，圆圆叫过我后，我就把准备好的装有 500 元的红包递给圆圆，圆圆挺有礼貌，说了声谢谢，就把红包放入兜中。

与圆圆交谈中我发现，她不仅嗓音沙哑，还不断地咳嗽、流鼻涕，我就问表妹，圆圆是不是感冒了。表妹说昨天她还发烧呢，今天刚退烧。我责备表妹，孩子病了不让她在家休息，怎么还带她乱跑。表妹还没回答呢，圆圆接话茬说："我这可是带病坚持工作啊。""你工作什么？"我好奇地问。"我的工作就是收红包，我今天要是不来，您也不会给我送去，那我的损失可就大了去了。"

翻译

上周，我带四岁的侄子看外国 3D 大片。电影开始了，我才知道片子没翻译过来，只有中文字幕。这下侄子可受罪了，几乎是每出一行字幕，他就要我念给他听。我往往是看一眼字幕，赶紧趴在他耳朵旁，小声地念给他听。赶上对白快时，连我都没看明白，甭说念给他听了。也巧了，那场电影全场也没超过十个人，要是观众多了，早把我俩轰出去了。

昨天，我又带侄子看电影。这回我可不敢带他看外国电影了。特别挑了一部国产片。电影一开始，侄子就拍着小手说："这个电影好。"我说："电影刚开演，你怎么知道电影好。"侄子不假思索地回答："这个电影翻译过来了，里面的人说话都听得懂，他们不说英语，都说中国话。"

竞聘班长

开学后，女儿升入了高二文科班。返校那天，班主任号召大家竞聘这个新组建班的班长。女儿已连续当了三年班长，工作能力比较强，就毫不犹豫地报了名。

昨天，经过初筛，女儿和另一名男孩成了有力的竞争者。辩论时，老师让女儿说出自己竞聘的优势。女儿把近几年当班长的经历，以及在班长岗位上获得的各项荣誉，一股脑地端了出来。轮到那位男孩发言时，男孩明显有些"气亏"，嗫嚅了一会儿，小声说："我基础好。"老师追问他，基础怎么个好法？男孩竟有些口吃地回答："我，我在幼儿园时就当过班长，小学二年级时当过数学课代表……"

啦啦队员

这两天，五岁的侄子突然对体育产生了兴趣。不光陪我凌晨起床看完了奥运会开幕式，还经常一个人看奥运比赛。

看个排球、篮球，他还能理解，像曲棍球、体操等项目，他根本就看不懂，可他依然兴致勃勃地看个不停，有时还为中国队喝彩。他一边嚷，一边说："中国队太棒了，中国队加油。"

昨天晚上，我下班一进门，看见侄子正在看颁奖仪式，中国队刚获得了一块团体项目的金牌。只见中国国旗徐徐升起，耳边响起国歌的声音。侄子兴奋得又蹦又跳，说这枚金牌有他一份功劳。我故意逗他说："人家得金牌，跟你有什么关系？"侄子不服气地说："怎么没有关系，这个项目从小组赛我就开始看，一直到得了金牌，我都在电视前当啦啦队员，要不是我给他们鼓劲，他们拿得了冠军吗？"

马拉松

周日，我和女儿到街边观看马拉松比赛。看到一个个选手从我们身边飞奔而过，女儿不无羡慕地说："他们真棒，能一气儿跑好几十公里，去年中考体育测试，我跑八百米，就累得差点背过气去，真是天壤之别呀。"

我们一边看比赛，一边聊天。当女儿从我口里得知，今年的马拉松比赛提高了奖金额度，冠军的奖金为 4 万美元时，女儿惊讶得半天没闭上嘴。过了一会儿，她用商量的口气跟我说："爸爸，明天你辞职练长跑吧。""为什么？"我好奇地问。
"人家跑两个小时，就挣你好几年的钱，您要练了长跑，得一
冠军，好几年都不用上班了。"我听了，跟女儿逗起了闷子：
"一呢，是你老爸根本就跑不了几十公里，再一个，就是豁出
老命跑到了终点，那几万美元也不够给你爸支付抢救费的。"

上菜技巧

　　正月十五，我们一家三口到饭馆就餐。饭馆人很多，我
们刚坐下，领班就嚷嚷没座儿了。我跟老婆正庆贺幸运呢，
谁知烦恼也不请自来。

　　菜点了十五分钟，才上了一道凉菜。凉菜都见底了，也
不见第二道菜上来。老婆孩子百无聊赖，拿出手机玩起来。
我叫了几次服务员，她都答应给催催，可就是"只听楼梯响，
不见人下来"，十分钟过去了，连菜的影子也没见着。

　　女儿饿得有些不耐烦了，嚷嚷着要吃铁板牛柳。我灵机
一动，叫过服务员，对她说："刚才菜点多了，恐怕吃不了，
铁板牛柳给退了吧。"服务员一听，嘴上说着"我给您问问"，
腿也开始小跑上了。没过一分钟，她跑回来说："铁板牛柳马
上就出锅了，退不了了。"

　　果不其然，前后没用三分钟，女儿就吃上了铁板牛柳。

服务员刚要走，我拦住她说："既然铁板牛柳退不了，那就把油焖大虾退了吧。"服务员一听，又一路小跑走了。不一会儿，油焖大虾就上了桌。

等服务员刚一离开，我问女儿："还想吃哪道菜，我找服务员退去。"

刷卡

女儿放学刚一进门，就对我和老婆说："从明天开始，学校在门口安装了刷卡机，我们进出校门时各刷一次学生卡，你和爸爸就能接到提示短信，知道我几点进出校门，老师说这是针对一些诈骗短信，而采取的一项确保学生安全的措施，也省着有些学生放学不回家，还骗家长说是补课去了。"停了一下，女儿接着说："哦，对了，老师还说，如果明天早上没接到提示短信的话，赶紧找老师解决。"

老婆一听，对刷卡的事大感兴趣，她看了我一眼，急忙问女儿关于刷卡的事。我以为她要问一些关于机器的细节问题，谁知她张嘴问女儿："你问问校长这刷卡机在哪儿卖？""干吗，您要买一台？"女儿好奇地问。"是啊，我觉得刷卡机这东西不错，不如给你爸爸单位也安一台，省着你爸下班不着家，有了这机器，我就知道你爸几点出单位门了。"

团购电影票

闲来没事，我和老婆决定去电影院看大片。临出门时，我建议老婆团购电影票，能少花不少钱。老婆不屑一顾地说："钱是能省点，可工夫搭不起。"说着，拽起满腹狐疑地我直奔电影院。

还没走进电影院，就看见购票的队伍已排出了影院大门，足有二百多人。巧的是，同事小曹和女友也在队尾排着，我和他打招呼后，小曹说："大哥大嫂也来看电影啊，你们是团购的电影票吗？"我说："你嫂子怕团购电影票的人多，就来现场买票了。"小曹一指队伍旁边一个空无一人的窗口，说那是现金买票的窗口，到那儿就买。打过招呼后，我和老婆买了票，就去看电影了。

散场后，我和老婆走出放映厅，见小曹还在排队等待兑换电影票。老婆一拉我袖子，说："看见了吧，所谓团购，就是在网上买票时比较宽松，然后到电影院'团'在一起排队买票。"

香车美女

小长假期间，我和老婆一起到新国展看车展。展厅里不光豪车多，美女也是如云，且个个都是魔鬼身材。她们或车前、车侧站立，或趴卧在车上，隔一会儿变换一种姿势，一颦一笑都发出诱人的气息。

我跟老婆一边走一边看，还一边议论着。当老婆从我嘴里得知，顶级模特站一天收入过万时，老婆瞪大了眼睛说："她就在这儿站站，一天就能挣一万元？""那还有错，你别光看贼吃肉，不看贼挨揍，人家也不容易，前两天电视演了，有不少模特的脚脖子都磨出血了，还得照样站着，非常难受；再说她们的收入也不是都那么高，经验少的，知名度不高的模特一天也就几千元。"

老婆一听，来了精神，说："那我也要去干模特，她们趴奥迪，一天挣一万，我趴奥拓，一天挣一千还不行啊？"我回头看了一眼老婆臃肿的身材，坏笑着说："行倒是行，从今天开始，你减肥一年，明年要是赶上个农业机械展览会，你给人家交俩钱，人家给你弄辆拖拉机或推土机趴趴也许还能办到。"

新菜品

晚上，我们一家到餐厅吃饭。点菜的时候，服务员见我们点的都是肉菜，就向我们推荐餐厅新推出的一道绿叶蔬菜，才 28 元，还说荤素搭配，才能营养均衡。我听她说的有道理，就答应了。

过了十多分钟，服务员在上牛肉时，把一个直径有十五厘米的大碗端到我们面前，只见大碗里清亮的水里泡着几株碧绿的水生植物，特别养眼。服务员离开后，我感叹道："这家餐厅就是独特，不像别家餐厅把植物泡在花瓶里，而是泡在大碗里，既美化了就餐环境，又独树一帜，真是享受啊。"

又过了一会儿，服务员上菜时说："您的菜上齐了。"我赶忙问："你给我们推荐的新菜品还没上呢，怎么说菜上齐了呢？"服务员一指那只大碗说："这就是新菜品啊，上了半天了，你们怎么还没动筷子啊？"

信号放大器

我家手机信号一直不好。朋友给我打电话，不是"暂时无法接通"，就是听起来像在千里之外，含混不清。

前几天，我逛电子市场，意外发现有"手机信号放大器"出售。买回来一安装，手机信号立刻变得满满的，由于功率强大，连几家街坊也覆盖了，跟着受益。每天晚上六点一进家门，第一件事就是打开信号放大器的开关，直到睡前才关闭。

昨天早上乘电梯时，我听见与我住同层的两位女士聊天："咱们楼这几天手机信号突然好了，在房间就能接电话了，就是好的时间不太确定，白天全天都不行，只有晚上六点以后才好。""我也感觉到了，你说这管手机信号发射的，白天不工作，每天晚上才上四个小时的班，也真够可以的，哪天咱们投诉他，让他全天保障咱们手机的使用。"另一女士接茬道。我一听，赶紧低下了头。

脂肪肝

体检回来，我向老婆抱怨说："去年体检做 B 超时，大夫说我是轻度脂肪肝，才过了一年，刚才做 B 超时，大夫说我已经发展为中度脂肪肝了。""你好吃懒做，好吃油炸食品和大肉，脂肪肝不加重才怪。"老婆搭茬道。"大夫还说了，让我多吃水果和青菜，少吃油腻食物，也就是兔子吃什么，我就吃什么。"我没好气地说。"你还得加强体育锻炼，多活动身体。"老婆补充道。"你说，这又运动，还不让吃鱼肉，对

我是不是太残酷了？"我有些委屈地说。"这叫残酷呀，现在
只是不让你吃一些食物，你要是得了重度脂肪肝，大夫就不
会再说不让你吃什么了。""那她会怎么说？"我不解地问。
"她肯定会说，你想吃点什么就赶紧吃点什么吧，等到她说了
这样的话，那你可就真'完'了"，老婆坏笑着说。

重阳节

重阳节快到了，老婆买了礼物带 10 岁的女儿回娘家看姥姥。

一进门，75 岁的姥姥高兴地说："老年节快到了，前两
天单位给退休老人送了一台加湿器，昨天，街道办事处也给
送来一箱水果，今儿你们又买了这么多东西，现在的老人真
是幸福啊。"老婆接过话茬说："可不是吗，我们单位组织年
满 45 岁的职工登山，只要登上山顶的都给一床羽绒被，只可
惜呀？"老婆叹了口气说。"可惜什么？"女儿问道。"可惜
我今年才 41 岁，三年内再发什么还是没我的。""不发你东西
说明你年轻呀。"女儿安慰妈妈说。过了一会儿，女儿又补充
说："妈，您是女人，哪儿有女人为那仨瓜俩枣的东西盼自己
老的呀？"

最大输家

晚上，几个哥们儿到我家玩三国杀。老婆特意买了个大西瓜招待哥儿几个。本来玩牌前我就招呼大伙吃瓜，可小曹出主意说谁输了牌谁吃一沿儿西瓜，大伙儿听了都说好。

两个钟头过去了，西瓜也所剩无几了。大家有的揉着肚子，说吃多了，有的还说没吃够西瓜。小曹总结今天谁是吃瓜最大赢家，谁是最大输家。老婆听见了他的总结，便走过来说："谁是最大赢家我不知道，可我知道我家才是最大的输家。""为什么？"小曹问。"现在西瓜一块五一斤，这瓜十几斤，就得二十多块，你们甭管谁吃，都是我家掏钱，你们没有输家，都是赢家，我家才是最大的输家。"老婆解释说。

瓶瓶子

周六，我和老婆逛家居商城。老婆看到有卖二十多公分高的粗口瓶子的，就一下子买了五个，说夏天快到了，五个瓶子一个放大米，另外四个装红小豆、绿豆等杂粮，放到橱柜里既不占地儿，还不长虫儿。她上嘴唇一碰下嘴唇倒挺轻松，害得我把五个瓶子提回家，坐沙发上喘了半天。

　　晚上吃饭的时候，老婆对我和女儿说："粮食都装进五个瓶子了，拿的时候慢点儿，千万别把瓶子给摔了。"

　　礼拜天，老婆去单位值班。下午四点，我和女儿开始准备晚饭。我让女儿做米饭，我来炒菜。女儿答应一声，就开橱柜去拿米，一不小心，"嘭"的一声，把新买的装米的瓶子给摔的粉碎。我赶紧跑进厨房，见只是摔了瓶子，女儿毫发无损，就说："瓶子甋了没关系，人没划着就行，不过你妈回来肯定要唠叨，咱们赶紧把玻璃茬子扫干净，扔楼下垃圾桶里，你妈就不会发现了。"

　　晚上，老婆值班回来，见女儿一反常态，对她有些嬉皮笑脸，就知道有事。问了半天，可女儿就是不说。老婆起身到各房间转了一圈，从厨房走出来后说："你们把新买的玻璃瓶子甋了吧？""您怎么知道的？您又没开橱柜。"女儿好奇的问。"玻璃瓶子的残骸收拾得倒挺干净的，可瓶子盖儿还放在橱柜上边呢。"

车展

周末的早晨，老婆突发奇想，非要我陪她去国展看车展，说是要比比自家那辆车跟车展的车差在哪儿。整个儿一个上午，我们转了好几个展厅，都中午一点了，我们才出门。

都跨出展厅大门了，我跟老婆还议论刚才看见的豪车。我说："刚才那辆豪车真棒，标价3000万元，价格是咱家那辆10万元的车的300倍，我要是有3000万元，也买它一辆，上下班开着，肯定特拉风。"老婆听了，一撇嘴，说："我要有3000万元决不买豪车，我买300辆跟咱家车一模一样的车，在国展租个展厅，也办个车展。"我揶揄道："您那是车展吗？充其量叫4S店。"

称重

快过节了，表姐要给5个月大的孙子在网上买两身衣服。可她不会上网，就打电话要我帮忙。

我一听，就这举手之劳的小事，立马义不容辞地答应下来，说您只要量好孩子的身高、胸围、体重，剩下的就不用操心了。表姐听我这么热情，笑着说："不出十分钟，就告诉你尺寸和体重。"

可过了将近一个小时了，我也没接到表姐的电话。我就主动把电话打了过去。电话那头，表姐气喘吁吁地说了句"马上就好"。就急匆匆地挂了电话。我以为表姐那边手头有什么急事，顾不上给孙子量体重、身高，也就没当回事。

可又过了俩小时了，表姐的电话还没打过来。我有些着急了。我又给她打了电话。电话里，表姐大口喘着气，说："家里就我一人，为给孙子量体重，把一冬天的汗都出了，没把我累出个好歹来，可还是没称成。"我忙问怎么回事？表姐叹口气说："其实量身高、胸围并不难量，趁孙子睡觉时，没用两分钟就完成了；就是称体重，我家的电子秤只有半个巴掌那么大，孩子又不会站立，我怎么都不能把他弄秤上去……"我赶忙打断她，说："表姐，您根本没必要那么辛苦，您先抱着孩子过一下秤，您自己再过一下秤，之间的差就是孩子的体重。"

免费停车

周末，我和老婆到大商场购物，从早上九点钟开门，一直逛到十二点多。感觉有些饿了，老婆才住手。

出大门，从服务台经过时，我见服务台一标牌上写着："购物 200 元以上免费停车，就掏出一千多元的购物小票，找女服务员兑换免费停车证明。"女服务员仔细看了看购物小票，刚要从抽屉拿停车证明，我突然发现标牌上写着停车有"两小时"和"四小时"两种，就对女服务员说："您能给我们一张'四小时'的停车证明吗？"女服务员抬头看了我一眼，严肃地说："这可不成，我没这权利。"我刚要再努力争取一下，老婆劝我说："不给就不给吧，大不了再交几个钱。"我也只好作罢，等女服务员给"两小时"的停车证明。谁知女服务员话锋一转，认真地说："我没权利给您'四小时'的停车证明，但我有权利给您全天的停车证明，可以吗？"我晕。

停车费

大年初一，我开着新买的车到姐姐家串门。吃过午饭，我问姐姐下午有什么安排，姐姐说要拉着姐夫去逛庙会。我自告奋勇地表示，坐我的车，我把你们送庙会去。

出小区大门的时候，坐在小亭子里面的收费管理员示意我停车缴费。我经常听说有些收费管理员趁过节乱要停车费，就没等收费管理员开口，抢先一步说："我停车一个半小时，不要票，给你两块钱行不？"说着把五元钱递给了他。收费管理员稍微打了一下愣，边嘴上说行，边接过钱。我心想这收费管理员还挺好说话，说给多少钱都行，当时还有点沾沾自喜。等着找钱的功夫，姐姐在后座上捅了我一下，我不知道她啥意思，以为她着急走，就头也不回地说了句："找完钱就走。"这时收费管理员把找的零钱递给我，我一踩油门就出了小区。

刚出小区大门，姐姐就大笑不止。我感到莫名其妙。姐姐笑够了，解释说："我们小区停车，满两个小时收费一块钱，你装什么大方，嘚瑟啥呀，非给人家两块，我捅你也不理我，还水萝卜——心里美呢？估计那收费管理员正说你'缺心眼'呢。"

丢肉

再过两天，老妈就过六十六岁生日了。我本来想请亲戚朋友来给老妈过生日，吃顿饭，热闹热闹，可老妈怕麻烦大伙儿，坚决不同意，说在家吃碗面条就行了。

昨儿晚老妈遛弯儿回来，神秘地对我说："我听人说了，六十六岁生日跟本命年一样，得有些讲究。""什么讲究？"我放下手里的书，好奇地问。"生日那天，子女要买六斤六两肉，然后丢掉，我这生日过得才算圆满。""丢哪去呀？"我有些不明白。"丢楼下去。""那么大一块肉扔了？"我开始有些不解了。""人家过六十六岁生日都这样，你就照办吧。""不会吧，小区里这么多老人，过六十六岁生日的老人肯定也不少，我在这小区住 20 多年了，怎么一块肉也没捡到啊？"

醒悟

　　前两天，我刚进岳母家门，岳母就神秘兮兮地把我拉到一边，从兜里掏出一封信，笑着说："我中大奖了。"我打开信封，拿出一张花花绿绿的纸，一看，原来是一张中奖广告，从刮开的中奖信息中我看到，岳母中了二等奖，是一辆丰田轿车，可要得到轿车，要先往对方卡里打 4 万元意外所得税。我一看就知道是骗人的。可岳母却信以为真，说从来没中过这么大的奖，还说这税钱她出，车你们开，说着，从床下拿出一张存折，说自己腿脚不利落，让我取 4 万元给对方汇过去。

　　我见怎么都说服不了岳母，就表面上答应，把存折收了起来，说有空就去汇款。

　　第二天，我正上班呢，又接到了岳母电话，问我给对方汇款了没有，我嘴上答应着马上去，身体却没动地方。

　　第三天早上，我刚开手机。岳母的电话就打来了，我以为她又问汇没汇款，正找托词呢，手机里却传来岳母焦急的声音，问我给对方汇款了没有，当听我说还没有时，岳母长叹了一口气，说："这下我可放心了，我差点上了对方的当，他们是骗子。""您怎么知道的？"我故意逗她。"今儿早上我又接到两封跟上次一模一样的信封，打开一看，我又中了两辆丰田轿车，而那上面却说全国只有五人中轿车，可我一人就中了三辆，你说这可能吗？"她终于醒悟了。

煲汤

老妈退休后，为了一家人强健体魄，开始琢磨"吃"了。在做菜技术炉火纯青后，老妈又把主攻对象转到了"喝"上。老妈不仅爱喝汤，而且还自己煲汤，哪儿开了饭馆，老妈还去"偷艺"，回家苦练，因此煲汤水平越来越高，一点也不比饭馆的差。可老妈依然谦虚地说自己煲汤的技术还差得远呢。

前两天，我家楼下又新开了一家叫"汤王"的店，老妈听说后以为是专卖"汤"的店，便又去"偷艺"了，可回家后却是一脸的不高兴。我忙问她怎么回事，老妈郁闷地说："那根本不是饭馆，是一家洗脚店。"

积分

上个月，岳母家附近新开了一家大超市，岳母隔三差五的就要去逛一逛，一是为了买东西，再一个就是为了积分，超市规定，购物满十元积一分，不满十元不积分，年底的时候根据积分多少返券。

昨天我出去办事，正好经过那家超市，就到里面逛了逛，顺便买些日用品。没承想，刚进超市正好碰上了岳母提着篮子要去结帐。寒暄了几句后，我就上三楼购物去了。大约有一个小时了，我提着篮子到一楼收银台交款。走到二楼楼梯口时，见岳母还提着篮子转磨呢。我以为岳母丢了东西，赶紧上前问情况。岳母一笑说："我这一篮子东西是78块多钱，按这儿的规定，才能积七分，我想再买一块多

钱的东西，凑 80 块钱，积八分，可我楼上楼下跑了好几趟，也没找着这一块多钱的东西，真急死我了。"

自热盒饭

昨儿晚上，我带老妈到鸟巢看田径比赛。由于出门早，没赶上吃晚饭，刚下地铁，老妈就饿了。在水立方前，见有不少人在排队买盒饭，我也赶紧排队买了两盒。

这种盒饭跟普通盒饭可不一样，是"自热式"盒饭，就是现吃现加热。由于自己不太会弄，只好求助工作人员。工作人员手脚真麻利，打开加热包，放在米饭盒下，然后把菜倒在米饭上，盖好盒盖儿，一拉水包上的拉绳，就开始加热了。八分钟后，一盒香喷喷的盒饭就可以享用了。

老妈一边吃，一边夸赞这高科技的东西真不错。刚吃完饭，工作人员就来收取餐具盒。老妈见工作人员手里拿着好几个餐具盒，就与她商量，能不能把餐具盒带回家去，家里吃饭也用这东西加热。工作人员一听，笑道："大妈，这是一次性餐具盒，只能加热一次，带回去只能当垃圾，您大老远的受那累干吗呀？"

考试成绩

老妈虽然年纪大了，但对孙女纯子的学习却非常上心，除了外语辅导不了，语文、数学一点问题没有，每天纯子做完作业，老妈都要亲自检查，有错误及时指出，因此纯子的成绩在班上一直名列前茅。

去年，纯子见我考职称时考了三个电脑模块，就非要检验一下自己的电脑水平。我见她这样执著，就给她报了名。前两天，考试成绩下来了，纯子竟全部通过了。老妈拿着成绩通知单，笑得合不拢嘴，对我说："你快看看，纯子多有出息，每门成绩不是 98 分，就是 97 分。"我急忙打断她，问："您怎么知道她考多少分的（成绩单只显示是否通过）？""你看看，这上面不是写得清清楚楚吗。"我接过成绩单一看，一下子笑出声来，那上头（windows98、word97、excel97）写得哪是考试成绩呀，是模块名称，老妈只看见了后面的数字，却不懂前面的英文，所以闹了笑话。

密码

老妈上了点年纪，前些日子把一个内有一千多元的存折丢了。我下班回来，老妈赶忙跟我说了这件事。我安慰她

说："存折丢了也不要紧，捡到的人不知道密码，根本取不出来，明儿早上我去挂个失就没事儿了。"老妈听了，将信将疑，楞是多半宿没睡着觉。

第二天一早，我就和老妈到银行办理挂失手续。到了银行，却意外得知，钱已于昨天下午被人取走了。老妈自责到："都怪我把密码设成了'123456'，太简单了，被人猜到了。"

从那以后，老妈再办理存款时，都编一个特别拗口的密码。而每次取款时，老妈都是因为忘了密码，不但要交上十元挂失费，还要再等上七天，才能取到款。

散味儿

新房刚装修完，老妈就迫不及待地想住进去。我耐心地为她解释说："刚装修完的房屋里面有甲醛、苯等污染，立即入住容易患病，要散散味儿再住进去。""那得散多长时间啊？"老妈问。"一般来说得散个俩、仨月的，不过，甲醛这东西比较顽固，最长需要8—15年才能彻底散干净味儿。""你是说要等上15年，把新房放旧了才住进去？""房子倒是旧不了，专家说了，装修一般5—7年就要进行一次，在散味的这15年中，肯定还要装修个一次、两次的。""你给个痛快话儿吧，我临死之前，还能不能住上这房子？"老妈生气地说。

亡羊补牢

去年冬天供暖前打压试水的时候，由于家里没有人，结果暖气漏的水让家里的洗脸盆都漂了起来。今年老爸吸取了教训。

刚过国庆节，老爸就要我们每天盯着小区的物业通知栏，以便及时了解什么时间进行供暖前的打压试水。

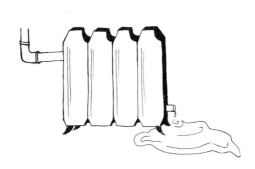

苦苦盼了一个多月，物业终于贴出了暖气打压试水通知。老爸听说后，开始认真做起了准备工作，还从单位

找了几个旧编织袋。我百思不得其解，想不出暖气试水和这编织袋有什么联系。问老爸，他还保密，只是说到时你就知道了。

试水那天，老爸特意请了一天假，在家严阵以待。晚上，我下班一进家门，立刻被老爸的"杰作"逗乐了。只见不论是门厅还是卧室，只要有暖气片的地方，周围都被老爸摆上了一摆沙袋，俨然一个抗洪前线。

反季节

我家是热力供暖，整个儿一个冬天暖气都烧得特别烫，室温经常在30摄氏度左右，热得有些受不了。往往是穿着羽绒服一进门，就得换短袖衬衫，晚上睡觉只能盖毛巾被。

3月下旬，北京停止供暖后，我家的温度一下子跌到了18摄氏度，好像是从热带进入了寒带，冷得简直有些受不了。

晚上，我正翻箱倒柜地找棉被，顺便把刚洗的毛巾被收起来。同事小曹来串门，见我一手拿着棉被，一手拿着毛巾被，显然是有些误会了，面露惊讶地说："不会吧，这屋里这么凉，你都收棉被，找毛巾被盖了？身体也太棒了。"我赶忙解释说："不是我不正常，是室温不正常，我是冬天盖毛巾被，开春盖棉被，我是温室里的蔬菜——反季节。"

套圈

大年初五，带 8 岁的女儿逛庙会。在一个套圈游艺场前，女儿走不动道了，非让我给她套个瓷猪存钱罐。我是个近视眼，趔趄摸了半天才在一个角落里找到了存钱罐。

买了十个圈，定了定神，瞅准存钱罐的方位，开始把圈一个个扔出去，一连套了八个圈，连存钱罐的边都没碰着。等第九个圈扔出去，我隐约感到套中了什么，赶忙喊工作人员，工作人员朝存钱罐那边看了一眼，笑了笑，说："是套中了，可那东西不能给您。""为什么"？我有些着急。"因为您套中的是庙会准备的灭火器"。

羽绒服

上周，老婆逛商场的时候正赶上羽绒服打折，就顺便给我买了一件。我上身一穿，还挺合适，做工、款式也不错，当即决定，就是它了。

第二天一大早，我就穿着新羽绒服上班了。到单位门口时，路灯才关。再有几步就要进单位大门了，这时就听门口站岗的保安大声冲我说："还有半小时才换岗呢，你怎么这么早就来了？"我听了一愣，正琢磨呢，保安看清了是我，忙解释说："真对不起，昨天，我们十几个保安刚换了羽绒服，天黑，没看清，把您当成换岗的了。"我定睛一看，可不是吗，保安的羽绒服竟跟我的一模一样，难怪把我当成换岗的了。

发鱿鱼

前两天，老妈退休的单位通知老妈周六去领过春节发的年货。老妈问发的什么，人家说发鱿鱼。

放下电话，老妈犯起了嘀咕，发点儿带鱼、平鱼多好，偏要发什么鱿鱼，鱿鱼倒是不难吃，可谁会做呀？

自打接到电话那天起，老妈就没拾闲，又是往生活频道打电话，又是到三姨家请教，终于在周五晚上学会了两种加工鱿鱼的方法。老妈说这回可什么也不怕了，就等着单位发鱿鱼了。

周六，老妈一大早儿就去单位领鱿鱼，可到那儿一打听，没把老妈鼻子气歪了，敢情单位给每位退休职工发了一桶花生油，外加一盒黄花鱼，根本没有鱿鱼。原来是退休职工太多，负责通知的那位为了省事，"油"和"鱼"，到他嘴里就变成"油鱼"（鱿鱼）了。他省事了，害的老妈白长了做鱿鱼的本事了。

帐篷与沙滩

自从北戴河回来后，5岁的侄女就离不开帐篷了。非要把帐篷支在客厅里，不论是中午还是晚上，都要睡在里面。不光如此，小家伙还从外面弄回一些沙土，堆在帐篷周围，每天临睡前都要光着小脚丫在"沙滩"上散步。

昨儿中午，趁小家伙午睡时，我怕沙土磨坏了地砖，就把沙土全给扔了。

侄女睡醒后，不见了"沙滩"，便又哭又闹，求我再去弄些沙土回来。为了息事宁人，我只好找了只塑料桶出门找沙土。

当我气喘吁吁拎着满满一桶沙土进单元门时，正碰上邻居小宋买菜回来，见我这举动，满脸疑惑地问我："大哥，去年底你们家刚装修完，怎么现在又要装修啊？"还没容我解释呢，他又说："啊对了，我家装修后还剩了一桶多墙面漆，一会儿我给你送家去。"

义工

上周末，女儿所在的小学开运动会，我作为家长代表，被幸运地邀请参加了运动会，还被老师指定为义工，协助老师做些维护纪律的工作。

大家在看台坐好后，班主任老师宣布了几条纪律，其中一条就是因为看台离厕所较远，学生不准随意上厕所，需上厕所的由义工陪同才能去。

运动会刚开始半小时，就有学生嚷着要去厕所，我赶忙起身陪那位学生去厕所。回来还没坐稳呢，另一位学生也示意要去厕所。这么说吧，运动会开了一上午，我最少跑了二、三十趟厕所。

由于孩子们刚上三年级，小男孩儿个子普遍不高，再加上小便池建得又高些，尿在便池外的情况经常发生。为维护学校形象，保持厕所清洁，每当我看见有学生尿在外面后，我都拿起门后的墩布把地墩一墩。

运动会快结束时，我又陪着一学生上厕所，正墩地时，一穿着西装革履的中年男子对我说："你是这儿的保洁员吧。"我刚要解释，他又说："我一上午来了两三次厕所，看见你都在这儿，地面脏了，马上就打扫，手脚挺麻利，我看你挺实在，这么着吧，我公司正好缺一名保洁员，你到我那儿去干吧，工资绝对比这儿高。"这都哪儿跟哪儿啊。

防辐射围裙

表妹家在外地，只身一人在北京一家电脑公司工作了四、五年。前年找了个北京小伙子结了婚，去年怀了孕，再过俩月就要生"猪宝宝"了。

从怀孕一开始，表妹夫就什么活儿也不让表妹干，表妹也特别注意保养，为了防止电脑辐射，还特意花 800 多块钱买了件防辐射的围裙穿上，就连下班也懒得脱，套件外套就回家了。

防辐射围裙穿得时间长了，难免会有些脏，中午吃饭的时候，还会沾上些油污。由于不了解这样的围裙是否能洗，最主要的是再有一个多月就要生了，表妹对围裙的油污也就没太在意。

昨天，表妹的母亲从外地老家来看闺女，见女儿的"围裙"上净是油污，便把女婿叫到房间里，训斥到："你也太不懂事了，我闺女都快生了，你还让她给你做饭，你看看围裙上的油，就知道你虐待她有多狠了。"表妹夫听了，感觉自己比窦娥还冤。

门禁卡

为确保业主安全，前两天，物业给每个单元都安装了新式防盗门。这种门，跟以往对讲系统门还不一样，需刷卡才能打开。

前两天，我把5岁的侄女接到家小住。晚上，我带她下楼遛弯儿。回来的时候，我感觉有点凉，就把短大衣给侄女穿上。进了院门口，侄女跑着去开单元门，可拉了几次也没拉开。我想起门卡在我上衣口袋里，就让侄女往门上趴，卡一挨近读卡器，门便开了，我和侄女一前一后回了家。

昨天，我下班一进院门，见侄女正在单元门口哭。我赶忙问是怎么回事。侄女委屈地说："那天，我和防盗门刚一贴上，门就开了，今天，我怎么往门上蹭，门都不开。"我一听，哈哈大笑，"那天，你穿的是我兜里有卡的大衣，今天，你穿的是你自己的大衣，你就是蹭到天黑，门也开不了。"

重婚

上周，单位人事部门通知我，下半年该评高级职称了，让我把相关材料先准备出来，以免闹个措手不及。

晚饭后，我开始翻箱倒柜地找以前的各种证书。我正满头大汗的翻腾呢，7 岁的女儿纯子走过来，开始翻看我的证书。我怕她把证书弄坏了，就轰她走，可她就是不听，看完这本看那本，一边看，还一边高声念证书内容。突然，她拿起一本证书，像发现了新大陆似的，说："爸爸，这是你跟妈妈的结婚证呀，我以前怎么没见过呀？"我刚想要过来，纯子竟大声说："爸爸，你是重婚呀？""不许胡说。"我正斥责她呢，在厨房刷碗的老婆闻讯跑了过来，问："哪儿写着你爸是'重婚'呢？"老婆顺着纯子指的字体一看，竟哈哈大笑起来。我也赶忙一看，也忍不住笑了。原来我和老婆是在崇文区婚姻登记处领的结婚证，结婚证上有一个标记，也就是婚姻登记处的简称——"崇婚"。

花盆

家里装修后，为了增加气氛，我到玉泉营花卉市场买回来春雨、龟背竹等三盆大型绿色植物。可由于不会养，没出仨月，三盆花从黄叶到光杆，最后只剩下了三个光秃秃的花盆，孤零零地摆在了客厅里。

前两天，徒弟小宋登门拜访。我和爱人给他做了一大桌子菜招待他。小宋一边吃饭，一边瞧那几个花盆，我当时正忙着做饭，也没在意。

昨天晚上，我正坐在沙发上看电视。忽然门铃响了。我打开门一看，只见小宋正站在楼道里喘粗气呢，脚下还放着几个漂亮的大花盆。我问他这是干什么。小宋喘了口气说："给您当了一年多徒弟也不知您有什么爱好，那天到您家串门，才知道您有收藏花盆的爱好，这不，我托人从外地给您买来几个花盆，也不知您喜欢不喜欢？"

买电话

昨儿晚上，我给孩子老师打电话，可怎么鼓捣，电话都没有声音。我让障碍台一查，人家说线路没有问题，是电话机坏了。今儿一大早，我就拉上6岁的女儿直奔了百货商场。

我本来打算花个百八十元，买个普通电话机，可女儿却非要卡通人物造型的，我拗不过她，只好花了200多元，买了个卡通造型的电话机。

回家的路上，我正带着女儿正朝前骑车呢，女儿忽然一指路边的一家小店说："爸爸，咱这电话买贵了，这儿的电话多便宜呀。"我顺着她的手势一看，只见那家小店的窗玻璃上写着几个大字：电话2毛。

陪住

前几天，一向身体健康的老婆突然腹痛难忍。到医院一看，大夫说她可能要动手术，马上收老婆住了院，并嘱咐老婆，做手术前几天一定要禁食禁水。

从住院那天起，老婆就天天输液。虽说病情有所好转，可医生还是不让老婆吃喝。

老婆能下地后，说什么也不用我陪住了，催着我去上班。我只好从命，只是每天班前班后去看老婆。

昨天，老婆旁边那床新来了一位老太太。老人家属两三口人前呼后拥地侍候着。老太太见我老婆只有一人住院，便关切地问她，为什么没人陪住。老婆说我工作忙，再说她能够自理，就没让我陪住。中午吃饭的时候，老太太见老婆不吃饭，又问老婆为什么没人送饭。还没容老婆答话，老太太又自己唠叨说："不陪住就算了，总不能不让吃饭吧。"

晚上下班后，我急匆匆来到医院。老婆递给我一叠检查单，让我去预约。我怕化验室下班，赶紧一边往外走，一边对老婆说："给我晾一碗开水，渴死我了。"我刚出门，就听见身后传来老太太的声音："真是太不像话了，不来侍候病人，还让病人侍候。姑娘，你是不是在家也这么受虐待呀。"

做卷子

女儿上小学四年级，数学、英语成绩都还不错，就是语文成绩差点儿。每次期末考试前，数学、英语就是不复习，也能考个不错的成绩。语文复习就算是下了不少工夫，可也很少能上90分。

放假前两天，女儿拿回了评价手册。我打开一看，果不其然，语文才考了88分。我叹口气说："这语文卷子有什么难的，我闭着眼也能考个99分。"女儿不屑地哼了一声就走了。我以为这事儿就过去了，谁知第二天女儿不知从哪儿找了一张期末语文卷子，非要我做一遍，看看我到底能得多少分，她还煞有介事地在旁边看表监督。

我铺开卷子一看，远不像我想象的那么简单。第一题，看拼音写词语就把我给难住了，30年过去了，我这拼音早就忘光了，得，这8分算是丢了。再往下看，"请按课文内容填空"，她的课本我虽然翻阅过不少次，但远未达到"背下来"的水平，10分又没了。几个回合下来，我大汗淋漓不说，脸也成了"关公"。等卷子判下来，才得了 72 分，我这老脸可往哪搁呦。

练项目

奥运会一临近，从不喜欢锻炼身体的老婆也坐不住了，主动到一家健身馆办了一张年卡，说是要天天到健身馆锻炼身体。

我知道老婆对锻炼这事没长性，可谁知这回我却看走了眼，都十天了，老婆天天去健身馆，不是骑动感单车，就是练健美操，忙得不亦乐乎。

可最近这两天我却发现，老婆虽然还是每天去健身馆，可时间却缩短了，以前去一次怎么也得三个小时，现在不到 50 分钟就回来了，每次回来头发还是湿漉漉的。一开始我也没太在意，以为她头发湿是游泳游的。昨天，她去健身馆竟不到半小时就回来了，我忍不住问了问现在在健身馆练什么项目，老婆竟坏笑着说："我现在到健身馆只练一个项目，就是每天到那儿冲一个热水澡。"

点名

开学第一天，当小学语文教师的老婆新接了一个班。按照惯例，与学生们见面第一件事就是利用点名的方式与大家认识。要搁过去，点名对有十几年教龄的老婆来说简直就是张飞吃豆芽——小菜一碟。可现在不同了，为了突出个性化，家长给孩子起的名字千奇百怪，五花八门，你要是念错了，不仅影响自己的形象，对学生也不尊重。

从前两年开始，老婆再点名时，遇到不认识的名字就隔过去，最后问大家，谁的名字没点到，学生自己就报出名字了，老婆用这招儿可以说屡试不爽。

这次点名，老婆本来还想用这招儿，可打开花名册一看，老婆愣住了，全班四十多人，得有三分之一的人名都不认识，名字里竟是些歆、厣、瘭等不常见字。见用常规方法点名不行了，老婆灵机一动，对同学们说："今天，我们改变一下点名的方式，由同学们自我介绍，下面从第一行、第一个同学开始。"在学生们自我介绍时，老婆只剩下在名字后面注拼音了。

减肥

这两年，老婆的体重一直是居高不下呈大幅上升的趋势。前两天单位体检，老婆查出了脂肪肝，大夫下了医嘱：低脂、低糖、多运动。可老婆依旧是晚上吃完饭就往沙发上一躺，从不挪动地方。

那天，老婆一进门就气呼呼地拉我往外走，就听她斩钉截铁地说："你现在就陪我去买减肥药，从今天开始，我只吃副食，吃减肥药，其他东西一律不吃。"我心想，老婆今天唱的是哪一出啊？老婆继续说："每次逛服装市场，摊主都对我说：'这儿没有您能穿的码。'我听了也没觉得有什么。可今天我逛市场的时候，摊主离老远就冲我嚷：'今儿你可赶上了，我们刚进了一批加肥加大的'。"

不同待遇

老婆是家中的独生女，从小就养成了吃零食的习惯，嫁到我们家这么多年了，也没改掉这个习惯。每次逛超市没有一次不带回五六样零食的。

如今女儿 5 岁多了，也跟妈妈学会了吃零食，什么膨化食品啦、各种糖果、巧克力啦，没有她不爱吃的。可随着女儿的长大，老婆的待遇明显下降了，往往是女儿的零食堆得小山似的吃不完，而老婆几乎处于"断顿"状态。

那天晚饭后，我准备去逛逛超市，刚要下楼，女儿嘱咐我给她带几样零食回来，老婆也让我给她带回几包话梅或葡萄干什么的。

从超市回来，我把口袋里的食品一样一样拿出来，然后叫过女儿对她说："这是给你买的旺旺雪饼、这是你喜欢吃的小馒头、这是苹果派，这是高档饼干……"。这时老婆沉不住气了，气乎乎地说："我的零食呢？"我赶忙解释说："我到你要的零食货架前去了，导购小姐说，过几天有处理的话梅，所以今天我就没买。"

双轨道

大李每天都穿着老婆给熨烫的裤线笔挺的服装来上班，令我们这些虽有老婆却沾不着光的男同志羡慕不已。回到家，

我常有意无意地跟老婆说这事。可老婆听了却不以为然："不就是那点雕虫小技嘛，我是不做，一做就比她强。"

老婆还真不是嘴上说说。国庆节放假，她还真做起熨衣服的活儿来。晚上，我加班后刚一到家，老婆就表起功来："咱这裤子熨烫平整，裤线笔直，你穿上肯定出效果。"我一听，恨不能马上穿上她熨的衣服让大家看看。

长假一过，我穿上老婆熨烫的衣服高高兴兴地去上班了。刚进办公室，大李就注意到我的裤子，并围着我转了两圈。我以为他要夸我的裤子熨得好。谁知他抻着我的裤子说："您这是裤线吗？整个儿一个双轨火车道。"我低头一看，可不是吗，老婆熨裤线时，没按原来的痕迹熨，别出心裁地又多熨出一条裤线来。

抹脖子

老婆今年三十好几了，闺女都六七岁了。按说女人到了这岁数，早就是挑水的回头—过了井（景）了，充其量也就能用"昨日黄花"、"风韵尤存"来形容了。就算具有天生丽质再加上每天精心化妆，其结果也只能是老黄瓜刷绿漆——不嫩装嫩了。

老婆自从喜欢上了化妆，便采取了"喜新不厌旧"的原则，只要化妆品出了新品种，她必买来一试。她的面部简直就成了各类化妆品的"试验田"了。您还别说，经过一段时间的精心保养，她的皮肤在同龄人当中还真有些"出类拔萃"了。

那天，做化妆品代理工作的外甥女来我家，跟老婆聊起了化妆的事。外甥女说："舅妈，您脸部的化妆效果确实不错，看上去您要比实际年龄小五六岁，可您忽略了脖子的化妆，脖子是脸部的延伸，脖子要是不争气，脸部化妆再好也会让人感觉不配套，您再化妆的时候可一定要给脖子也抹一些润肤霜之类的化妆品。"老婆听了她的话，茅塞顿开，对外甥女信誓旦旦地说："行，今天晚上我就抹脖子。"

采摘

前两天，老婆和几个姐们儿到郊区菜地里采摘了一回。甭看老婆都三十大几的人了，可仍然童心未泯。人家采摘时

都捡顶花带刺的黄瓜、黑里透亮的茄子摘，可老婆偏不。用她的话说就是：家里又不指着吃这些菜，摘就摘平时家里见不着的，长得好玩的。于是，曲里拐弯的黄瓜、发白的茄子、裂嘴的苦瓜，就都成了老婆采摘的对象。

采摘结束，老婆提着"战利品"，排着队，等着菜农过秤交钱。快到菜农跟前时，老婆见前面的人一交都是二三十元钱，忙掏出五十元钱，就等着享受丰收的喜悦了。

轮到老婆交钱时，菜农看着老婆摘的菜直纳闷，问道："这菜是你摘的？"老婆点点头。菜农说："这些菜你要是喜欢就拿去吧，不用交钱。""为什么？"老婆问。"是这样，这些老黄瓜、老茄子平时根本没人摘，我们正准备今天晚上找人把这些老菜摘了扔掉呢，您倒替我们把活干了，您说，我还能要您的钱吗？"老婆一听这话，心里这个气，我这哪儿是采摘啊，我跑这儿当志愿者来了。

以胖为美

老婆自从生完孩子就日渐发福。当她意识到这一点时，已无法挽回。于是，在相当一段历史时期内，减肥茶、减肥饼干、减肥香皂等，充斥了家中很大一部分空间。

在经历了胖、瘦，又胖、又瘦，再胖等一系列"炼狱"般的折磨后，老婆失去了减肥的信心，用她的话就是，爱怎么着就怎么着吧，活脱脱一副"死猪不怕开水烫"的姿态，继而发出了"生不逢时"的呐喊。我一头雾水，"你胖不胖跟生不逢时有什么关系？""关系大了，我要是出生在唐朝——那个以胖为美的年代，就是再长30斤，又算得了什么呢？"言语中充满了对唐朝妇女的羡慕。

忽然有一天，老婆下班后兴奋地告诉我，"唐朝"要回来了。我听后吓了一跳，不知她葫芦里卖的什么药。她继而解释说："各报可都登了，用不了5年，北京就以胖为美了。到那时，我就扬眉吐气了，街上到处都是胖夫人专卖店，剧场里也都是胖子时装表演……"老婆越说越激动："得，我得赶紧买2盒增肥剂，再添点分量。""你疯了？"我说。"你可不知道，听说杨贵妃的腰围3尺3呢，我才到哪儿呀。"

受重视

旧社会妇女地位低，对外不能用自己的名字，姓张的称张氏，姓李的称李氏。出嫁以后要随夫姓，像姓李的嫁给姓

张的，称张李氏。俩人的姓氏赶好了还行，赶不好净出乐子。像姓何的嫁给姓郑的，称郑何氏（正合适），给人的感觉非常般配。可姓侯的嫁给姓孙的，就成孙侯（孙猴）氏了，还有齐马（骑马）氏，奚洪氏（西红柿）等。

按说上面的称呼过了这么多年，应该绝迹了，可现实生活中还真有拿这事逗乐子的。

我有一表弟姓寿，上个月刚结婚，娶的是齐家闺女。婚礼那天，亲戚朋友们知道他俩的姓氏后，跟新娘子开玩笑，称她为寿齐氏（受歧视）。新娘子一听就不乐意了，撅着嘴想，这都是什么亲戚朋友啊？净拿我打镲。

回到家，新娘子就跟老公翻扯上了："刚进你们家门就受歧视，过两年没给你们家生儿子，你妈还不得对我'种族歧视'啊？"表弟没想到一句玩笑话竟若得媳妇不高兴，连忙哄她："其实这事也不能全怪他们，是咱俩这姓氏没赶好，这样吧，你以后改姓仲，就是电影明星仲星火的仲，你不就成寿仲氏（受重视）了吗？"

昂贵的小白兔

那天，我带 6 岁的女儿逛庙会。在套圈摊前，女儿见有小白兔，就走不动道了，非要我给她套一只小白兔不可。我知道靠套圈赢得物品不容易，就给女儿做思想工作，答应她到前面的摊上给她买一只小白兔，可女儿就是不干。见拗不过她，我只好买圈套了起来。正如我所料，我一共花了 80 元钱，才套中了小白兔。可领小白兔时，摊主还让我再交 10 园笼子钱。没办法，一共花了 90 元才拿到了小白兔。

临出庙会门时，见一摊主正大声吆喝：庙会最后一天，所有物品都清仓处理，小白兔 10 块钱一只，笼子白送。我一听，心里这个气，赶紧拉起女儿慌乱地离开了庙会。

堵车奇遇

上周末，我开车到姐姐家串门。晚饭后，下楼准备回家时，发现一辆千里马轿车死死地挡在了我的车前面。我见实在走不了，便仰着头冲楼上大声嚷，想找车主挪挪车，可嗓子都喊哑了，也没人搭茬。没办法，只好向保安求助，让他帮忙推推车。可保安说，车拉着手刹，没办法推。见一计不成，我又生一计，打"122"报警电话，请求人家来一辆清障车把车拖一边去，可人家拒绝拖车，只根据车号提供了车主家里的电话，可我打过去，却发现是个空号。由于着急往家赶，万般无奈之下，只好使出了最后一招——挨家挨户打听车主的下落。

姐姐家的楼是一座16层的塔楼，每层20户，总共320户。每家问一遍，似乎不太可能，我只好从离车近的那个单元门开始问起。每家都重复一句话：对不起，楼下车号是0300的"千里马"是您家的吗？碰上客气的人家，说一句"不是"就完了，可也有"各"人，来一句：我家连自行车都没有，还"千里马"呢？您说气人不气人。

当我上气不接下气爬到8楼，敲开一户人家门时，意外的事情发生了。那是一位中年男子，瞪大了眼睛说："你把车号再重复一遍"。我把车号又重复了一遍。"太好了，我这丢了半个月的车总算找到了，快告诉我，车在哪？"我朝楼下指了指，中年男子朝楼下一看，"千真万确，就是我的车。"说着，一边拿出行驶证让我看，一边握着我的手说："真是太感谢你了，你简直就是私家侦探啊！"说着，他就报了警，并和警察一起蹲守了两个多小时，不仅抓获了那名盗车贼，也找回了自己的爱车。当然了，等我再去姐姐家时，还有人时不时的在我身后指指点点：快看，"私家侦探"驾临了。

汤圆

晚上下班后，我饥肠辘辘地赶着去上课，路过一家四川小吃店，见招牌上画着各种小吃，店里面也没什么人，便想进去吃碗面，照顾一下咕咕叫的胃。

服务员告诉我今天没有面，"那就来二两蒸饺。"我说。"也没有"。"那你们这儿有什么呀？"我有些起急。"今天只有汤圆了。"服务员面无表情地说。"汤圆就汤圆吧，能填饱肚子就行，赶紧给我煮二两"。"我们这儿的汤圆不论两，论碗，5块钱一碗"。"一碗儿个？""12个"。我一听一碗给12个，心想，就我这"猫食"的饭量，肯定吃不了。

可等服务员把汤圆端上来，我可傻眼了，挺大的海碗中只有碗底堆着十来个比樱桃大不了多少的汤圆（其中还有一个两半儿的），我抄起筷子，三口并作两口就吃完了汤圆，可还是饿得不行。想起平时 5 元钱吃一碗面，撑得我都走不动道儿的情形，大叫一声："真乃黑店也！"端起那个两半儿的汤圆就奔了操作间，大师傅见我一脸怒气，赶紧解释："汤圆不是煮坏的，是捞时不小心碰坏的，我们这是小本生意，再给您煮一个就要赔本了。"我见他如此强词夺理，也不客气了，气愤地说："你今天要是不给我重煮，我就让你开不了张！"这时，一位自称老板的人走过来"抹稀泥"，"算了，算了，就给这位大哥重煮吧。"我气乎乎地坐到椅子上。没过一会儿，服务员就端着一个大碗走了过来，我一看，气更不打一处来了，那哪是碗啊，整个儿一个盛水煮鱼的盆，半盆汤里孤零零只飘着一粒汤圆。

狗毛儿

上个月，我给 3 岁的侄子买了件羽绒服。刚开始穿还挺好，可没出半个月，羽绒服竟掉起毛来。

那天下午，我到幼儿园接侄子。一出幼儿园，侄子就跟我要赖，非要我抱着。我拗不过他，便抱了他一段路。等我把他放下来，我的胸前竟粘了一身毛儿。

正往前走呢，迎面碰见一抱着小狗急匆匆赶路的女青年。她打量我一眼，像见到救星似的大声问我："您知道附近哪儿有办养犬证的吗？"我摇摇头。她有些着急，用恳求的语气说："您就告诉我吧，今天可是办理养犬证的最后一天，晚了就办不上了。"我说："我真的不知道，我家不养狗。"谁知女青年生气地说："您身上明明有那么多狗毛儿，不愿意告诉我就算了。"

路遇

从女儿2岁起，我就经常骑车带她上街，边走边教她识别路边的树种，观察路边的人和物。既让她增加了知识，又晒了太阳，还洗了"空气浴"，真乃一举三得。

那天，我骑车带女儿上街买东西。看见一商贩蹬着三轮车，车上装着十几箱

鸡蛋。我想考考女儿的识别能力，就问她："你知道三轮车上装的是什么吗？"还没等女儿回答，商贩先听见了，他回过头（由于女儿个儿小，又在我身后坐着，他没看见），以为我在问他，上上下下打量了我半天，说："这是鸡蛋，你连这都不认识？"

得，在商贩眼里，我整个儿一弱智。

倒霉的眼镜

头些日子去了趟北戴河，天气热，刚下车就赶到海边，本是旱鸭子的我套了个救生圈就在海边瞎扑腾起来。傍晚上岸的时候涨了潮，眼瞅着离岸边就几步远了，一个大浪打来，脚下一滑，一个趔趄差点栽进海里，呛了几口水，一抬头，眼前模糊一片，用手一摸，糟了，眼镜被浪头卷走了，瞎摸合眼地摸上岸，对着海里的人群喊老婆的名字。

问清了眼睛丢失的地界儿，老婆忙招呼同伴帮忙找眼镜。找了半天，连眼镜的影子也没见着，同伴发起了牢骚：这不是大海里捞针吗？上次我的眼镜掉进游泳池里都没找着，甭说大海了，有找眼镜的工夫赶快进城配一个算了。

老婆顾不得理他们，一个猛子接一个猛子地往海里扎。她心里明白，高度近视的丈夫眼镜要是没了，后儿天谁也别想玩好，何况北戴河至今连一条盲道还没修好呢。

我在岸上呆呆地坐着，盼望着奇迹的出现。恍惚中，见一男子手持眼镜走过来，我以为是给我送眼镜呢，忙站起来陪笑连声道谢。可那男子却说，我刚要下海游泳，听说刚才有人把眼镜掉海里了，我正要给我老婆送去。一听这话，我脸上的笑容还没定格就被失望代替了。

时间一分一秒地过去了，突然岸边一片欢呼声，只见老婆向我飞奔过来，把眼镜戴到我脸上。我立即有了一种"复明"的感觉。这时同伴们都围了过来，夸老婆真有两下子，硬是在丢眼镜的原地找到了眼镜。同时慨叹：生活中却实有"刻舟求剑"发生。

回到宾馆，我把眼镜洗干净，想好好擦擦，谁知用力过猛，镜片竟裂了纹，这下到好，看谁都长着两个脑袋，同伴还取笑我，送我外号"玻璃花"。

在返回的列车上，一女同事让我帮她把行李架上的背包拿下来。我踮着脚尖够着包，谁想包太沉竟掉了下来，正砸在脸上，觉得有些不妙，摘下眼镜一看，好家伙，眼镜腿又折了。

半夜来电

那天晚上我下班刚进家门，正要忙活晚饭，见7岁的侄子乐乐蔫头搭脑地靠在沙发上，小脸红红的，我一摸他脑门，热得烫手，我饭也不做了，抱起乐乐就奔了医院。等输液回来，都快十二点了，我连脸都没洗，给乐乐喂完药就睡了。从那天开始，一连三天，都是十二点左右才输完液，弄得我筋疲力尽。

第四天，输液终于结束了。六点一进家门，我就迫不及待地躺在床上，嘱咐乐乐千万别打扰我，让我好好补补觉。

迷迷糊糊正香甜地睡着，忽然电话铃响了，我立刻气不打一处来，一边摸索着找电话，一边没好气地抱怨："谁这么不懂事呀，半夜三更地来电话吵人睡觉。"这时，乐乐的声音从外面传进来："叔叔，现在不是三更半夜，现在才七点半。"

儿科

从上周一起，我就开始闹牙痛。忍了几天，一看扛不住了，赶紧往口腔医院跑。到医院时都下午两点多了，到挂号处一问早没号了。见我捂着腮帮子直喊"哎哟"，女护士建议我去人少的儿科问问，运气好的话能加个号。

十分钟后，我坐到了儿科的治疗椅上。望着周围都是十来岁，甚至两三岁的娃娃，我这四十多岁的老爷们还真有点"羊群里面出骆驼"的感觉。我有心马上离开，可转念一想，管它什么科呢，能让牙不疼是主要的。

一连三四天，每天早上我都到儿科给牙换药。每次都是推开儿科门就进，简直就习以为常了。昨天早上，我换好药，刚一出儿科，一位三十多岁的孩子家长叫住我，说："我看您每天都进出儿科，也没穿白大褂，不像是医生，是不是来检查工作的呀？我儿子的牙他们没给治好，能跟您反映一下吗？"这都哪儿跟哪儿啊？

金嗓子奖

公司为庆祝成立20周年，特举办了大型卡拉OK比赛。老总还特批了一万元作为奖金，奖给金、银、铜嗓子奖获得者。

比赛那天，为活跃气氛，主持人让每位员工都献歌一首。作为部门经理的我也被大伙儿起着哄推上了舞台。我这人五音不全，唱歌总跑调，唱着唱着还经常自己重新谱曲，但为了不驳大家的面子，我还是用心地演唱了一首《中国功夫》。没想到，我竟赢得了热烈的掌声，我心里不免沾沾自喜。我想，就算得不到金嗓子奖，怎么着也能捞个铜嗓子奖吧。可等评奖结果一公布，我却什么奖也没得着。

回到家里，5岁的女儿问我得了什么奖，是金嗓子奖，还是银嗓子奖，还是铜嗓子奖。经女儿一问，我倒有些不好意思起来，安慰女儿道："这次比赛设置的奖项太少了，如果再设置一个'破锣嗓子'奖，就非老爸莫属了。"

周围

现在家长给孩子起名都随着姓起，而且还谐音。比如姓梁的，名字就叫"爽"；姓韩的，起名叫"旭"，好听又好记。我5岁的侄子班上有位小朋友姓周，取名叫"维"。名字虽好听，却常闹笑话。

那天，老师教小家伙们剪窗花。教之前，老师嘱咐大家们不要把碎纸掉到地毯上。可小家伙们一玩起来就刹不住闸。不一会儿，地上就出现了一大堆碎纸。老师看见了，严肃地对大家说："你们看看周围……"话还没说完，小家伙们齐刷刷地朝周维看去。老师没理会，接着说："看看周围的地上是不是有好多的碎纸呀？"这时，有一小男孩开口了："周维，老师说你呢。"

一错再错

我家门厅里挂着一个音乐报时石英钟，每天从早上6点到晚上9点，每逢整点都会先响起音乐声，然后再报时。两、三年了，每天早晨我都是伴着音乐声睁开双眼，然后去上班的。

上个星期，石英钟出了毛病，早晨6点不响了，7点才开始响六下，那几天我正忙，也没顾上调表。

前天早晨我刚起，就听见楼道里乱哄哄的，有人在大声嚷嚷。我出门一看，见是在楼里租房的一位小伙子在向邻居们发牢骚："这是谁家的破表啊？可害死我了。都半年多了，每天早晨6点音乐一响，我就起床，然后磨蹭会儿去上班，从没迟到过。这几天7点表才响，我还以为是6点呢，害得我连着两天迟到，被公司扣了200多块。"我一听是这事，赶紧给小伙子道了歉，小伙子才不言语了。

回到屋里，我赶紧把表调了过来。

第二天晚上下班后，我刚进楼道，正好碰见了那个小伙子。小伙子一见我，劈头就问："您是不是把表又调回去了？"我点点头。"您怎么不告诉我一声啊？害得我听见音乐声就往单位跑，到公司还不到7点呢。"

单卖与丹麦

女儿一岁的时候，我带她去吃肯德基。在那儿我别的没看上，就觉的肯德基为婴幼儿准备的小椅子不错。椅子三面封闭，前面还有腰带，小孩坐上去就伸出两条腿，既结实，又稳当。我想，家里要是能有这么一把椅子就好了。

过了几天，我逛宜家家居时，发现了这样的椅子。只见价签上标着135元，我觉得价钱还可以接受。但仔细一看价签就傻眼了，椅子腰带标价50元，坐垫标价55元，搁碗的饭托标价65元。我心里这个气，敢情这椅子上的东西全单卖啊！您写个全价多省事，何必这么单摆浮搁，化整为零呢？

售货小姐就在不远处，我便走过去与她调侃起来："请问，这椅子上的四条腿是单卖的吗？"没想到小姐误会了，对我解释说："对不起，先生，我们这家店的商品都是瑞典生产的，没有丹麦的。"

老糊涂

从去年夏天起，精明了一辈子的姨奶奶开始犯糊涂了。她毕竟是年近九旬的人了。去年秋天，我和表哥去看她时，发现实际情况比我们了解的要坏得多。

我和表哥来到姨奶奶家，刚一踏进她的卧室，姨奶奶就站起来，热情地拉着表哥的手说："咱们得有40多年没见面了吧？"表哥显然没想到姨奶奶会这么说，正想该怎么回答呢，姨奶奶又跟表哥说上了："你今年二十几岁了？"看着莫名其妙的表哥，我在一边直想乐。

前几天，姨奶奶那患癌症晚期的二儿媳妇已到了弥留之际。二儿媳的几个儿子正商量如何办理后事。姨奶奶听见了，忙凑过来搀和说："是小娥（二儿媳小名）住院了吗？生了个闺女还是小子？你们几个去医院，别忘了多带点儿鲫鱼汤，让她多下点奶！"

奶妈

小年那天，是奶奶90岁生日。一大早，我就跑到西饼屋为奶奶定了一个双层的生日蛋糕。售货小姐递给我一张纸，

让我把要题的字写在上面。我铺开纸写了"祝奶奶健康长寿"七个字。

下午，我去饼屋取蛋糕。一进门，就听见两位售货小姐在大声聊天。皮肤较白的那位说："现在真是什么人都有，我在这儿干5年了，还真是头一回见花300多元给自己奶奶买大生日蛋糕的。"皮肤较黑的那位说："谁家顾得起奶奶呀，定蛋糕这位八成是个阿哥。"俩人正聊得热闹，见我进来，便停止了交谈。皮肤较白的那位接过我取蛋糕的收据，上下打量了我好几眼，把蛋糕递给了我。我出门的一瞬间，身后传来："那个阿哥……"。

晚上，大爷、大妈、叔叔、婶婶都来给奶奶祝寿。饭后，该吃蛋糕了，我打开蛋糕盒盖儿，全家人都愣住了，只见蛋糕上赫然题写着："祝奶奶健康长寿！"

敢作敢当

听过一个笑话，一位先生新买了一辆北京吉普车停在楼下。第二天早上发现不知谁在汽车尾部4×4字样的后面划了

个"="。车主非常气愤，可又找不到肇事者，只好把车送到修理厂重新喷漆了事。可没过几天，车身不仅又划了等号，等号

后面又写上了"16"，车主一怒之下，把车送到了修理厂喷了个"4×4=16"字样，心想这回是万无一失了。谁知早上一看，"16"后面又添了一个对勾。

上面这则是笑话，可生活中还真有类似的事。同事大李的女儿李笑天今年上小学，离开学就差一个月了，可笑天还写不好自己的名字，这可急坏了大李。从 8 月 1 日开始，大李就要求女儿一天到晚练写名字，走到哪写到哪，半个月过去了，还真别说，笑天名字写的大有长劲，大李正高兴呢，没想到出了事儿。

这天中午，笑天在楼下玩，看见隔壁单元王叔叔开着一辆新桑塔纳车停在了楼前。等王叔叔上了楼，笑天一时兴起，用小刀在车门上刻上了"李笑天"三字。等王叔叔从楼上下来，笑天早回家了。王叔叔一眼看见车被划了，气不打一处来，可发现写的是"李笑天"三个字时，心想，这不是此地无银三百两吗？转身奔了笑天家。

一进门，王叔叔就对大李说："你的女儿把我的车划坏了。"大李丈二和尚——摸不着头脑，反驳说："你怎么知道是我女儿划坏了你的车？"听见有人说话，笑天从屋里出来，

见是王叔叔，心想，一定是自己的名字写错了，他是来告状的，赶忙问："名字是我写的，难道写错了吗？"王叔叔说："名字写得非常工整，一点错儿也没有，就是写错了地方。"大李一听这话，赶紧拿钱跟小王奔了修理厂。

照牙片

上周，我一直牙疼。一开始，我还能忍受，就不想跑医院，以为过两天，就自愈了，谁知牙疼得越来越厉害，我只好请假奔了口腔科。

大夫看牙后，开了张单子，让我到放射科照牙片。我交了10块钱到放射科一看，等着照牙片的不下三十人，一直等了一个多小时，才听见里面叫我的名字。

一位五十岁左右的老师傅让我张大嘴，把一张一寸见方的胶片塞进我嘴里，挡在那颗坏牙前，然后准备照相。我这人毛病多，胶片一塞进嘴里，我就恶心，一下子把胶片又吐了出来，老师傅给我塞了好几次，我都恶心得要吐。急得后面照牙片的患者都有意见了。

老师傅见实在照不成了，下了最后通牒，说我再试一次，再不行你就照不用塞胶片的满嘴牙照。我问那得多少钱，他说200多块钱吧。可能是刚才折腾得有些麻木吧，这最后一照我竟没恶心，顺利地照完了。老师傅感慨地说："敢情你是心疼钱啊，早知道一开始我就告诉你照满嘴牙得一千块，你早就不恶心了。"

幸运饺子馅

"破五"那天晚上，一家人正要包韭菜馅饺子，楼下的顺子带着花生米等下酒菜找我小酌。见有客人来，我就让老婆自己先包着，我和顺子便神聊起来。8岁的女儿见顺子带来了花生米，就别出心裁地要将花生米包进饺子馅，说是谁吃着花生米馅的饺子谁幸运。

转眼一个小时过去了，饺子包的也差不多了，我便张罗着顺子上桌喝酒、吃饺子。可我找便了房间的边边角角，也没找到花生米，便问女儿把花生米放哪了？女儿说了包到饺子里了。我一听就急了："你不是说花生米是幸运馅吗？那能用几个花生米呀？""我想让每个饺子都幸运，让吃饺子的每个人都幸运，所以把那包儿花生米都包进饺子里了。"嘿，这下饺子倒是幸运了，可我这酒菜怎么解决呀？

抢椅子

　　"六一"那天，我带 5 岁的女儿上超市购物。到了门口，看见超市正在举办"抢椅子"游戏，孩子及家长都可报名。我抱着重在参与的心态，给女儿报了名。七个人中，有三个大人，三个比女儿大一点的孩子。比赛开始后，七个选手抢六把椅子，然后淘汰一人，再撤下一把椅子，如此循环往复，最后的两名选手争抢一把椅子。一开始，我并不看好女儿，心想人家都是人高马大的，女儿肯定抢不过人家。可比赛开始后，女儿凭借小巧玲珑，竟一路领先，一直抢到了决赛，最后竟登上了冠军的宝座，并得到了一盒动画光盘的奖励。

　　女儿兴奋不已，我也挺高兴，到超市里给她买了不少好吃的。回到家，女儿还没过兴奋劲儿，拉着七十多岁的爷爷、奶奶，非要和他们玩"抢椅子"游戏。奶奶不玩，女儿就是不干。逼得奶奶说："玩可以，我得先到消防队借个气垫子。"女儿不解地问："借气垫子干什么？""就我这骨质疏松的体格，要是玩'抢椅子'游戏，即使不落下'脑震荡'，也得有七八处骨折。"

转让

老婆生孩子那年，家里添置了一台电暖器。现在用不着了。搁在房间里挺占地儿，一直想把它处理掉。

我从朋友那儿得知，报纸上可以免费刊登商品转让信息。我就写了篇转让启事，打算以 50 元的价格转让那台八成新的电暖器。

从转让启事刊登出来的那天起，我的手机铃声就此起彼伏，没消停过。有打听电暖器品牌的，有询问使用年限的，还有嫌转让价格高，在电话里跟我砍价的，甚至有向我推销商品的，真是五花八门，无奇不有。

第四天，电暖器终于转让出去了，可仍有不少人还在打我的手机。月底，交手机话费的时候，我发现：转让一台电暖器 50 元钱，可手机费却让我掏了近 200 元。

出差

临近年底，单位出差的机会一下子多了起来。月初，小曹、小宋去了趟上海，上周，大赵、老张又去了陕西。出差的人都知道我孩子小，不管谁回来都给我 5 岁的女儿带回当地的特产，让我给女儿品尝。

昨儿晚上一进门，我就把小严从香港带回来的小食品让女儿吃。谁知女儿尝了尝，不领情地说不好吃。然后又嬉皮笑脸地对我说：“爸爸，让你们同事去趟南非吧。”“去那儿干吗？”我好奇地问。“昨儿电视说了，那儿有一种糖特别好吃，让你们同事给我带回几块吧。”

丢不了

外甥 4 岁多了，在幼儿园上中班，小家伙正是似懂非懂的年龄，淘气淘得出了圈，不是违反纪律，就是和小朋友闹别扭，经常挨老师批评。

昨晚，我到妹妹家串门，偏巧赶上妹妹正教育儿子呢。原来第二天幼儿园组织小朋友到动物园秋游，妹妹不放心，怕儿子走丢了，便苦口婆心地告诉儿子该怎么做，可外甥根本就听不进去，一边玩一边把头扭向我。我赶紧答话说：“你就记住一点，随时随刻看着老师，准保丢不了。”外甥反驳说：“老师说了，到了动物园，哪儿也不许看，就盯着前面小朋友的后脑勺，准保丢不了。”我一听，心想，就盯着后脑勺，丢是丢不了了，可上动物园干吗去了？

寻人启事

晚上吃饭的时候，老婆说一楼电梯处贴出了一张寻人启事，说一老头走失了，启事上面除了有老人的照片外，还有老人所穿上衣、裤子、鞋、袜子的款式、颜色等，可以说是面面俱到。

听老婆说完，我感慨到："老人的家人记忆力真是好啊，老人离家时穿什么衣服都记得那么清楚。"老婆反驳说："那是老人衣服太少，就那么两件，当然记得住了。""那是，谁像你有那么多衣服啊，几乎每天上班都换衣服，你要是丢了，寻人启事得写成，身穿：红色（或粉色、或绿色、或白色、或花色）上衣，牛仔裤（或休闲裤、或七分裤、或裙裤、或喇叭裤），皮鞋（或旅游鞋、或凉鞋、或布鞋、或拖鞋），你说，这样的寻人启事要是贴出去，大伙儿上哪找你去？"

稿费

这两年，我一直给一家媒体撰写稿件，每隔几个月，我都会收到报社邮寄给我的稿费。可从上月起，我接到报社一工作人员的电话，说是报社为提高效率，从现在起，不再邮寄稿费，而是采用网转的方式，直接把稿费打入卡里，让我当时报一下卡号。

由于报社联系的那家银行规模小、网点少，我还真没有那家银行的卡。工作人员提醒我，可提供家人的卡号。经他这么一提醒，我恍然大悟，想起老婆的工资卡就是那家银行的。于是，我便把老婆的卡号告诉了他。

周末，老婆一到家，兴奋地告诉我一个好消息，说这个月她的工资卡里一下子多出了一千多元钱，也不知道是怎么回事。我不是做好事不留名的那种人，赶紧把稿费的事告诉了老婆，期待老婆能把稿费还给我，那可是我几个月的辛苦钱啊。谁知老婆一听，怒目圆睁道："原来你也有'私房钱'呀，你怎么从来也没说过呀？"她看我直咧嘴，坏笑着继续说："看你也不容易的份上，'私房钱'的事我也不追究了，这稿费钱就用来堵我的嘴吧。"您看我这机灵抖的，这不是肉包子打狗吗？

真空储藏袋

这阵子，老婆一直都在减肥，吃药、喝茶、用甩脂机，可样样都不见效，老婆的体重还是依旧。同事给出了个主意，让老婆体育锻炼。从上周开始，老婆每天晚饭后开始逛商场。商场不关门，她不回来，还号称运动减肥法。

昨儿晚上，老婆逛商场回来，买了三个真空储藏袋。老婆说了，把棉被放进去，一放气，体积还没有原来的三分之一大，既省事又不占空间。

可装被子容易，想把储藏袋里的空气赶出来就费了牛劲了。身材瘦小的我使尽了全身的力气，又是压、又是按，空气也没跑出多少。老婆见我不行，便亲自出马了。只见她往袋子上一趴，然后往袋子上一坐，没几下，真空储藏袋里的空气就所剩无几了。我在一旁简直看呆了。赞扬老婆说："你这一身肉可千万不能减了，你要是瘦了，明年再收被子时，谁来压储藏袋里的空气呀？"

车锁

前几天，我那刚买了几个月的电动自行车丢了。我分析了一下丢失的原因，主要是车锁太"单薄"了。于是，当我又花一千多元购买了一辆电动自行车时，我便在车锁上下了功夫。

我先是花268元安装了一把抱闸锁，又花了180元买了一把链儿锁，为的是外出时能把车锁在栏杆上。在售货员的极力推荐下，又花了近300元安装了一把报警锁，如果有人撬锁的话，车锁马上会响起令小偷胆寒的声音。

当我推着安满大小锁的电动自行车回家后，立马向老婆吹嘘我的车如何防盗。老婆白了我一眼说："这回车要是再丢了，加上锁钱，可就是丢了两辆了。"

看照片

昨天晚上，我从承德赶回家，老婆就迫不及待地翻出数码相机，欣赏我在承德拍的照片。

老婆一边欣赏，一边不住地夸我的摄影水平有了提高，听得我心里美滋滋的。正高兴呢，老婆突然说："在小布达拉宫的这张照片你闭眼了，我把它删了吧。"我一听，赶忙跑过来，说："这次照相我特注意，都是瞪着眼睛照的，怎么会有闭眼的呢？"我接过相机，由于屏幕较小，有些看不清，我连忙把照片调到最大，对老婆说："你仔细看看，这是闭眼

睁眼　　闭眼

吗？明明是睁着的嘛。"老婆拿起相机，聚精会神地分辨了好一会儿，不好意思地坏笑着说："老公，真对不起，我忘了你睁眼跟闭眼一样了。"

婚姻登记

前天晚上，我下楼遛弯儿的时候，突然发现小区门外一座二层楼前新挂上了"区婚姻登记处"的牌子。回到家，我把这事当成新闻说给老婆听，谁知老婆听了，竟大发感慨："要是早知道十年后婚姻登记处就搬到咱楼下，咱俩晚结婚十年就好了，你还记得吗，十年前，咱俩为领结婚证，请了半天假不说，光骑车就骑了二十多里地。"我见她牢骚满腹的样

子，就故意逗她："你要觉得心理不平衡，明儿早晨咱俩先到
"登记处"二楼办个协议离婚，过两天，再到一楼办个复婚手
续，这样，你不就沾了"登记处"的光了吗？"老婆听我这么
说，便跟我"逗咳嗽"，说："离婚一点问题没有，可再结婚，
那户主能不能是你我可就说不准了。"您看我这瘪子嗙的。

缺氟

5月底的一天晚上，我下班后还没进家门呢，老婆的电话
就打过来了："咱家的空调不制冷了，你快回来看看吧！"我
心想，刚什么节气呀，就使上空调了，虽然这么想，可脚下
还是加快了脚步。

我走进家门一看，可不是吗，墙上的室内机呼呼地冒着
风，可就是不凉。"是不是缺氟了？"老婆提醒说。"不可能
吧，去年刚买的空调，用了不到一年，就缺氟了？"我嘴上
说着，手却拨通了厂家售后服务的电话。

也就过了一个小时，一位穿着厂家工作服、手提一加氟
罐的师傅便上门维修来了。师傅先是打开室内机看了一眼，
又到阳台上看了一眼室外机，说了一句话，："这空调没毛病。"
转身就要往外走。我赶忙拦住师傅说："要是没毛病，这空调
怎么不制冷啊？""你到阳台上看一下就明白了。"

送走了师傅，我拉着老婆忙跑到阳台上一看，先是愣了一下，然后都乐了起来。这空调是不制冷了，室外机上罩着厚厚的空调罩不说，上面还五花大绑地捆着好几条绳子。这哪儿是空调缺氟呀，整个是我们俩缺心眼。

事关风化

我这个人比较正统。夏天甭管多热，只要上班，总是长裤长衫，穿皮鞋戴领带。

前几天，女儿即将从幼儿园毕业，老师特发来邀请函，让我们两口子参加孩子的毕业典礼。

参加毕业典礼的那天早晨，还不到七点，气温就升到了30度。我想，天这么热，又不上班，干脆穿随便点算了。翻箱倒柜找了件无袖T恤衫穿上，就和老婆出了家门。

离幼儿园不远了，老婆才注意到我没穿衬衣、打领带，非逼着我回家换衣服。我嫌热

不肯回去，坚持往前走。打这儿开始，老婆的嘴就没闲着，什么不注意文明礼仪啦，不重视孩子一生只有一次的毕业典礼啦，什么穿得太少，与"膀爷"无异，今天还有记者，要是被媒体曝了光，我的脸往哪儿搁呀，等等。说得我像是做错了事的孩子，低着头快步走进了幼儿园。

一走进孩子班里，我和老婆都愣住了，参加孩子毕业典礼的孩子妈们有一半都露着半个后背，我只不过就露着两只胳膊，跟他们一比，我整个儿"小巫"一个。

练手

刚结婚那阵子，老婆心气特高，什么都想亲手做。吃饭自己做，衣服自己洗，用她的话说就是要把日子过得有滋有味。

一天晚饭后，我准备到楼下的发廊理发，老婆拦住我说："我理发最在行，还专门到发廊偷过艺呢，让我给你理吧。"我用怀疑的眼光看着她说："你行吗？"她说："只要你豁得出去我就敢干！"说着不由分说就把我按到椅子上，摘下窗帘围到我脖子上，拿出家里用的普通剪子就招呼起来。您还别说，老婆手脚还真麻利，不到20分钟，洗剪吹就全齐了。

我对着镜子一看，不禁想起电影《我的父亲母亲》中"父亲"的形象，而且怎么看怎么像。碍于相敬如宾的情面，我什么都没说，心想，老婆第一次给我理发，理成这样已经很不错了。第二天我一上班，同事们都用异样的目光看我，不久我就有了一个外号"小队会计"。

表扬

开学前，我给女儿换了一所小学。快开学时，学校组织五天军训，那几天女儿正患重感冒，全身乏力，本不想让她去了，可机会难得，我还是让她参加了集体活动，只不过跟老师说了一下她的情况。

五天中，女儿克服困难，坚持训练，除特别剧烈的活动外，一般出操、晨跑什么的，女儿都参加了，得到老师的好评。在全体学生会上，年级主任两次点名对女儿进行了表扬，夸赞女儿带病坚持训练，并号召其他同学向她学习。

女儿回来后。向我汇报了训练情况。当我听说她两次受到表扬后，特别欣慰，激动地说："这次军训，你不但锻炼了体魄，而且在同学中也会有很高威望，肯定成为'明星'了。""身体锻炼不假，成'明星'绝对不可能。""为什么？"我问。"我刚转到这一学校，别说外班，就是本班也没人知道我叫什么，老师表扬也是白表扬。"

放焰火

奥运会开幕式那天，不到两岁的外甥女正好在我家住。我家住地离焰火燃放点不到200米，第一束焰火升起的时候，五彩缤纷的焰火也没能吸引外甥女的注意力，而巨大的轰鸣声，却把她吓坏了。出生两年，外甥女还没见过这阵势，竟吓得哇哇大哭起来。我赶紧找来棉球，堵住了外甥女的耳朵，但丝毫没管用，外甥女照样哭个不停。烟火燃放的间隙，老婆找来半片安眠药，放在外甥女喝的牛奶里，哄外甥女喝了下去。这下儿好了，没过多会儿，外甥女就睡着了，任凭外面再怎么放焰火，外甥女也没知觉了。

第二天上午九点多了，外甥女才睡醒。老婆见她出了不少汗，就拿起洗澡盆上卫生间接水，想给她洗个澡，谁知脚下一滑，洗澡盆掉到了地上，发出了很大的声音。外甥女听见了，揉着惺忪的睡眼，问我："舅舅，外面还放焰火呢？"

养蚕

从开春起，上小学三年级的女儿就让我给她找几条蚕养，说是社会课老师布置的家庭作业。找蚕这事要搁十几年前，简直就不用费吹灰之力，甭说找几条，就是找几百条，也跟玩儿一样。

可现在就不同了，这蚕还真成了稀罕物，我问遍了同事、朋友，大家都说帮我试着找找，可没一个敢答应的。

眼瞅着到"五一"了，女儿一遍遍地问我蚕找到了没有，我又赶紧给大伙儿打电话，但仍是希望渺茫。

昨天下午，朋友大刚托了好几个人，终于给我找来5条蚕。我一边说着感谢的话，一边要出去找桑叶去。大刚说："找桑叶比找蚕还难呢。"说着，从兜里掏出两根包装精美的火腿肠样的东西，递给我说："现在的蚕都当宠物养，不吃桑叶了，吃的都是这种专用饲料。"我恍然大悟，然后随手就把蚕和火腿肠放到了女儿的桌上。

晚上，我刚一进家门，女儿就感谢我给她带回来两样礼物。"两样礼物"？我正纳闷呢，沉浸在喜悦中的女儿告诉我蚕宝宝太可爱了，她太高兴了，可就是那火腿肠跟以往的火腿肠不是一个味，涩涩的太难吃了。我一听，赶忙说："你吃

那根儿火腿肠了。""吃了，怎么了？""那是蚕的饲料，不是
给你吃的。"

跟踪

　　开学后，女儿开始上小学三年级。为了锻炼女儿的自理
能力，也为了减轻家长的负担，再加上家离学校不过三站路，
老婆决定从开学第一天起，不再让我骑车带她上学了，改由
女儿自己走路上学。

　　让女儿自己上学，老婆还真有点不放心，老婆便叫我推
车远远地跟着女儿，有"情况"赶紧处理。一连跟了三天，
什么"情况"也没发生，女儿都是直来直去上学校，安全得
很。从第四天起，我以为"跟踪"就可以解除了，可老婆还
是不放心，让我再"跟踪"几天。可转眼十多天过去了，老
婆还是没有解除"跟踪"的意思。我问她还要"跟踪"多久，
老婆说再"跟踪"俩月看看。我当时就"撺"了，嚷嚷道：
"从明天开始，要么我骑车送她上学，要么我在前面骑车，让
她跟踪我吧。"

压岁钱

　　大年初四，我带 6 岁的女儿回河北老家看姨妈。一进门，表哥给了女儿一个装着压岁钱的红包，我本打算也掏出红包给表哥的儿子，但又怕给少了钱不合适，就想先问问女儿红包里有多少压岁钱，再给表哥的儿子发红包。

　　机会终于来了，趁街坊串门的时候，我赶紧把女儿拉到一边，问红包里有多少压岁钱。女儿说，四百块钱。我有些惊奇，接过钱一数是二百。原来女儿把折着的钱的两边各数了一遍。

照相

　　昨天，我新买了一个数码照相机，便带着老婆孩子到世界公园玩。一进公园大门，6 岁的女儿便被各国奇特的建筑所吸引，抢过相机非要给爸爸、妈妈照相，我想给她照张相她都不干，一直拿着相机不撒手。

　　我知道女儿的摄影技术不行，她一边照我一边给她辅导。

过了一会儿，我看了她给我们照的白宫、巴黎圣母院、巨石阵等照片，发现女儿竟把建筑都照成了歪的，我赶紧给她纠正，可女儿根本听不进去，没办法，只好随她去了。

回家的路上，我翻看女儿照的照片，发现凯旋门、教堂等建筑仍被照歪了，合着所有建筑都被照歪了。正生气呢，往下看了一张，我又给气乐了。照片中唯一应该是"歪"着的建筑——比萨斜塔，女儿却给照得一点都不歪——倍儿正。

叫错了

周末，单位发了地坛书市的门票，号召大家都去买书，培养爱读书的好习惯。

星期天一大早，我就带上6岁的女儿去逛书市。由于刚开门不久，书市的人不是很多，倒是碰上了不少同事。遇到小王两口子的时候，我赶忙让女儿叫叔叔、阿姨，小王两口子夸了女儿几句，就离开了。过了一会儿，又遇见了小赵和女友，我也让女儿叫了叔叔、阿姨。

正往前走呢，又碰见了李大姐和她的儿子。李大姐的儿子虽然刚上初三，但又高又壮，个子超过他妈多半头，常让李大姐引以自豪。见我主动跟李大姐打招呼，女儿也非常主动，大声叫了句："叔叔、阿姨好。"我一听，这不差辈了吗？看来，这叔叔、阿姨还真不能多叫。

肚子气爆了

前两天弟弟出差，便把 3 岁的儿子壮壮送到我家住几天。别看壮壮个头不大，可出奇地淘气。摔个茶杯、盘子碗是正常的，昨天，小家伙硬是自己打开了煤气开关，我被吓出了一身冷汗。每次壮壮淘气后，我都对他说："你每淘气一次，我的肚子就被你气大一点，时间长了，我这肚子早晚得被你气爆了。"

晚上，我带壮壮遛弯儿回来等电梯。电梯门一开，从里面出来一身怀六甲的孕妇。壮壮一见，撒腿就朝外跑。我追了十几米，才追上他。我不解地问："你跑什么呀？""你看那阿姨肯定生了不少气，肚子气得都要爆了。"

干家务

放假前，学校要求学生每天都要帮家长做一样家务。上一年级的女儿非常听老师的话，一直磨着我给她安排适当的家务活。

昨天中午，我正择菜呢，女儿跑过来要帮我干，我见她积极性挺高，就安排她剥蚕豆。女儿一边剥，我一边对她说："现在蔬菜上的残留药品比较多，择菜的时候最好去掉外皮，这样对健康比较有利。"女儿听后，懂事地点点头。

择完菜，我进厨房准备炒菜。发现案板上放着一些菜籽，而垃圾筐里却扔着好几个彩椒。我忙喊过女儿问她是怎么回事。女儿眨眨眼，认真地说："我剥了蚕豆，就去剥彩椒，可彩椒皮太厚了，扔掉外皮，就只剩下这几个籽了。"

红宝石

昨天，上一年级的女儿跟着学校去春游。出家门时，我还给她带了50元零花钱。

晚上，我刚一进门，女儿就兴奋地跑过来说：“爸爸，我买红宝石了。”“红宝石，快拿来让我看看。”见我挺感兴趣，女儿迅速跑回房间，小心翼翼地拿出一个纸包，打开了两三层，才露出了里面的三颗红宝石。我拿起指甲盖儿大小的红宝石一看，差点笑喷了，这哪里是什么红宝石呀，就是机器加工成六棱型的有机玻璃。为了不伤女儿的心，我假装认真地欣赏起来，一边称赞一边问：“这红宝石挺贵的吧，我给你那50块钱够了吗？”“刚开始挺贵的，一块钱两颗，后来我们同学都买，就一块钱三颗了。”女儿认真地回答。

术后食品

前两天，8岁的女儿到医院做了扁桃体切除手术。手术刚做完，医生就嘱咐我：“两天内，孩子不能正常进食，只能吃些冰激凌或喝些冰镇酸奶。"由于孩子肠胃不太好，平时我都限制她吃冰激凌，女儿一直耿耿于怀，可现在由于病情需要，我只好买来了好几盒冰激凌。

手术四小时后，护士通知可以吃冰激凌了。一听这话，刚才还嚷嗓子疼的女儿一下子坐了起来，接过冰激凌就吃起来。吃完了一盒，又伸手要下一盒。一边吃，一边还用挑衅的目光看我，那意思是说，这回你可限制不了我了。吃着吃着，女儿停了下来，做若有所思状，然后小声问我："爸爸，你去问问医生，做哪种手术后，必须吃必胜客的比萨饼啊？"

跑调儿

女儿 7 岁，上小学二年级，数学、语文成绩呱呱叫，就是唱歌爱跑调儿，而且跑得不是一星半点儿。一有空儿，我就一句句地教她唱歌，可纠正了无数次，也不见效。

这学期，老婆在少年宫给女儿报了个声乐班，想借助老师的力量，把女儿跑调儿的毛病改过来。可练了半年，也没见到明显成效。

前两天，声乐班举办汇报演出，我和老婆都去了。女儿出场了，我俩屏住呼吸，静静地等女儿出声。一开始，女儿唱的还说得过去，可第一段没唱完，她跑调儿的毛病又出现了，且越跑越远。
看到其他家长都
忍不住想笑，我
和老婆都不好意
思地低下了头。
这时，台下的指
导老师也坐不住
了，轻巧地敲了

敲桌子，说："纯子同学，请你按歌曲原有曲调演唱，不要自
己重新谱曲。"

气管炎

昨天，我那 5 岁的侄子得了气管炎。
他咳嗽、喘的厉害，不得不天天到医院
输液。自从得病以后，一向欢蹦乱跳的
侄子也老实了许多。

晚上，侄子早早地躺在了床上看电
视。电视里正播相声，说男人只要结婚，
当了爸爸，99% 都是气（妻）管炎。侄
子一听，感觉不对，立刻把我叫过来，

神秘地对我说："大大，我有一事不明白，想向您请教。"我见侄子这样懂事，忙说："请教谈不上，有话就问，咱们共同探讨。"侄子说："电视里说，这男人结婚，当了爸爸才得气管炎，你说我刚5岁，怎么也得上大人的病了？"

签到

　　大年初二，我带6岁的女儿参加同学的婚礼。刚走进饭店大厅，就见十几个参加婚礼的人排着队围着桌子在签到。

　　轮到我签到的时候，我先是签上了名字，然后在礼金栏里写上了500元，并掏出500元贺礼递给了同学的亲戚。我拉起女儿刚要走，女儿却也要在签到簿上签名。我想，让女儿锻炼一下也好，就没阻拦她。可没想到的是，女儿不光签了名，还在礼金栏里也写上了500元。我正楞神呢，同学的亲戚伸手让我再交500元礼金。我本想解释一下，可在众目睽睽之下，再加上同学亲戚伸出的那只大手，我也只好再掏腰包了。

认蔬菜

　　这两天，弟弟出差，便把 3 岁的女儿雯雯送到我家，托我照看几天。下班后，我买来几张彩色挂图，教雯雯看图认识事物。雯雯非常聪明，没两天就把挂图上的各种物件认了个遍。尤其是对蔬菜挂图特别感兴趣，上面的茄子、西红柿、菠菜等都记得滚瓜烂熟，任意指一种蔬菜她都说的上来。我见侄女这么好学，就买来她最爱吃的巧克力奖励她。

　　昨天，我带侄女上街。街两边有十几个摆摊做买卖的小贩。从他们中间走过时，侄女突然指着一个纸盒子里的物品说："大大，快看，葱头。"我朝小贩的纸盒子一看，不禁笑了起来："雯雯，那不是葱头，那是一种花卉，叫水仙。"

听话

　　从女儿小的时候起，我就教育她要听话，在家听家长的话，在幼儿园、学校要听老师的话。一开始，女儿对我还是言听计从，可随着年龄的增长，尤其是上学后，女儿开始有

选择地听话了，对她有利的、她喜欢做的事，还是很听话的。碰到违背她意愿的事，她或是不理不睬，或是阳奉阴违，直到你改变主意，说出她喜爱的结果为止。

昨儿晚上，女儿做完作业就挺晚的了，我怕她第二天早上起不来，就劝她赶紧睡觉。可女儿非要看一会儿动画片。看着她企求的目光，我就同意了要求，但只允许她看十分钟。可一小时后，我从另一房间出来去看她睡了没有，见她还在看电视，就忍不住冲她嚷嚷起来。谁知女儿却委屈地说："这能怨我吗？看完一集，我刚要关电视，可屏幕上却出现了'千万不要走开，后面节目更精彩'，我不敢不听电视台的话，才又看了两集的。"

写作文

女儿自从上了重点小学后，本来学习负担就够重的了，可老婆却望女成凤，又给女儿报了小提琴班、绘画班和作文班，这下倒好，把女儿玩的时间儿乎都占满了。

周末，我像赶场似的，上午送女儿到少年宫上两个班，下午，又送女儿到学校上了作文班。晚上接女儿的时候，她累得连话都不想说了。

吃完晚饭，我催女儿赶紧把今天老师留的作文写了。女儿眼皮都开始打架了，见我催她写作文，没好气地说："我不会写。""为什么？"我问。"因为我没有生活，没有体验。"我好奇地拿起作文本一看，也乐了。"这作文孩子是写不出来，"因为作文的题目是：快乐的一天。

油票

过年的时候，我带6岁的女儿去逛了趟地坛庙会。正赶上那儿举办"票证回顾展"，我就领女儿参观了一下。

一边看展览，我一边指着各种票证讲给女儿听，爸爸小时候什么东西都短缺，过年了，每个人才能买3两瓜子、半斤花生，平时，买米要米票，买面要面票，买油还要油票，而且一个月才可以买半斤。看到女儿神情专注地听着，并若有所思地不住点头，我又加入了革命传统教育的内容，教育女儿要珍惜现在美好的生活，要努力学习，长大多为国家做贡献。

回家的路上，女儿在一家小商铺门前停下了脚步，问我："爸爸，现在买油还要油票吗？""当然不要了，我带你到超市买油什么时候用过油票啊？""那这儿怎么还收购啊。"我赶紧朝小商铺门口一看，只见一块牌子上写着：收购礼品、（汽）油票。

测试题

为了能让即将上小学的女儿考上一所重点学校，我托人找了一份去年该学校的测试题，专找重点题、难题给女儿开小灶。

记得有一道题是这样的：有3个同样大的玻璃杯，一个杯子装满了水，一个杯子装了半杯水，另一个杯子装了一点水，然后在3个杯子中各放同样多的一勺糖，问哪个杯子的水最甜。听说这道题已

经连续出了几年，今年考的几率也非常大。于是，我找来杯子和糖，将题掰开、揉碎了给女儿讲。经过启发，又让女儿分别品尝各杯中的水后，女儿对这道题有了深刻的印象，我这才踏实下来。

考试回来，我赶忙问女儿考没考这道题，她说："考了，可是我答错了。""怎么会，咱们不是练了好多遍吗？""老师没考放糖的题，改成放盐了，还问哪杯水最淡，结果我说错了。"

满分

学校放假了，我带刚上一年级的女儿到姐姐家串门。

刚一进门，姐姐就问侄女考了多少分。女儿一脸自豪地说："考了满分，语文、数学都是 100 分。"姐姐赶紧夸奖道："你真棒，比你爸爸强多了，你爸就从来没得过满分。""谁说的，我爸去年就得了一次满分。"姐姐一愣，转过头问我："没听你说又上什么学呀，怎么考回来的满分？"我脸一红，嗫嚅了一会儿，没好意思说。

女儿在一旁可是一点面子也没给我留，大声回道："姑姑，我爸可不是考试得的满分，是他开车老违章，被警察叔叔记了 12 分，得了个满分。"

小广告

这些日子，我家的防盗门上每天都被塞上好几张小广告。有招生的，有治病卖药的，更多的还是修理煤气灶具的。每天下班回来和早晨起来，我头一件事就是清理防盗门上的小广告。时间长了，5 岁的侄子也帮我清理。再后来，清理小广告就成了侄子的专职工作了。

侄子每天清理小广告时都特别认真，虽然不识字，却总是煞有介事地打开小广告看一看，然后扔进纸篓。

半个月前，一工作人员来家查水表，他说三五天以后来送水费单。可一周都过去了，我也没见到，便给自来水公司打了电话。人家说三天前就挨家把单子插到防盗门上了。我一听，赶紧叫过侄子问他情况。侄子想了想说："前两天是有一张'手写'的小广告。""那就是水费单，你把它放哪儿了？"我问。侄子咧了咧嘴说："真对不起，我给撕了。"

三元店

春节的时候，我带 5 岁的女儿上街。路口一家二元店，女儿不解其意，我告诉她，二元店就是里面的所有商品都卖二元钱。女儿听了点点头。

转过了一条街，又遇见一家八元店。我刚要给女儿再解释一下，女儿却抢先说："我知道，就是里面的所有东西都卖八元钱。"见女儿能举一反三了，我心里特别高兴，不住地夸她聪明。

前天中午，我带女儿乘300路公交车从南三环到北三环，车刚过燕莎桥，女儿突然大喊道："爸爸，咱们到这家饭馆吃龙虾吧，才花三元钱。"我赶紧向窗外看，见街边是一家酒楼，招牌上写着一行大字：海鲜城，旁边画着大龙虾，右下角写着一行小点的字：三元店。得，少了一个"桥"字，差点让女儿当成街边卖小商品的三元店。

丢手套

女儿在幼儿园时就经常丢三落四。为这事我没少说她。可现在她都上一年级了，这毛病也没改。

天刚冷的时候，我就给她买了一双魔术手套。可没戴几天，女儿就给弄丢了一只。随着天气转冷，我一下子给她买了两副一样的单皮手套。我想，这回即使再丢两只，剩下的也能凑成一副。可好梦没做几天，也就刚过了半个多月，女儿就真的丢了两只手套，而且丢的全是右手的，您说气人不气人。

到市场转了转，我又给女儿买了一副用绳把两只手套拴在一起的、可以挂在脖子上的手套。这回她不会再丢一只手套了吧。事实证明我的观点是完全正确的。女儿果真再没丢过一只手套。三天前，她把两只手套一块儿丢了。

俩与两

我5岁的女儿做事特别认真，丁是丁、卯是卯。可太认真了，就会给人不灵活的感觉。每次遇到这事，我都及时对她进行教育。

那天晚饭后，女儿独自捧着一袋瓜子享用。我在一边被瓜子的香味所吸引，便伸出手对女儿说："给我俩。"只见女儿认真地挑了两个大瓜子递到我手里。我被女儿的认真劲逗乐了，说："你怎么才给我两个呀？""你不是要俩吗？"女儿反问道。"俩是一个大概的数，意思是要你给我抓一把。"我耐心地说。女儿似懂非懂地抓了一把瓜子递了过来。

没过一会儿，楼上李阿姨来收两元卫生费。还没容我找钱包拿钱，女儿飞快地打开抽屉，从里面抓出一把钱，递给李阿姨。得，她给"灵活"到这儿了。

健身

自从小区里安装了健身器材，5岁的女儿可就有活干了。每天下午从幼儿园一回来，她不进家门，而是直奔健身园。玩完了漫步机，再玩单、双杠，最后还得找补两下"梅花桩"。天不大黑了，她坚决不回家。到了双休日，她更是整天泡在健身园。居委会主任见了总叫她"看健身器材的"。

那天下大雨，女儿非要我带她去健身园，还找出理由说："要想健身就要天天锻炼，一天不炼，等于一月白炼。"我说："可外面下着雨呢，你说怎么办？"女儿忽闪忽闪大眼睛，想了想，说："那你带我去'仙踪林'吧。""那是大人去的地方，你去那儿干什么？""那儿的座位都是秋千，我要去那儿荡秋千。"嘿，她还挺会找地儿。

厕所文化

上个周末，我们一大家子十几口人到离家不远的"小土豆"餐厅吃了一顿饭。大伙儿吃得正高兴呢，4岁的小侄子大壮突然嚷嚷着要上厕所，我赶忙站起身要陪侄子一起去，大哥拦住我说："他都这么大了，让他锻炼锻炼，自己去。"听大哥这么一说，我也只好用眼睛示意大壮自己去厕所。

大壮去了厕所，大伙儿继续吃喝，时间一长，就把大壮上厕所这事给忘了。过了约莫有 20 分钟了，我才发现大壮上厕所还没回来呢，急忙跑进厕所寻找。我还没走进厕所呢，就听见里面传来大壮的笑声。我心里直纳闷，这小子在厕所里笑什么呢？

走进厕所一看，发现 3 个小便池上方墙上各镶嵌着一台微型彩色电视机，里面正播放动画片《猫和老鼠》，大壮原来是看着动画片乐呢。

自从这次吃饭以后，大壮每天都盼着我早点下班，好让我带着他到"小土豆"上厕所，去享受"厕所文化"。

奖杯

前两天，我归置书柜的时候，无意中翻出了一沓儿上小学时获得的三好学生奖状。看着当年取得的成绩，心中感慨万分，意识到这是教育孩子的活教材，便马上叫来就要上一年级的女儿，语重心长地对她说："你上学后，也要向爸爸当年一样，好好学习，天天向上，不光要获得奖状，还要获得奖牌、奖杯，长大以后，做一个对社会有用的人，知道吗？"
女儿望着我，一脸茫然的点了点头。

下午，我带女儿上街的时候，路过一家店铺，女儿突然
摇着我的手说："爸爸，这家的孩子学习肯定特棒。""你怎么
知道的？"我问。"你没看见他家有那么多奖杯吗？"我抬头
一看，原来这是一家卖标牌的店铺，橱窗里摆满了各种奖杯。

女士优先

4 岁的女儿不知从哪儿学会了一句"女士优先"，于是，
不管在什么场合，她都把
"女士优先"挂在嘴边。也
正是她学会了这句话，还
真解决了我不少麻烦。

晚上她从幼儿园回
来，刚一进门，我说，"先
洗洗手，再干别的。""不，
我先看电视。""那我先洗
去。""不行，我先洗，'女
士优先'。"早晨女儿特不
爱起床，我就说，"我先洗

脸、漱口了啊。"她马上爬起来，"不行，我先洗，'女士优
先'。"

那天，我有些发烧，谁知晚上女儿从幼儿园回来，脑袋
也有些发热。干脆，爷俩一块儿去医院得了。到了医院，本
着"女士优先"的原则，我先带她看了儿科，然后我才看了
内科。巧的是，大夫给我们俩都开了指血化验单。平时女儿
最怕抽指血，每次抽指血时我都要做半天思想工作，最后女
儿还得抹上一会儿眼泪。一想起这些，我心里就没了底。于
是我对她说："爸爸先抽血，我给你做个榜样。"可女儿竟说
"不，'女士优先'，我先来。"我以为女儿进步了，正高兴呢，
谁知女儿琢磨过味来了，"哇"的一声哭了，"爸爸，还是你
先来吧。"

小大人

别看小侄子壮壮岁数不大，前几天才刚满 4 岁，可说出
话来却透着成熟，街坊四邻都叫他"小大人"。

那天，我带壮壮逛公园，碰见一小朋友因为妈妈不给买
冰棍，挥起小拳头就打起妈妈来。壮壮当时"火从心头起，
怒从胆边生"，快步走上前，大声斥责起那个小孩来："你妈

妈生你容易吗？你怎么能打她呢？你做得太不对了。"几句话说得那个小孩不仅停了手，而且还不好意思起来，不少游客都对壮壮的壮举啧啧称赞起来。

星期六，我带壮壮到单位值班。一进办公室，一同值班的李大姐喜爱地抱了抱壮壮，问他多大了，叫什么，壮壮一一做了回答。"阿姨，您家的孩子多大了？"壮壮问。"上高二了。""哟，一晃儿都这么大了。"

崇拜

女儿5岁了，对我的崇拜有增无减。最近一年来，她见我的名字频频出现在《京华时报》等报刊上，对我羡慕得不得了："爸爸，你现在是名人了吧？""胡说。""那你的名字怎么老上报纸啊？""我那是写着玩的，一不留神上了报纸。"我得意地说着。"不管怎么说，你就是我心中的大明星。"女儿认真地说。

那天晚上，我正赶一篇稿子，女儿在另一间屋子里玩

中国地图拼图。突然，她跑过来说："爸爸，你的名字都上中国地图了，这一下地球人都知道了。"女儿模仿着赵本山的口气对我说着。我以为她信口雌黄，就没有理她。"你不信呀？"女儿说着拉起我就走，指着地图上蓝色图案中的"东海"（我的笔名是海东）俩字对我说："你看，这不是你的名字吗？"嘿，她给倒了个儿了。

找厕所

那天，我到北三环的哥哥家串门。晚饭后，我带3岁的侄子到街上遛弯儿。走得离家挺远的了，我突然感觉到腹痛难忍，急着要上厕所。可在三环路上找一个厕所又谈何容易呢？况且我对哥哥家周围的情况又不是很熟悉。正在十万火急之时，还是小侄子能急人之所急，果断地对我说："叔叔，

我知道哪儿有厕所，跟我来！"说完，撒腿就跑。我呼哧带喘地跟侄子跑了几十米，拐了一个弯，侄子指着一间房子说到了。我顺着侄子指的方向一看，差点没把我鼻子气歪了，只见一间落地玻璃的房子里确实摆放着不少马桶，可那儿不是厕所，是一家卖洁具的商店。

派活儿

5 岁的女儿见小朋友荣荣有一个会说话的娃娃，羡慕得不得了，非要我给她买一个。我一打听，敢情那娃娃不是买的，是买三份肯德基套餐赠送的。

在花了 100 多元购买套餐后，女儿得到了娃娃。可套餐她却不吃一口，没办法，我连着两天的四顿正餐吃的都是汉堡包、薯条。

第二天，我送女儿上幼儿园。贝贝见女儿拿着会说话的娃娃，非要抱一抱。可女儿就是不给，俩人争执起来。过了一会儿，女儿对贝贝说："明天让我爸再吃几顿肯德基套餐，再得一个娃娃，咱俩一人一个。"我一听，这不是给我派活儿吗？心里不禁暗暗叫苦。

测试

前些日子，女儿所在的幼儿园开始教孩子如何应对身边的突发事件及防灾避险的能力。

经过几天掰开揉碎式的教育，课程进入了测试阶段。那天上课，老师提问到我女儿："假如你一个人上街时与爸爸妈妈走散了，碰巧又遇到了坏人，你该怎么办？我问你三个问题：1.坏人给你糖吃，你吃不吃？"女儿使劲地摇了摇头。

"2.坏人要带你去找爸爸妈妈，你去不去？"女儿又摇了摇头。"3.坏人要带你去吃肯德基，你去不去？"这次女儿没摇头，嬉皮笑脸地说："老师，我有俩鸡腿就够了。"

海水是咸的

幼儿园为了让孩子养成良好的卫生习惯，减少呼吸道疾病的发生，一直要求孩子们用淡盐水漱口。5 岁的女儿特别爱劳动，每天都帮助老师把三勺含碘盐放入饮水桶中，然后招呼小朋友们来漱口。

前两天，我带女儿去了趟北戴河，这是女儿第一次见着大海。游泳时，女儿不小心喝了几口海水，像发现了新大陆似的大叫："爸爸，海水是咸的呀，那这么大的海得放多少盐呀？"然后若有所思地对我说："爸爸，下次让我们班的小朋友都来这儿漱口吧，省得我天天往饮水桶里放盐了。"

爱心

5 岁的女儿非常富有同情心，每次上街看见伏地乞讨的老人都要我掏个一块两块的给他们。我见女儿这么有爱心，就趁机教育她珍惜现在的幸福生活，给她讲贫困山区的孩子生活很苦，有的孩子都十来岁了还上不起学，鼓励她把压岁钱

积攒起来，到了一定数量资助一位贫困的孩子。女儿听了点点头，非常懂事地对我说："我长大了要当一名老师，到贫困地区教那些上不起学的孩子，不要他们的钱。"我听了心里甚感欣慰。

前两天报纸刊登了广西民族艺术实验学校免费招收了几十名有艺术潜力的贫困学生，组成了一个艺术班的大幅彩色照片，女儿看后大发感慨："他们那里真贫穷啊，到现在了都买不起水杯，还用葫芦喝水呢。"我拿起报纸一看就乐了，那些学生哪儿是喝水呢，人家那是用葫芦丝演奏乐曲呢。

离家出走

我侄子壮壮今年才9岁，淘气在学校里可是出了名的，不是今天把同学打了，就是昨天把人家的书撕了，老师没少请家长，我大哥也没少为这事操心，可该教育也教育了，该揍也揍了，效果就是不明显。

前两天，壮壮测验才得了62分，可把大哥气坏了，着实把壮壮揍了一顿，没想到小家伙倒产生了逆反心理，哭了一阵，穿上鞋，一摔门走了，临走还留下一句话："我再也不回来了。"吓得大嫂穿上鞋就要去追，被大哥拦住，大嫂赶忙跑到窗边，探出半个身子往楼下张望，可半个小时都过去了，眼睛都看酸了，也没见着壮壮的身影。大哥明白了，猛地一拉门，没承想壮壮正在门上靠着呢，一不留神险些摔倒。"臭小子，你没离家出走啊？"大哥吼道。"我去哪儿啊？哪儿也不如家好。"他又明白过来了。

误导

昨天我带 5 岁的女儿到饭馆吃饭，吃到一半儿的时候，女儿要去厕所小便，我就领着她奔了洗手间。

由于正是饭口，饭馆里的人很多，就连女厕所门口都排着好几位同志。我本想让女儿站在队尾慢慢排着，可女儿却急得大嚷"憋不住了"。我见男厕所空无一人，便灵机一动，让女儿进男厕所去解决问题了。

就在女儿"方便"的时候，一

位五大三粗的中年汉子打开了男厕所的门，一见里面的女儿，一边道着："对不起，走错了。"一边赶忙退了出来。一抬头，看见女厕所门口也排着好几个人，便犯起了糊涂，大声叫道："服务员，你们这儿怎么没有男厕所呀？"

集信封

最近，6岁的女儿迷上了收集信封。不到半年，就收集了几百个，什么普通的、航空的、牛皮纸的、铜版纸的，只要图案不一样，她是什么都要。家里来了客人，女儿也是缠着人家要信封。

昨天，我收到了交管部门邮寄的交通违法罚单。女儿一看上面的卡通画，立刻喜欢得不得了。拉着我的手求我："爸爸，求你再违几次章吧，我就能再得到几个卡通信封了。"

借光盘

5岁的女儿迷上了动画片。一开始，她还只是看电视，看完一个台再换一个台。渐渐地，电视满足不了她了。于是，光盘进入了她的生活。平时一上街，她准往音像店拉你，专挑时髦光盘买，什么《蜡笔小新》《网球王子》啦，应有尽有。看的次数多了，里面的大段台词，女儿都能背下来。

空盒

　　音像店逛多了，家里的光盘数量也骤增，都到了泛滥的地步，光是《大头儿子和小头爸爸》就有了3套。终于有一天我发话了："从今以后光盘只借不买。"为此，女儿还跟我哭了一鼻子。可哭归哭，话还得听。这回上幼儿园她算是有活干了，挨个打听谁家有新光盘，想方设法借来看。

　　一天晚上，乐乐小朋友给女儿打电话，说她新买了两盒20张装的动画片光盘，叫女儿到她家看。女儿一听来了精神，连晚饭都没吃，拽着我就奔了乐乐家。两张光盘看完后，女儿开始犯困了，起身和乐乐告别，可心里还惦记着另外那盒光盘，便跟乐乐商量能不能借走。乐乐挺大方，拿出另外一盒光盘递给了女儿，嘱咐明天一定要还。女儿想多看几天，就跟乐乐说："明天还几张，剩下的晚几天还。"乐乐不干了，一把抢过光盘盒："我还不借了呢。"女儿没辙，只好说："好好好，明天还你一'盒儿'还不行。可还的时候，'盒儿'归你，光盘给我留下。"这不是跟没还一样吗？

冰棍与球星

我 6 岁的女儿从"立夏"就开始不停地咳嗽。我带她去了好几家医院，也未见好转。既然西医治不好，我只好求助中医。

"老中医"在问了病情、把了脉、看了舌苔后，给我们开了一颗定心丸：孩子的病可以通过吃汤药治好，但得有一段时间。在这期间，你们需要配合我的治疗。最主要的是孩子在 14 岁前不能吃冰棍。"啊！"我、孩子她妈，尤其是孩子都大吃一惊。这对于一个每天都要吃冰棍的幼儿来说未免太过残酷了。

女儿哭了，大叫道："什么时候我才到 14 岁啊？"我赶忙劝道："很快就到了，也就再踢两届世界杯。等罗纳尔多一退休，你就能吃冰棍了。"

第 二 天

早晨，女儿刚睡醒就拉着我的手说："爸爸，我夜里做了一个梦，梦见罗纳尔多办'内退'了。"

夸父

女儿从 3 岁起，就对我特别崇拜，见谁跟谁说，我爸爸特棒，他认识一、二，连三也认识。现在女儿 5 岁多了，对我的崇拜有增无减。

前两天，我拿回与初中同学聚会的照片，女儿挨个瞧了一遍，若有所思地说："这里面爸爸长得最帅。"听惯了女儿的夸奖，我还真的以为自己长的很帅，甚至有些飘飘然了。

可随着女儿的慢慢长大，她对"帅"也有了新的理解。那天上街，碰见了一位学者，他长了一米八几的个头（我才一米七），留着分头，西服革履的。与他寒暄一阵后，学者走了，女儿望着他的背影，情不自禁地说："他可真帅！"我听了不禁一愣，这都是女儿以前形容我的词啊，今天怎么用在别人身上了。我装作不高兴地说："你说他

帅，那爸爸呢？"女儿很会察言观色，见我不高兴了，赶忙安慰我说："好好好，你们俩一样帅行了吧。"然后趴在我耳边说："其实，他只比你帅一点。"

学成语

现在的家长可真是的，我刚满 3 岁，老爸就开始了实施"望女成凤"的战略计划——教我学成语。老爸怕我学得枯燥，专捡一些像什么"朝三暮四、火中取栗、树倒猢狲散"等跟动物有关的成语来增加我学习的兴趣。这也太简单了，您说，就凭我这样一个"小精豆子"，掌握这些简单的成语，还不是张飞吃豆芽——小菜一碟。不怕您笑话，就在昨天，老爸给我讲"狐假虎威"，硬是出了错儿，一下子就被我抓住了把柄。

"老虎跟着狐狸在森林里走，迎面碰到一只羊，小羊一见老虎撒腿就跑……。"问题就出在这儿。您说，我要是不给老爸纠正一下，说出去老爸的面子可往哪儿搁呀。于是，我郑重其事地对老爸说："羊不是四条腿吗？怎么仨腿就跑？""……"

接触黑人

一天，我带3岁的女儿乘地铁。上车后，我俩刚坐好，随着人流上来了一个穿着T恤、短裤的黑人朋友，就站在我俩面前。

看见了黑人，女儿来了精神，好奇地对着他上看、下看、左看、右看，觉得这个黑人可不简单——除了牙不黑哪儿都黑。于是，她就趴在我耳边小声问我："爸爸，他怎么那么黑呀？"我正要告诉她议论人不好。这时那个黑人用中文向旁边一位女士问路。见状，我赶紧对着女儿耳朵说："他听得懂中国话，也能说中国话，别再提刚才那件事了。"女儿点点头，自己玩了起来。

过了一会儿，女儿像是想起了什么，对我说："爸爸，我能和他说句话吗？""当然可以。"我鼓励女儿道。只见女儿仰头对黑人小伙子说："叔叔，你是不是好久没洗澡了？"

猜谜语

　　5 岁的女儿喜欢上了猜谜语。经常拿"麻屋子、红帐子，里面住个白胖子"之类的"小儿科"谜语来考我。为鼓励她动脑筋，我也经常找一些简单的谜语让她猜。逢年过节我就带她参加单位搞的猜谜活动。每猜对一条，单位就发一个毛绒玩具，这是最吸引女儿的，所以她老盼着单位搞猜谜活动。可搞活动是有时有晌的，再着急也没有用。

　　前天，我下班刚进门，女儿就拉着我去楼下猜谜语。我说："这不年不节的，哪儿有猜谜语的呀？"女儿说。楼下一间大屋子里挂满了花花绿绿的谜语条。等女儿带我走到大屋子门前，我不禁大笑起来。原来那是一家即将开业的饭馆，老板为方便食客，把所有的菜名都抄在花花绿绿的纸条上，悬挂在屋内。

适得其反

春节，我带 5 岁的女儿逛庙会。吃了小吃，玩了气房子，最后来到游艺区。在套圈摊前，面对花里胡哨的奖品，女儿说什么也挪不动步了，非要玩套圈。我知道套圈对于她这样年龄的孩子来说简直就是圈套。根本就不可能套中。我把道理掰开揉碎讲给她听，可女儿就是置之不理。无奈，只得给她买了 10 元钱的圈，心想：她一个都套不中，也就死心了。

眼看着 20 个圈扔出去了一多半，果然什么也没套上。她眼泪都快流出来了，把剩下的几个圈递给我，让我帮她套。那天我运气不错，一出手就套了一个绒毛兔。最后一个圈套上了一辆小汽车。这下女儿高兴了，我说能套上吧，你们净骗我说套不中。

第二天，我带女儿去另一家庙会。一进门，女儿就找游艺区，大声对我说："爸爸，今儿咱们哪也不去了，专门套圈得了。"

后爸

5岁的女儿在幼儿园上大班，班上的小明去年有了个后爸，可亲爹依然惦记着他，每周一至四后爸接，周五跟亲爹走。刚开始小朋友们觉得好玩：他有两个爸爸。后来得知小明每次过生日都有两个大蛋糕，每月去两次"翻斗乐"，对他羡慕的不得了。于是不谙世事的女儿竟萌生了向妈妈要后爸的念头。

初听女儿的"大胆设想"，吓了我一跳，这不是明摆着让我"下岗"吗？不行！我得宏扬"主旋律"。我马上买来一堆法制杂志、报纸，功夫不负有心人，我终于找到了一篇农村继父虐待孩子的报道。掰开了揉碎了讲给女儿听："后爸可不好了，几乎天天打孩子，喝醉了打得更厉害。"

亲爸好！

终于使女儿断了要后爸的念想。

那天中午，我刚出差回来，疲乏之极，想美美地睡上一觉。可女儿却蹦蹦跳跳地不肯上床。我把她硬按在床上，强迫她睡。结果我都打上呼噜了，可她还没睡着。过了一会儿她觉得无聊，竟把我摇醒了，我糊里糊涂地照着她屁股上打了两巴掌，转身又睡着了。谁知女儿竟不思悔改，再一次把我叫醒，这次可把我气着了，回手照她屁股又打了两巴掌，这回女儿可不干了，冲我大声嚷嚷："你说过，后爸一天才打一次，你这么会儿就打我两次。你还不如后爸呢！"说完竟委屈地哭了。

第二天早晨，我为昨天打孩子的事有些懊悔，正想找个理由弥补一下，谁知女儿跑过来先开了口："爸爸，我想明白了，还是亲爸好，后爸是每天都打一顿，亲爸是有错才打。"嘿，敢情她都明白。

急脾气

现在的孩子不知是营养过剩，还是遗传使然，脾气都急。

家有小女，5 岁有余，从刚出生脾气就急，一口奶没吃够，能跟你闹半天，5 年来，为改她的急脾气，我没少下功夫，虽然改了不少，但时不时地还冒一下"泡"儿。

去年春节，孩子她姨去了趟东南亚，回来时给女儿买了条裙子。也许裙子太漂亮了，也许是很久没穿了，大冬天的，女儿把裙子套在棉衣外面就说什么也不脱了，而且上街也不脱。我劝她等开了春再穿，现在穿了让人家笑话。好话说了一大车，也无济于事，也只好由她去。走在大街上，不时有人投来惊讶的目光，跟看见谁裸奔似的。您想啊，"六九"天啊，穿着裙子上街真是蝎子拉屎——独（毒）一份。

还有一件事让我记忆犹新。那是 1997 年 7 月 1 日——香港回归那天晚上，北京燃放礼花，在礼花升起的那一刹那，女儿大叫好看，还一个劲地嚷嚷明天还要放花。我连忙告诉她 1999 年 12 月，澳门回归时还放花，女儿的急脾气上来了，拽着我问："什么时候澳门回归啊？""就等你穿上厚棉袄戴上厚围脖的时候啊。"女儿听后，扭头就跑，我连忙喊住她，问她去哪里。"我回家找厚围脖去！"女儿头也不回地说。

您都瞧见了，女儿的脾气就这么急，女儿脾气急，我也就没了脾气。这不，昨天带女儿买完凉鞋回家，爷爷要看孙女的新凉鞋，打开盒子一看，是原来那双旧的，新凉鞋呢？爷爷一扭头，新凉鞋早在女儿脚上了。

方言

前些日子，带 5 岁的女儿回老家住了些日子。这小家伙在老家别的没学会，方言倒学了不少，张嘴闭嘴"吃不"、"玩不"、"溜达不"（老家人说话时总爱在话的末尾加"不"字），这都是同岁的小朋友和她一起玩时说的话，女儿耳濡目染，也被熏陶了。

看着女儿一天天的"入乡随俗"，我真怕她回北京后还保持着乡音，被幼儿园的小朋友笑话。可当着亲戚面，我又不好发作。终于找了个赶集的机会，"教训"了女儿一顿，谁知她竟阳奉阴违，从此跟我玩起了"双语"，和我说普通话，和小朋友又操起了方言。

我觉得有些不妙，赶紧买了火车票，谢绝了亲戚们的挽留，打道回府了。48小时后下了火车，我想这回可踏实

了，又过了两天了，远离了那种语言环境，女儿总该把方言忘了吧。可谁知一出火车站，女儿看到广告牌上写着的一条标语（讲卫生光荣，不讲卫生可耻），马上用方言念了出来："讲卫生光荣不？讲卫生可耻。"

笨小偷

周末，我到姐姐家串门。帮姐姐做饭时，听姐姐说起她18岁的女儿纯子乘公交车时遭遇了小偷，小偷偷她手机时，纯子机智果敢，大喊一声，硬是把小偷给镇住了。

我听了，简直就不相信，一来纯子才一米五的个子，体重也不超过90斤，她能把小偷给镇住？二来，那小偷手多快呀，前两天我的手机也被偷了，我到家了才发现手机被偷了，纯子一个小丫头，她能那么敏感，及时发现小偷偷她手机？姐姐见我直瞥嘴，根本不相信有这回事，便说一会儿纯子回来你问她吧。

过了一会儿，纯子回来了。我赶忙问她镇住小偷的事。纯子一笑说："倒不是我有多聪明、多敏感，主要是那贼太笨，我正听手机里的歌呢，他硬敢偷我手机，我一听耳塞没声了，顺着线一找，还不发现那只手啊。"

病床

昨天早晨，5岁的侄女患肺炎住进了儿科病房六床。整个一上午，又是检查，又是输液，把我可忙活坏了。

侄女输液的时候，旁边陪床的一外地模样的中年男子向我打听侄女的病情，可他口音挺重，听了半天我才明白，我只好笑着点点头，表示感谢。

中午的时候，这位中年男子在病房门口大声说："六床，你中午想吃点什么？"我挺奇怪，看了看侄女"六床"的牌示，赶忙说："一会儿有人送饭，不麻烦你了。"可那位男子解释说："莫喊你，喊我儿子。""可你儿子住的是八床啊？"我疑惑地问。"我没喊床号，我是喊我儿子的名字。"我赶紧低头看了一眼他儿子床头的小纸牌，原来他儿子叫"刘闯"，这误会闹的。

父亲节洗脚

父亲节前，上小学的女儿带回了家长信，让周末的早晨到学校参加活动，并特意指明了让父亲参加。

周日一大早，我就奔了学校。进孩子班一看，教室的桌椅都被挪到了一边，沿北墙码了一溜儿木桶洗脚盆，上方还挂着"我为父亲洗次脚"的横幅。班主任老师热情地招呼我坐到了一洗脚盆后面。不一会儿，二十个洗脚盆后都坐满了父亲们。

老师一声令下，二十个"红领巾"一人"承包"一个洗脚盆，开始为父亲们洗脚。

还真别说，活了四十多岁，这还是第一次让孩子洗脚。我和大多数家长一样，被感动得眼角都湿润了。

可我旁边那位家长挺特别，从洗脚一开始，他脸上就洋溢着微笑，洗脚开始后，他笑得更欢了，有时甚至乐出了声。在其他家长都安静地让孩子洗脚时，他的笑声显得特别突出。

我见老师直往这边看，就赶紧提醒那位家长"小点声"。可那位家长非但没有收敛，反而笑得更厉害了。老师走过来了解情况，那位家长不好意思地说："对不起，对不起，我这人有痒痒肉，这孩子一挠我脚心，我就控制不住地想笑。"

干净地砖

周末的下午，我跟老婆到银行办业务。拿号后，我们便坐下等。老婆坐了一会儿，忽然像发现了新大陆似地对我说：

"你看大厅里这么多人，也没看见保洁员，可人家这地砖怎么这么干净啊？他们这地砖在哪儿买的呀？"还没容我答话呢，老婆便起身朝值班经理走去。我赶忙追过去。只听老婆对值班经理说："请问，您这大厅里这么多顾客，人来人往的，也没见着保洁员，怎么这地面这么干净呀？我们家就三口人，地砖两天不擦，就脏得下不去脚，您这儿有什么窍门吗？"

值班经理听了微微一笑："窍门倒是有，就是一小时擦一次，您进来之前，保洁员刚擦完，现在正在外面擦玻璃呢。"

节日礼物

那天一下班，老婆兴奋地对我说："你说这事有多巧，我刚说要买双单鞋，没想到单位三八节要发鞋了？""真的假的，你们单位那么抠门，每年三八节不是发几袋洗衣粉，就是发把雨伞，今年怎么变大方了？"老婆楞了一下，分析说："今年的三八节不一样，今年是三八节一百周年，礼物当然要重一些了，况且我这也不是空穴来风，今儿上午我们每个人都报鞋号了，要是不发鞋，统计鞋号干吗？"

昨天晚饭时，老婆催我快吃，然后陪她到商场买鞋。我有些不解："不是都统计鞋号了吗，怎么还去买鞋？"老婆坏笑着说："记住了，统计鞋号未必就是要发鞋。"说着从书包了拿出一个塑料袋扔给我。我接过来一看，原来是一双 38 号的印着脚部穴位图的保健袜子。

理发

从年初开始，老爸的腿脚越来越不利落，连下楼理发都费劲。我看老爸的头发越来越长，便自告奋勇地担负起给老爸理发的任务。

理发看似简单，可一真理起来还真不容易。从没给人理过发的我手拿着推子，不知如何下手，只好硬着头皮理下去。结果呢，用老婆的话就是，"跟狗啃的一样"。

昨天我去超市，见促销员正在推销一种新式推子。只要您确定了所留头发的长短，调节一下推子的装置，轻轻松松就能理个漂亮的发型。我赶紧买了一把，回家就在老爸头上试起来。您还别说，这种推子就是好，连我这种"门外汉"也能剃个像模像样的"板寸"了。

老婆下班一进门，我就让她看老爸的头理得怎么样。老婆点点头，说："你把楼下理发店的师傅请咱家来了。"我一听，心里这个气，拍着胸脯说是我亲自理的。老婆哪里肯信，叫板说："你要是能理成这样，我就能上太空当宇航员了。"

我立即拿出那把"可调节推子"，老婆一看也傻了眼，得，这回该她上"太空"了。

住六层

仨月前，我家搬进了一幢18层的板儿楼。住的时间一长，我在电梯里发现了一个奇怪的现象。就是不论电梯是上行还是下行，总有6层住户上下。而且几乎每次都是这样，好像整个楼的人都住在6层，其他楼层不住人似的。

昨天早上，我从16层乘电梯下楼上班。电梯从一层往上行，果不其然，电梯走到6层停住了，甭问，准是有住户在6层下电梯。然后，电梯一路通行，直接来到了16层。电梯往下走的时候，也是一路畅通，可一到6层，电梯又停了，一下子上来好几个人。我百思不得其解，就问刚上电梯的几位乘客，为什么电梯每次都在六层停啊？一位大妈看了我一眼，说："我住4楼，可这电梯6楼以下不停，我上楼的时候只好先坐到6楼，然后再走下去，下楼时我是先上两层到6楼，再坐电梯下去。"另一位大妈接着说："我住8楼，为了锻炼腿脚，我都是坐电梯到6楼，然后再爬楼梯到8楼，这回你知道为什么6楼电梯紧张了吧。"原来如此？

签字

一转眼，女儿上初一都两个多月了，却从没找我在作业本上签过字，我问过女儿一次，她说现在上的是中学，不是小学，用不着家长签字，我便信以为真了。

昨天，我又问起作业本签字的事，只见女儿拿了个新作业本，指着刚写完的作业说："在这后面签吧。"我就在本上签上了名字。

谁知第二天早上刚上班，我就接到了女儿班主任打来的电话：说昨天的家长签字跟以往笔体不同，怀疑女儿模仿我的笔体签字。晚上一到家，我就问女儿签字的事，并找来旧本核对笔体。这一看不要紧，气得我一脑门子官司。原来这两个多月女儿一直模仿我的笔体自己给自己"签字"，昨天我签了一回字，她才暴露了。

动感单车

上周，老婆办了一张健身卡，隔三差五的就去锻炼，并对一种叫动感单车的项目产生了兴趣。每次锻炼回来，她都撺掇我也办张卡去玩动感单车，说那项目是既减肥又活动全身。她怕我没有感性认识，还给我介绍了动感单车的形状，锻炼部位等，说得我心里也痒痒的。

昨儿晚上，我也去玩了一次动感单车。进门的时候，活动已经开始十分钟了，我摸着黑，在强烈的、有节奏的音乐声中走了进去，见墙边还有两辆没人骑的动感单车，便上了其中一辆，像其他人那样骑了起来。正骑呢，发现台上的教练向我招手，我以为他跟我打招呼，也友好地招招手，然后就继续低头猛骑，不再理教练了。

骑了一会儿，我感觉没像老婆说的那样，骑一会儿就一身汗，还特别累。尽管教练一个劲地让加大阻力，我骑着一直感觉挺轻松。就这么着，一直玩到下课。音乐停后，教练来到我身边，说："你是新来的吧，进来就骑，我向你招手也不理我，感觉怎么样？""相当轻松。"我说。"没法不轻松，那两辆车是坏的，根本没有阻力。"

夸奖短信

从大年三十下午起，表妹就陆续收到不少祝福短信。短信内容不是吉祥话、拜年话就是千篇一律的套话，甚至还有不少跟去年春节雷同的短信，想挑选一条有意思的转发给亲朋好友都难。

临近零点了，表妹终于收到了一条未署名的"好"短信。短信一上来就夸表妹是"淑女"，气质好，长得美丽，是个懂事的好女孩。把长相一般的表妹夸得心花怒放，喜笑颜开。看完第一页，表妹翻到第二页，上面说：夸完了您，您肯定想知道我是谁，告诉你吧，我就是造以上谣言的那个人。表妹看完了，气得差点没背过气去。

运动会

周五，女儿所在的小学开运动会，非要一名家长参加，老婆正好出差了，我只好请了一天假应付差事。

本以为在看台上当观众就得了，谁知学校为了活跃气氛，还专门为家长安排了"看谁骑车慢"的项目，就是在一定距离内，六个家长分别骑在自行车上，看谁最后一个到达终点。由于参会家长女同志居多，班主任非要我参加，我那天正闹感冒，不想参与，可架不住老师的劝说，只好匆忙上阵了。

比赛哨声一开始，我和其他五名家长一起蹬车前行。比赛开始还不到30秒钟，我"走"了还没一半路呢，那五名家长不是已冲过终点线，就是纷纷"落马"，裁判老师冲我摆手说："您不用骑了，第一已经是您的了。"我正纳闷，抱怨其他家长手"潮"时，班主任老师过来说："我说您能拿第一吧，绝对没错。""您是怎么猜到的？"我问道。"这还用猜，那五个家长，有两个是单位司机，剩下仨是家里的司机，从来没机会骑车，只有您天天骑车接送孩子，您不拿冠军谁拿冠军。"

大宗购物

昨天晚上，8岁的女儿递给我一张学校发的通知，说是周五要组织学生春游，并让准备一顿饭。我向女儿询问了出游的时间、地点等情况后，对她说："春游前一天晚上，我带你到华普超市给你买吃的。"谁知女儿一听这话，立刻撅起嘴说："我才不去华普超市呢。""那你要去哪家超市？"我不解地问。"我要去万客隆超市。""为什么呀？"女儿却怎么也不说。

春游的前一天晚上，我带女儿去了万客隆超市。进门时，我又问她为什么非要去万客隆超市。女儿坏笑着回答说："我们同学说了，那儿的膨化食品，还有所有的好吃的，都是10个一组大包装的，想少买都不成。"

取款机

女儿在海淀区的一所小学就读，恰巧老婆的一位同学马老师也在那所学校教书。虽然她教的不是女儿的班，但有什么事，马老师还是经常照顾女儿。我们全家都由衷地感谢她。

每学期开学时，学校都要三天两头地收取各种费用，像什么学杂费、书本费、饭费、兴趣班费等等。由于我和老婆工作都特别忙，有时一疏忽，就忘了给女儿带钱。

那天，我正上班，女儿打来电话说，她忘带春游费了，让我给她送去。我在单位正忙着，根本抽不出时间，就对女儿说："你先去找马老师借一下钱吧，明天我再还她。"自从开了这个口儿，凡是女儿忘带钱时，都是去找马老师借，然后我再还给她。时间一长，我跟女儿开玩笑："马老师都成咱家的取款机了。"

暑假里，学校办起了兴趣班，我正苦于女儿无人看管，便把她送了去。一天晚上，我到学校接女儿，女儿一见我就哭了。我连忙问原因。女儿说明天学校组织外出参观，今天让每人交 50 元钱，可她忘带了，挨了老师的批评。我奇怪了，问她："为什么没想到找马老师呢？"女儿委屈地说："我去找她了，可咱们家的'取款机'放暑假了。"

时差

周末，我带女儿参加了单位组织的郊区踏青活动。白天玩了一整天，下午四点多了才回宾馆。晚餐时，领队通知大家晚八点到康乐宫参加文体活动。

用完晚餐，我估摸着时间还早，就带女儿回到房间，想先休息一会儿。女儿则一会儿出来、一会儿进去地找其他小朋友玩。我也就刚迷瞪着，女儿就拽我起来，"都八点了，快走吧。"我琢磨着，我也就睡了十来分钟，这会儿顶多七点，怎么会到八点了呢？迷迷迷糊地被女儿拽到了宾馆大厅。女儿一指服务员背后墙上的表，我一看，真是八点了。连忙带女儿朝康乐宫走。可到那儿一看，竟空无一人。坐在沙发上等了好一会儿，才陆续有人来。

文体活动开始后，女儿又是玩沙狐球，又是给我递保龄球，忙得不亦乐乎。玩了好一阵，我估摸着得有十点多了，就想带女儿回房间休息。女儿玩兴正浓，就是不肯离开。过了一会儿，她出去了一趟，回来说："我看表了，刚九点，再玩一会儿吧。""不可能"。我一边说着，一边拉着女儿来到大厅看表。女儿指着一块表说："你看，那不是九点吗？"这回我可看明白了，敢情墙上挂着大小不一的五、六块表，每块表上显示的是世界各地不同的时间。女儿指的那块表，显示的是九点不假，可那不是北京时间，而是印度首都新德里时间。我忽然也明白过来，怪不得刚才康乐宫没人呢？我们早到了一个小时，女儿指的那块表，显示的是日本东京时间。

警务用车

前两天，我的自行车丢了，坐了几天公交车上班，感觉倒车挺麻烦，便开始踅摸哪家商店的自行车物美价廉，准备再买一辆。

那天，我在宽街附近一条胡同的南墙根儿下，发现整整齐齐地码放着二三十辆永久牌自行车。那些车的款式挺特别，在马路上从没见过。最奇怪的是，每辆车都安有统一的蓝色车筐，还都上着锁。我想，一定是商家在搞促销活动，买自行车赠车筐和车锁。我在自行车前后转了两圈，却没发现卖车的人。

我正想找个人问，见从对面派出所里出来个警察，我赶忙上前打听谁是车的主人。我话还没说完，警察便打断了我，说："你在这儿踅摸什么呢？我注意你半天了。"我实话实说："我看这车不错，想买一辆，可没找着卖车的。"警察乐了，说："卖车有锁着卖的吗？这是我们的警务用车，根本就不卖。"

四中

那天晚上，我们一家人到饭馆就餐。在我们旁边那桌有六七个学生在切蛋糕，看样子是给其中一位同学过生日。

菜还没上来，我无意间往学生那桌瞟了一眼。突然，我发现一男生穿的校服左上方印着"四中"字样。我就是四中毕业的，遇到学弟自然要多看两眼。可仔细一看，我觉得不对劲了。校服上印字本没什么，可"四中"前面还印了一个"西"字，成了"西四中"。我压根没听说母校还分"东四中"和"西四中"。

于是，我很好奇地走到那位学生身边，问他究竟是怎么回事。那位学生莫名其妙地看了我一眼说："我根本就不是'四中'的。"说着话，他把校服的褶子抻开让我看。我一看，乐了。原来"褶子"里还藏着一个"学"字，敢情他是"西四中学"的。

充电

前两年，老婆嫌上班路远，骑自行车又太累，赶时髦买了一辆电动自行车。从此，她每天优哉游哉地骑车上下班，可每天从15楼扛上扛下电池的差事却落到了我的肩上。

这电动自行车好是好，可就是充电太麻烦。老婆上班路远，每充一次电只够她上下班路上用，所以几乎每天都要充一次电。

晚上，我扛着二十多斤重的电池，先从存车棚走上几十米，进了楼，再乘电梯到15楼，然后再扛回家。第二天早晨，再反方向折腾一次。记忆中自从家里通了天然气，就不用再扛煤气罐了，可现在又扛上电池了。煤气罐一个月才扛一次，可电池得天天扛啊。

每天到存车棚扛电池，总看见一位老大姐也骑一辆电动自行车，可从没见她扛走电池去充电。我特想知道她是不是有什么绝招充一次电能使用很久，可一直没好意思问，有一天，我终于忍不住了，就向老大姐讨教绝招。只见老大姐叹了一口气说："唉，我哪儿有什么绝招呀，我是嫌扛电池太累，就把电动自行车当普通车骑了。"

冬泳

春节的时候，我到姑父家串门，碰巧姑父远在黑龙江的大学同学正好在他家。大叔虽说六十好几了，但红光满面，身板硬朗，连一根白头发都没有。

那两天我正不太舒服，忙向他讨教养生秘诀。大叔拍着我的肩膀说："关键在锻炼，而游泳就是最好的锻炼方式。这么些年了，我几乎天天游泳，不仅夏天游，冬天也不间断。"我"啊"了一声，眼前便闪现出北国"千里冰封，万里雪飘"的场景，想像着大叔在这样的场景下，纵身跃入冰河的英姿，我简直对他有些崇拜了。

我正想着呢，大叔又接着说道："这么些年了，我一般夏天是在哈尔滨游泳，到了冬天我就去闺女那儿游泳。""您闺女在哪儿住啊？"我连忙问。"海南省三亚市。"大叔答道。

腰包

我二哥个儿不高，体重却有200斤。他一走路就扭搭扭搭的，怎么看怎么像"米其林轮胎"广告上那个卡通人。可

您甭看二哥胖，他在单位里可是个什么长，是个要里也要面的人。头两年，二哥一年四季的衣服都在裁缝铺定做。后来，二哥嫌那儿做的衣服不时髦，就改在商场买现成的了。

买衣服倒是现成，可二哥太胖，一般服装店根本就没有他穿的号，每次买衣服，他都得逛不少地儿，费不少口舌。

立秋过后，二哥想买一件时髦点儿的运动衣。逛了几家商场后，终于发现了喜欢的样式。他请售货小姐拿了一件最大号的就往头上套，头和上半身倒是穿进去了，可再往下就死活穿不进去了。售货小姐见他肚子前面特别鼓，就出主意说："您先把腰包摘下来，不就能进去了吗？"二哥一听，瞪了她一眼，说："你可看清楚了，这是腰包吗？这是肉！"

买虎

周末，我带6岁的女儿逛商场。一进商场大门，正赶上商场举办新春名画拍卖会。只见拍卖师指着一幅山水画，报出作者姓名后，先是出价一万元，见无人响应，主动降至5000元，看还无人应答，拍卖师便将价格一路走低，当降到2000元时，被一顾客买走。

女儿感觉挺有意思，我们就坐下观看起来。拍卖师在拍卖了几幅画后，拿出一幅《五虎图》。女儿一看，画的是五只乖巧的小老虎，喜欢得不得了，让我给她买下来。我故意逗她："你不是带压岁钱了吗，想要自己买。"只见拍卖师还是老一套，报价从两万一直跌落到一千五，见还是无人喝彩，就做出赔本赚吆喝状，一咬牙一剁脚说："一千元，谁要？五只虎一千元。"拍卖师话音未落，只见女儿猛地站起来，大声说："我有200元，买一只虎行吗？"

压岁钱

初二一大早，家人还在熟睡，我蹑手蹑脚地起床，准备去单位值班。6岁的侄女正好起床上厕所，问我去哪儿？我说去单位加班。侄女不解地问我为什么要加班。我说加班能挣三倍的工资，好给你买好吃的。侄女问我，三倍工资是多少钱。我说有一百多块吧。侄女不屑地看了我一眼，说："你别加班了，跟我在家收压岁钱吧"。还没容我搭茬呢，侄女又说："你上一天班才挣一百多块钱，我昨天一天，大爷、大妈、三叔、大姑，就给了我一千多压岁钱，顶你上好几天班了。"

简化压岁钱

初五上午，表姐来电话说要带 8 岁的儿子到家里做客。想起每次她来，都是她给我女儿 200 块压岁钱，我给她儿子 200 块压岁钱，相互交换不说，还不够麻烦的，电话里我就跟表姐说这次来就别走这形式了，干脆简化压岁钱，谁也别给谁，见面聊聊天挺好，表姐也同意了。

刚放下电话，只见 10 岁的女儿撅着嘴，一脸的不高兴。我连忙问她怎么了？女儿叹口气，不乐意地说："简化压岁钱，你俩倒是省事了，也省钱了，损失的却是我跟表弟。""为什么？""每次表姑给 200 块压岁钱，都能进我腰包，这回一简化，你跟表姑倒是合适了，可我的 200 块压岁钱就泡汤了。"

立冬吃饺子

11 月 7 日立冬。早上一起床，我就念叨立冬应该吃点什么应景的食品呢？应该是有什么讲儿的，可一时还真没想起来。8 岁的侄女听见了，说："立冬吃饺子。""你怎么知道的？""连这都不懂，中国的节日，只要是农历的，没有不吃饺子的，你看，大年三十吃饺子，头伏吃饺子，立冬也吃饺子，连下月的冬至还是吃饺子，没什么新鲜的。"得，她给我上了一课。

噪音费

上个月，我家周围陆续有两个工地开始施工。我也先后从两个工地分别领取了 200 元噪音费。5 岁的侄女听说了，非要分一半噪音费，还口口声声说，你们白天不在家，噪音都让她跟爷爷听见了，所以噪音费要给爷爷和她。爷爷怎好和孙女争，侄女一下子就有了四百元。家里只要一来人，她就显摆噪音费，说是她"挣"来的钱。

昨天，我带侄女出去买菜。路过胡同口外一闲置工地，侄女见有保安站岗，就问人家什么时候开工。保安觉得挺奇怪，就问侄女为什么关心开工的事。侄女笑着说："只要一开工，我就有噪音费了。"还没等保安回答呢，我抢着说："算了吧你，这工地离咱家快二里地了，就是楼塌了，你也听不见声，噪音费能有你的？"侄女一听，立刻像泄了气的皮球，蔫了。

堆雪人

上周末，我到妹妹家给 7 岁的外甥女纯子过生日。刚进楼道，就听见了纯子的哭声。进门后，我赶忙问纯子怎么回事。妹妹解释说：电视里说昨天夜里开始下中到大雪，可把纯子高兴坏了，非要堆雪人，昨儿下午就把给雪人做鼻子的胡萝卜、做眼睛的黑煤块儿，连做装饰的草帽都准备好了，就等着堆雪人了；她昨儿晚这一宿儿乎没睡，隔不了多会儿就爬起来问我下雪了没有，这老天爷也真不争气，不但没下雪，现在还出了太阳，你快劝劝她吧，从早上到现在，哭了快仨小时了，眼睛都哭肿了，一会儿还怎么过生日呀。

我拉着纯子的小手，微笑着说："你知道什么叫天有不测风云吗？谁都有失误的时候，这场大雪不是没下，只不过没下在北京，都下到安徽、湖北去了。"纯子一听，立刻止住了哭声，急切地问我安徽、湖北远不远。我说有几千里地呢。只见纯子立即下了地，跑回自己房间去了。我以为纯子听劝了，这事就到此截止了。谁知没一会儿工夫，纯子拿着一把零钱跑过来对我说："今年春节没到，还没收到压岁钱，去年的就剩了十几块了，好舅舅，求求你了，你再给我添点儿，咱俩坐火车去安徽、湖北堆雪人吧。"

考试

周末，我开车带 8 岁的侄子去参加英语口语等级考试。我先到南三环的哥哥家接了侄子，又送他到北四环的考试学院考试，整个儿一大调角。一路上，我嘱咐侄子好好考，否则连油钱都对不起，侄子点点头，表示一定要尽力。

考完试，侄子出了考场，我刚要问问考试情况，侄子先开口了："叔叔，这回我可为您省了钱了。"我以为他这次肯定是考过了，明年不用再交报名费、辅导班费重考了。兴奋地说："省不省钱没关系，只要考过就好。"谁知侄子沮丧地说："老师问的题太难了，我根本就听不懂，更别说回答了，这次绝对过不了了。""那你给我省什么钱？""老师还说了，考过的同学 12 月还要跑到这儿来拿证书，我没考过，您就不用跑了，不仅省了汽油，还省了 5 块钱证书钱。"我一听这话，真恨不能给侄子一巴掌。

中奖

前两天，我带 6 岁的女儿去嘉年华玩。一进门，女儿对各项游艺没感什么兴趣，却被各种毛绒玩具吸引住了。看完

"狮子"，又看"老虎"，要不是我极力劝阻，她能看到人家下班。

转了半天，女儿最感兴趣的还是一种金黄色的兔子，说什么也要我给她得到一只。我仔细看了一下游戏规则，是用四个币换四个飞镖，用飞镖朝面板上投，扎中面板上的扑克牌三次，就可获奖。可扑克牌贴得稀稀拉拉，投飞镖地点离面板又比较远，再加上我的手艺比较潮，能不能蒙到奖品，我心里还真没底。

在女儿的一再催促下，我终于上阵了。第一次四个飞镖只扎上了一张扑克牌，在女儿的要求下，我又试了一次，这次扎中了两张扑克牌。一看这结果，我终于泄了气，虽然服务小姐还一再鼓励我再试一次，我依然失去了信心，拉起女儿就走。女儿见兔子得不到了，就央求服务小姐说："阿姨，我家有好几副扑克牌，我拿来，你把牌码密点，再让我爸用飞镖扎行吗？"

礼貌

侄女驰驰3岁多，不仅聪明伶俐，活泼可爱，还特有礼貌，不管去哪儿，见到大人，总是"爷爷"、"奶奶"的叫个不停，小区里的人没有不喜欢她的。

昨天早上，从不闹病的驰驰发起了烧。我赶忙带她去医院看病。大夫又是听心肺，又是摸肚子，最后还检查了嗓子，诊断为"上呼吸道感染"。拿了药，我带驰驰回家。

回家的路上，驰驰都是嘟噜着脸，一言不发。我以为她是不舒服，也就没在意。可谁知道快下车时，驰驰趴在我耳边小声说："叔叔，今天给我看病的那个阿姨可真没礼貌。"我把看病的过程迅速地回忆了一遍，没发现大夫有什么出圈的行为，就问驰驰："阿姨怎么没礼貌了？""她给我看嗓子前一直没让我叫她阿姨，可她用木板儿压住我舌头时，却让我叫她阿姨。"我一听，敢情是这么回事，就赶忙解释："那是大夫看你的嗓子发炎不发炎。再说大夫只是让你'啊'，又没让你说'姨'。""不是的，她一直让我'啊'，看我实在说不出话，才没让我说'姨'的。"驰驰不服气地说。

孝顺

前几天，我的脚崴了，走起路来有些瘸。6岁的女儿特孝顺，每次跟我出去都搀着我，还经常提醒我："地上有冰，慢点儿走，别摔着。"乘公共汽车时，只要有了座位，都让我坐，见女儿这样孝顺，着实令我感动了好几天。

昨天，我带女儿乘公交车去姥姥家。上车后，女儿正好

站在一个坐着的美眉面前。美眉见女儿长得眉清目秀，就与女儿攀谈起来，问女儿几岁了，在哪家幼儿园，女儿一一做了回答。也许是太喜欢女儿了，美眉拉起女儿的手说："来，坐我腿上吧。"女儿拽了我一把，对美眉说："阿姨，我爸脚崴了，站不了多会儿，让他坐你腿上好吗？"

免费加汤

一天早上，我带5岁的女儿到楼下的一家回民小吃店吃早点。我买了两个油饼，要了两碗羊杂碎汤，由于天热，我几口便喝完了杂碎汤，端着剩下的几块羊肺、羊肚到售货台找服务员又添了半碗汤。端着汤回来，女儿好奇地问我："我怎么没看见你给阿姨钱呀？"我告诉她："添汤是免费的。""真的？"女儿睁大了好奇的大眼睛。"真的，不信你去试试。"

女儿端着碗来到售货台前，服务员热情地问："小朋友，你是要添汤吗？"女儿摇摇头。服务员又问："那你是要加点香菜。"女儿又摇摇头。"那你要添什么？""我要添羊肝和羊肉。"女儿认真地回答。

不分男女

周末，我带3岁的侄子去北太平庄。路口拐弯处新开了一家洁具店，我与侄子走了进去。

一进门，我就后悔带侄子进来了。他一见到按摩浴缸，嘴上大叫："喷泉。"然后就把小手伸向"咕嘟咕嘟"冒着的水花里玩儿。没一会儿，他的袖子和胸前就湿了一大片。我赶紧拽起他就走。

刚要出门，侄子的目光又被门口的几个高级马桶吸引住了。这时，正好有一对老年夫妇在挑选马桶。老先生坐到马桶上试了试，接着，老太太也坐上试了试。侄子拽了拽我的袖子，趴在我耳边小声问："叔叔，这儿的厕所怎么不分男女呀？"

人类起源

周末，5 岁的女儿从幼儿园回来，竟和我探讨起人类起源问题来。"爸爸，今天老师说人是猴变的，那我也是猴变的吗？""你不是猴变的，你是妈妈生的。""那谁是猴变的呢？""是我们的祖先由猴衍变成人的。""那我们长得怎么和猴不一样啊？""因为经过若干年的进化，人长得就比猴漂亮了。""那动物园的猴怎么没变成人呢？""猴变成人是需要一定条件的，现在的条件不适合，所以他们变不成人。""需要什么条件？""比如说，湿润的气候，潮湿的环境，适宜的温度等等。""哦，我明白了。"女儿若有所思地说。

第二天早晨，女儿把我从睡梦中摇醒，大叫着说："爸爸，快带我去动物园，昨晚下了一夜雨，外面特别潮湿，那儿的猴肯定变成人了！"

学成语

侄子阿明上小学三年级，由于这学期有了作文课，便开始和成语打上了交道。一开始他总是记不住，后来学了'没齿难忘'，阿明可有的说了："我说怎么老是记不住，原来罪魁是我的牙掉了。"

由于刚接触成语再加上知识有限，阿明总是不能深刻领会成语的内涵，见着成语只能望文生义，从字面上理解。学"肝胆相照"时，他竟解释为"肝和胆互相照相。"对"背水一战"。他更迷糊了，打仗时干吗还背水呀？

前两天，班里进行小测验，其中有一道题是解释成语"众寡悬殊"，阿明写道：在旧社会，很多寡妇都吃不上饭，纷纷悬梁，上吊自杀了。

市长之家

周末，我和老婆带6岁的女儿乘公交车去樱花西街孩子她姥姥家。车上，我和老婆谈论起正在召开的人大会将选出新市长的话题，没想到女儿竟接上了话茬："爸爸，我知道市长住哪儿。"我以为她信口胡言，就故意逗她："那你说，市长住哪儿？"女儿认真地说："就住在离姥姥家不远的宾馆里。"我一听，赶忙拦住她的话茬说："不许瞎说。"谁知女儿竟梗起脖子说："谁瞎说了，胡同口的牌子上写着呢，不信你看去。"

刚一下车，女儿就拉着我往胡同口牌子那儿跑。到了牌子跟前，我一看，只见上面写着：市长之家宾馆。

故居

上周末，为了对 5 岁的女儿进行爱国主义教育，我带她先后参观了宋庆龄故居和郭沫若故居，一边参观我一边给她介绍两位名人小时候的故事，鼓励女儿要从小立大志，长大为国家做贡献。

开始时，女儿对故居一词不太理解，我就耐心地给她解释：故居就是名人生前工作、学习、生活过的地方，他们故去后，这里就成了人们缅怀他们的场所。女儿听了，似懂非懂地点点头。

回来的路上，我们经过一条小胡同，女儿突然指着一个大门说："这是我们幼儿园李老师的故居。"我听了一愣，忙

制止女儿说："不许乱说，昨天李老师还给你们上课呢。"女
儿不服气地说："我没乱说，李老师说再过几天她就要搬家
了，那这个院子不就成了她的故居了吗？"

告状

　　女儿所在的幼儿园大班里有一男孩叫壮壮。他长得五大
三粗，比一般男孩子高出半头，经常欺负比他弱小的女孩，
我女儿就是他常欺负的对象之一。

　　那天晚上我去接女儿，还没进到班里就听到了她的哭声。
我上前一问，原来她又被壮壮欺负了。

　　回家的路上，我分析了女儿受欺负的原因，还告诉女儿，
对付壮壮，只可智取，不可强夺，并给女儿出了几条妙计。

　　没过两天，壮壮欺负人的瘾又犯了。他见我女儿正在看
"奥特曼"书，上去就要抢。女儿不给，他举手就要打人。这
回女儿没怕他，见
他举手打过来，猛
地抽回了放在桌上
的手。只听"哎
呦"一声，壮壮的
手重重地打在桌子

上，疼得他呲牙咧嘴大哭起来。

下午，壮壮见我女儿在拍球，报复心陡起。他猛地跑过来朝女儿撞去。女儿灵巧的闪在一旁。壮壮撞空了，一下子摔到地板上，疼得哭了起来。这回，他不干了，来了个恶人先告状，找老师诉起苦来："老师，刚才我打纯子（女儿的小名），她一躲，我没打着她，自己摔倒了，疼死我了！"老师一听，被气乐了，这不是不打自招吗？

抢购

二十多年前，三姨跟大伙一样，心理承受能力特差。市场物价刚有风吹草动，她就受不了。

这一天，有小道消息说，针棉织品的价格要上涨。三姨听后去银行取了钱就直奔商场。

商场前人声鼎沸。她走近一看，见抢购的人排队转了好几圈，人挨人，人挤人，那阵势不像花钱购物，倒向免费领取。

三姨从上午 10 点一直排到下午 4 点（连午饭都没吃），累得腰酸腿疼，总算离柜台不远了。见前面的人都十条、八条地购买内衣、内裤，她心一横，掏出钱就买了 20 条秋裤。回到家，三姨兴奋地向姨父炫耀自己为家里省了多少多少钱。

第二天早晨，三姨路过那家商场，见门前没有了昨天热闹的场面。走到针织柜台一看，她愣住了。昨天费了九牛二虎之力买的 20 条秋裤，都是按涨价以后的价格买的。

接触可乐

20 年前，可口可乐刚进入北京市场。过春节的时候，单位赶时髦，每人发了两瓶。可这洋玩意儿谁也没喝过，看了半天商标，也没找到说明。只好拿回家再说。

晚上，我把可乐拿在手中把玩，弄了半天，还是猴吃核桃——无处下嘴。干脆打开尝了再说吧，我想。打开瓶盖，我往杯子里倒了点可乐，看着半杯沫子，我就觉得这玩意肯定好喝不了，倒嘴里一尝，整个儿一个中药汤子，又苦又涩，辣的我咳嗽起来。母亲听见了，过来问了问情况，就跟她喝过似的对我说："喝这个你是外行，哪儿

有直接入口的，得跟喝桔汁儿一样，先兑水才能喝。"我接受了母亲的建议，倒了少半杯可乐，又往里兑了多一半水，母亲又给加了两勺糖，再喝，果真不苦了。

无烟之家

从我爷爷那辈算起，家里已经有三辈无人吸烟了。不吸烟的人，难免烦烟味。好友一吸烟就挤对我说："男人不吸烟，白在世上颠。"我立刻反唇相讥："你倒是吸烟，你不但在世上颠，还往阎王爷那儿颠。"

虽然我们一家人都不吸烟，但难免会来个吸烟的亲戚朋友，这时是全家人最尴尬的时候。一是家里只有火柴（点煤气用，头些年还没有自动点火装置），没有烟，没办法招待客人。只能在客人自己拿出烟后，我们给点上。而客人发现只有他

一人吸烟时，又不好意思起来，忙着灭掉。为了不扫客人的兴，一家人还得装成满不在乎的样子，请人家接着吸。可等人家一走，家人能挂起五条吸味的湿毛巾。

许久后，家里换成了能自动点火的煤气灶。这下倒好，连火柴都省了。家里没了火柴，再来了吸烟的客人，连给人家点烟的条件都不具备了。

突然有一天晚上，全楼停电了。屋里黑得伸手不见五指。打手电找来蜡烛，可翻箱倒柜，就是找不着火柴。多亏了老爸提醒，想起了厨房自动点火的煤气灶，才点燃了蜡烛。

疼自己

1975 年，表姑结婚了。表姑夫是外地留京的复员军人，老家在贫困山区。

从结婚的第二天起，表姑夫就催表姑跟他回一趟老家，好让老娘见一见漂亮的儿媳妇。

表姑知道丈夫家条件不好，不仅弟兄多，弟兄的孩子也多。临行前，表姑不光给十几口大人买了礼物，还特意给孩子们买了 5 斤动物饼干。

一到姑夫家，表姑虽然有心里准备，但还是被眼前的场景惊呆了。一家人穿的衣服补丁摞补丁，已看不出衣服的本色儿了。破旧的瓦房上长满了蒿草。饮用水要到五六里地以外的河沟去挑。

家里虽然贫穷，但一家人对表姑还是十分热情，拿出家里仅有的几斤白面包了顿素馅饺子，算是给新媳妇接风。可从第二顿饭开始，就顿顿窝头、咸菜了。这对娇生惯养的表姑来说，无异于"服刑"。到了半夜，表姑饿得实在受不了了，爬起来到处找吃的。突然，她想起还没给孩子们的那5斤动物饼干。于是，表姑蹑手蹑脚地找到旅行包，拿出饼干放在嘴里慢慢地嚼起来，生怕被别人听见。寂静的夜里，表姑嚼饼干的声音就像老鼠磨牙一般。

结果，在姑夫家的几天里，那5斤动物饼干孩子们一块儿都没吃着，全让表姑疼自己了。

露怯

昨儿带女儿去商场买东西，一进商场大门，迎面就看见一个有机玻璃罩子里面摆放着一尊"八仙过海"的工艺品。工艺品雕塑得非常考究，八位人物个个栩栩如生。我一边看，一边给女儿讲哪个是"张果老"。哪个是"吕洞宾"。

就在看完"八仙"，转身离去的那一瞬间，我突然发现玻璃罩子的右下角有一货品价签，标注的价格却只有"178元"。我以为眼花了，仔细一看，确实是"178元"。我有些发蒙，心想，就是石膏做的，也不可能这么便宜吧。于是，我壮着胆子去问不远处的售货员。售货员还挺幽默，笑着问我是刷卡还是交现金。我说交现金。她见我没带任何书包，就说："交现金，恐怕您还得回去取一趟钱。""为什么，不就 178 元吗？"说着，我掏出了钱包。售货员还

是笑着说："我们卖的是黄金饰品，您再仔细看看，178 元是一克的价格，那尊工艺品共重 2000 克，您要想搬走，得掏 35 万多元。"我一听，红着脸，拉起女儿臊眉搭眼地走了。

电暖气

天气越来越冷了，可小区里还没供暖，把我们一家子冻得够呛。我和老婆一商量，决定先买一台电暖气救救急。

那天晚上，我和老婆到电器城买电暖气。刚一进门，就见屋顶上悬挂着一个指示牌，上书"买电暖气往里走"。我和老婆一边沿着箭头的方向往里走，一边朝电暖气那边张望。

老婆眼尖，对我说："那边的电暖气还真不少。"可是，老婆犹豫了一下，又说："都这季节了，怎么电暖气边上还吹电风扇呀？"我也随声附和道："真是的，这老板也忒不会做买卖了，我要是他的上级，早把他开了。"

说着话，我们来到电暖气展台前。我一边看电暖气，一边和导购小姐调侃："你们这儿想的还挺周到，怕顾客烤电暖气太热，还给顾客准备了电扇。"导购小姐扑哧一笑，说："您再仔细看看，那是电扇吗？那是电扇样式的电暖气，它摇头是为了散热均匀。"我一听，脸都红到耳根了。

点菜

周末一大早，老婆带孩子和她的父母到公园踏青。都中午一点了，老婆才打来电话，说孩子和老人都快饿死了，让我赶紧到楼下那家家常菜馆点儿个菜，他们再过半小时就赶过来。

由于已过了饭点，我居然找到了一个单间。点完菜后，没过十分钟，服务员就开始上菜了，我让服务员先上凉菜，热菜等人来齐了再上。服务员说厨师要下班，只能把菜都上齐了。我想老婆一会儿就到了，上就上吧，

不到十分钟，四个凉菜、六个热菜就上齐了。我也饿了，就夹了块黄瓜咀嚼起来。

这时，单间外过去了一对男女，女的见我一个人吃饭，就小声对男友说："你看单间里那男的可真能吃，一个人点了一大桌子菜。"我一听，心里这个气，赶忙起身虚掩上了门。刚坐下接着吃黄瓜，从门缝里看见刚才那对男女又回来了。那女的见单间的门关上了，就又对男友说："能吃就能吃呗，还关上门吃，肯定是觉得不好意思了。"我一听，没把我鼻子气歪了。

物归原处

放暑假后，8 岁的侄女到我家来住。这小家伙哪儿都好，就是用过的东西从不放回原处，有时把暑假作业也乱放，害得我每天都要帮她找东西。

为改掉侄女乱摆乱放、使过的东西不物归原处的毛病，我制作了一张表格贴在墙上，规定家人不论谁使过的东西如不物归原处一律扣十分，主动发现别人不物归原处的奖十分，月底算总帐，得分最高的奖励 200 元，得分最低的罚款 200 元。

一连三天，侄女每天都被扣好几十分，小家伙特别不高兴。为了鼓励他，我有时故意不把使过的东西放回原处，眼尖的侄女马上就能发现，然后给自己加十分，给我减十分，然后笑成了一朵花。随着时间流逝，侄女乱摆乱放的毛病已改了不少，给我抠分的积极性也更高了。为了侄女能彻底摆脱不良习惯，我只好甘当无名英雄了。

月底，侄女得到了200元奖励。我让她谈谈获奖体会。侄女大声说道："以前家里之所以乱，都是因为大大乱摆乱放，下个月，我一定好好监督大大改掉坏毛病。"我冤不冤呀？

调查表

前两天，上初一的女儿拿回来一份调查表，调查表由父母分别填写，各四张。填表时，我仔细看了看，发现调查内容比小学丰富了许多，除了常规的姓名、年龄、学历、工作单位外，还增加了身体状况、家族病史等内容，每项调查内容都罗列了四项选择，由家长在最接近的项目上划"勾"。最后一项，是要求家长填写本人月收入情况，共八项，从"零"到"两万元"。我心想，这不是调查家庭隐私吗？感觉挺反感，就毫不犹豫地在"一元至五百元"项上划了"勾"。

本来以为这事就算过去了，谁知第二天下午我竟接到了老师的电话，让我到学校去一趟。我以为发生了什么事，忙请假赶到了学校。一见面，老师就对我说："真没想到，您家生活竟这么困难？"见我一楞，老师解释说："您在调查表上填的是研究生学历，高级工程师，可月收入竟还不到 500 元，这学期我们学校设立了困难家庭补助，您要是需要的话我可以帮您申请。"一听这话，羞臊的我差点找个地缝钻进去。

雨衣

这些日子，北京老下雨，我见老婆天天背着雨衣骑车上下班，特别不方便，就又给老婆买了一件雨衣，让她在单位放一件，家里搁一件，既省事，又不至于挨淋。

前天早上，我听天气预报说下班的时候有雨，就让老婆带上雨衣，省得挨淋。老婆说，下班才下雨呢，单位里有雨衣，不用带家里的，说完就上班去了。下班的时候，虽说天很阴，雨却根本没下，可老婆担心路上下雨，就把单位的雨衣带了回来。

第二天下班的时候，下起了中雨，我刚到家，就见老婆淋得像落汤鸡似的回来了。我刚要问问情况，老婆一边打着喷嚏一边没好气地说："以前一件雨衣的时候，我从来没挨过淋，现在倒是两件雨衣了，可都放家了，今儿差点把我淋发烧了，从明儿起，我还是背着原来那件雨衣来回跑吧。"您看我这雨衣买的。

军训

刚一放寒假，8 岁的女儿就参加了学校组织的军训。临行前，我怕训练强度大，女儿会吃不饱，就趴在她耳边嘱咐道："刚开始吃饭时，先盛半碗米饭，赶紧吃完，然后再盛满满一碗饭，踏踏实实地吃。"女儿点点头说："我记住了。"

三天后，我到学校接女儿回家时，发现女儿的小脸儿瘦了一圈，忙问她是怎么回事？女儿回答说，是因为吃不饱才瘦的。"我不是告诉你先盛半碗饭赶紧吃，然后再多盛米饭慢慢吃吗。""可老师就让盛一次米饭，不让盛第二次，我每次只盛半碗米饭，所以我才没吃饱，才瘦的。"女儿委屈地说。

励志教育

昨天，我在家整理书柜，一不留神竟翻出了二十多年前我上初、高中时的记分册。我大概翻了一下，见记分册里有几个"100 分"，心中大喜。为了树立自己的威信，同时对 8 岁的女儿进行励志教育，我赶忙喊过女儿，把记分册递给她说："快看看爸爸上初、高中时的记分册，成绩倍儿棒，你得多向爸爸学习，争取进入班级前五名。"女儿见我这么说，非常虔诚地接过了记分册。

过了一会儿，我正吹着口哨看报纸呢，女儿大声叫我过去。我以为出了什么事，赶忙走过去，女儿把打开的记分册递给我说："就您这成绩，还好意思叫我看呢？"我拿起记分册一看，只见高中第二学期成绩表上数学、物理、化学等好几栏目都是红笔写的"不及格"，我脸上正发烧呢，女儿又说话了："我说我的数学成绩怎么不理想呢，原来是遗传呀，照着您这路子走，甭说进班级前五名了，能保住后十名就不错了。"一句话，说的我脸上又发热了，您说我这机灵抖的。

慰问金

单位业务繁忙，连五一都没放假，一连加了七天班。加班后期，我听大伙议论，节日这么辛苦，过了节领导肯定得发点慰问金，而且肯定比去年的 1000 元要多。我听了，心里美滋滋的。回到家，跟老婆说："你猜猜，我这回加班发多少钱。"老婆头也不抬地说："还不是跟去年一样，1000 块钱打住了。"我赶紧拦住她说："听说发 1500 呢？"

5 月 7 日，慰问金终于发下来了，出乎意料的是，所发钱数跟去年持平，我的心一下子凉了半截。

回到家，老婆向我提起发钱的事，我把钱递给老婆。老婆数了数，说："不是 1500 吗？怎么只有 1000 呀？""他们说错了，只发了 1000。""不可能，你是不是克扣了 500，放自己小金库了？"我这个悔呀，人家发钱都跟老婆往少了说，我怎么缺心眼，跟老婆往多了说呀。没办法，我只好打碎牙往肚子里咽，从自己的小金库里拿出 500 元交给老婆，才平息了一场风波。

收报纸

昨天早上，我乘地铁送 8 岁的女儿上学。甭看地铁离家门口不远，可我有一年多没乘地铁了，一进站，还有穿红马甲的发报员往我手里塞当天的报纸，让我惊喜不已。

到站后，女儿要去厕所，我就一个人乘滚梯先出站。等了一会儿，我见女儿还没出来，就站在滚梯旁看起刚领的报纸来。

刚看了没两眼，就觉得有人往我手里塞东西。我抬头一开，见一位女士往我手里塞报纸。我赶忙说："我已经有报纸了。"话还没说完呢，那位女士摆摆手走了。

当我低头正准备接着看报纸时，没想到从滚梯下来的几位个个都往我手里塞报纸。我正百思不得其解时，一位白发老爷子匆匆走到我跟前："我每天都在滚梯旁收他们看完的报纸卖，今儿晚来了一步，他们准把你当成我的替身了。"

看电影

端午节期间，我看报上介绍电影院正在上映一部反映中学生生活的励志影片，我便决定带上初一的女儿好好看一看，励志是一方面，主要是让女儿放松一下。

由于女儿白天还在上辅导班，看电影只能安排在晚上。为保险起见，我给电影院打了个电话，问当晚八点的电影票能否现场购买。接电话的是位老大姐，沉吟了一下，对我说："那你可要早点儿来，最好提前一小时。"我以为晚场看电影人多，去晚了就买不着票了，谁知那位老大姐接着说道："你要是来晚了，我们又一张票都没卖出去，肯定就早下班，电影也就不演了。"敢情她是大喘气。

无烟日

前两天，我带5岁的侄女到饭馆吃饭。菜刚上齐，旁边那桌来了一对中年男女，点完了菜，那男的可能觉得无聊，便点了一根烟抽了起来。由于两桌离得较近，中年男子吐的烟雾又很大，患有哮喘的侄女被呛得不停地咳嗽。我见状，本想让他把烟灭掉，又怕他不听，为这事再吵起来，挺不值当的。便打开一张餐巾纸，分别捏住两个角，然后夸张地煽起来。刚煽了几下，我见那位中年男子察觉了，竟不好意思起来，冲我歉意地笑笑，把烟掐灭了。我心里这叫一个得意，什么叫化干戈为玉帛呀，这就是。

5 月 31 日（世界无烟日）中午，我又带侄女到外面就餐。由于正是饭点，饭馆里已没了空座儿，好不容易等到了一张两人桌，没想到旁边那张桌子竟有俩烟民在吞云吐雾。

等上菜的空档，我见侄女闻到烟味直皱眉头，不住地咳嗽，便如法炮制，像那天一样，拿起餐巾纸煽了起来。谁知我胳膊都煽酸了，那俩烟民竟毫无反应，继续吸烟。我也急了，继续夸张地煽着。终于，其中一个烟民有些不耐烦了，大声嚷到："服务员，快把空调开开，看不见这位使劲煽呀，煽得我都流汗了。"

高招儿

从上二年级起，7 岁的侄子就参加了学校乐队。最早是吹黑管，后来老师看侄子长得挺壮实，就让他吹大号。一开始，我给他买了一个2000多元的号。随着演奏水平的提高，侄子对乐器的要求也提高了，去年，我又给他换了个价值6000多元的号。

前两天，学校一放假，就组织乐队进行了集训，两周后，乐队将到新加坡进行交流演出。虽然学校让交近7000块钱费用，但为了侄子的前途，我眼睛都没眨，就把钱交了。交完钱，老师跟我商量，虽然侄子的演奏那是没的挑，但毕竟只有9岁，一个人提着四五十斤重的大号肯定吃不消，建议我陪着侄子一块去新加坡，但还要交7000块钱。

回到家，我正犹豫不决呢，侄子跑过来说："大大，您甭着急了，用我的高招儿，您就省得往新加坡跑了。"我一听，立马来了兴趣，拉着侄子的手，"快说说你的高招儿。""刚才我上网查了一下，我吹的号在新加坡才卖1万来块，我到那儿现买一个号，用两天再卖了，也亏不了多少钱，实在不行，我就到当铺把号当了，这样，您我都省事，还节约了您往返新加坡的费用，您看怎么样？"

吃冰棍儿

昨天，我带3岁的侄子大壮去公园。正往前走呢，迎面走过来两位手举彩色冰棍儿的女孩。大壮看见后，摇着我的手问我："大大，她们吃的那是什么呀？"我一愣，转而明白这是大壮为得到冰棍儿在跟我耍花招儿（顺便交代一句，由于大壮肠胃不好，我们很少让他吃冰棍）。我便装傻充愣地说："我也不认识。""您再好好想想。""我想不起来了。"实在没辙了，大壮只好说："她们吃的是不是冰棍呀？"这小子，绕这么大弯子，才奔了主题。

我见孩子为吃冰棍，下了这么大功夫，加上天也挺热，就动恻隐之心。掏出两块钱递给他说："去吧，到前面的商店里买根两块钱冰棍吃吧。"大壮接过钱，乐颠儿颠儿地进了商店，我便在门外等着他。十分钟过去了，还不见他出来，我便进去找他。一进门，我见他正在冰柜前吃着两块钱一根的冰棍。我问他："你怎么还在这儿呀？""我等着找钱呢"。真是个小财迷。

包工头

周末，我跟老婆去逛建材市场。我穿着一身休闲装夹着个包在前面走，老婆一身光鲜地在后面跟着。

在一家卖大芯板的商户前，我们停了下来。老婆打听价钱后，与商贩划起价来，我则站在一旁等着。这时，又有一个夹着包的男子跟着两位女士来选购大芯板。商贩显然是跟这位男子认识，一边打着招呼一边招揽着生意。老婆与小贩划了半天价，也没砍下来。转身刚要走，只听商贩给那俩女士的价钱也一样。老婆有些累了，见状，就决定在这家买了算了。

等我把钱交给商贩的时候，商贩小声对我说："你先走，一会儿再回来拿回扣。"我一头雾水，就向不远处的另一商贩问询。商贩说："一看你这打扮就像包工头，肯定又是领着业主来采购主材了。"得，那商贩把我当成包工头了。

评价手册

那天，在教育局工作的姑姑接到了一名中年男子打来的求助电话，说是他们经理的孩子把评价手册（以前称记分册）丢了，经理委派他给买一本。姑姑听完，耐心地告诉他："为了保证评价手册的严肃性，购买评价手册需要孩子学校开证明，然后才可购买。"那名男子听了，几乎用企求的声调说："您就行行好，卖给我一本吧，这可是给我们经理的孩子购买啊？"姑姑一听，心也有些软，本想开开后门，可转念一想，这是上级的规定，我怎么能违反呢。于是，姑姑便更加耐心向他解释说："上级有规定，我也无能为力，你还是上学校开证明吧。"那名男子在电话里有气无力地说："买平价手册真的不行啊？""真的不行。"姑姑回答。"那我买一本高价的行吗？"姑姑一听，差点乐喷了，这都哪儿跟哪儿啊。

养宠物

昨天晚上，我到姐姐家串门。

一进门，就见姐姐正在给宠物京叭奔奔做美容。只见姐姐又是给奔奔抹化妆品，又是给它梳理毛发，忙得不亦乐乎。我便与姐姐聊起天来："姐，这养一只小狗可真够费劲的。""可不是，不光费劲，还费钱呢。上个月，奔奔病了，连打针带吃药，花了将近千元，就是它不闹病，每个月也得花上几百元。"我叹口气说："给奔奔花钱，它好歹也是你们家的宠物啊，可我这些日子却为跟我没有任何关系的动物花了好几百元。""不可能，跟你没关系的动物你干吗给它花钱呀？""嗨，是这么回事，我们家这些日子闹蟑螂和红蚂蚁，您说，我能不买药捕杀吗？"

颠倒黑白

前两天。我从怀柔带回来一只山蝈蝈。蝈蝈个头挺大，可带回来两三天了，它就是一声不叫，我甚至怀疑它是"哑巴"。

谁知第四天的夜里，我刚睡着，蝈蝈就旁若无人地大叫起来，声音之大，让我这个养了这么多年的蝈蝈爱好者也从未领教过。况且还是在大半夜，声音传出去老远。我本以为它叫一会儿，累了就会休

息，可谁知它精神头挺大，一直叫到天亮从没歇过。它倒是痛快了，我可是一宿没合眼。从那天开始，它还形成了规律，白天休息，一声不叫，一到夜里它就撒欢儿。

又过了几天，我实在受不了了，想出了一个主意：上班前，我把蝈蝈放进室内，拉上厚厚的窗帘，关好门，制造夜间的假象。蝈蝈果然上了当，我还没走出家门就听它欢快地叫了起来。到了晚上，我再把蝈蝈放回阳台，然后开一盏台灯，蝈蝈误以为是白天，这回它一声也不叫了，我终于睡了个囫囵觉。

婚礼

前两天，我应邀参加了同学强子在饭店举办的婚礼。强子长得没的挑，浓眉大眼，可就是胖。去年见着他时，他的

体重就有 200 斤，一年没见，估计这小子体重又得有所上升。果不其然，在婚礼上见到强子时，他比去年又富态了不少。

甭看强子胖，可新娘却非常苗条，1 米 65 的个头，体重最多 100 斤。这新郎、新娘站在一块儿，整个儿一"新旧社会"对比。

婚礼进行得挺顺利，又是咬苹果，又是交换信物，气氛挺热烈。可就在婚礼即将结束时，意犹未尽的贺喜者中突然有人大喊："让新郎抱新娘绕场一周。"只见强子不费吹灰之力，稳稳地抱起新娘从饭店这头走向另一头。

到了终点，新郎刚要把新娘放下。只听那边又嚷上了："让新娘抱新郎走一圈好不好？"新娘一听，差点从新郎怀里滚下来。

借光

现在手机的功能是越来越多了，不仅能通话、玩游戏、还能上网、听歌曲，屏幕还能当镜子照。前两天，我看了场电影，发现了手机的另一功能。

由于电影是循环场，我进电影院时电影放映了一半。外面亮，里面黑，我刚一走进去两眼一抹黑，很不适应。我喊了几声服务员，想让他给照照亮儿，可没找着人。我灵机一动，打开手机，借着手机的一点亮光，深一脚浅一脚地摸索着迈步。走了好几步才找到一个座位。我刚要坐下，就听见身后有人大声说："拿手电的那位服务员，过来给我照一下，帮我找一个座位。"

中国制造

3岁的女儿迷上了剪窗花。看着她手拿剪子耍来耍去，老婆特别担心，恐怕她弄不好扎着哪儿。后来老婆从同事那儿得知，宜家家居有买儿童专用剪子的，二话没说就奔了去。

晚上，老婆下班回来，高兴地拿出两把儿童专用剪子，一把是普通剪子，一把是能剪出花纹的剪子，两把剪子都是平头的，女儿怎么耍也不用担心被扎着了。

老婆一边试剪子，一边不住地称赞："人家外国就是以人为本，产品富有人情味，要是早有了这样的剪子，女儿爱怎么耍就怎么耍，我也不用整天揪心了。"我拿过剪子仔细端详了一番。突然，我的眼球盯在了剪子内侧的一行小字上：Made in china（中国制造）。

测体温

前几天，表哥给姑妈和姑夫每人买了一只体温表，让二老每天测测体温。

当天晚上，姑夫和姑妈临睡前都测了体温。这一测不要紧，姑妈的体温再正常不过了，而姑夫的体温却高达 39 摄氏度。可把姑妈给吓坏了，非拉着老头子上医院不可。姑夫表现得还挺镇静，拿起表又试了一次，可体温表显示还是 39 摄氏度。姑夫百思不得其解，自己身体明明好好的，可体温怎么会是 39 摄氏度呢？

第二天早上，姑妈试表时不小心把体温表给摔坏了，就用姑夫的表试了试，体温表显示的竟也是 39 摄氏度。这回姑夫和姑妈可受不了了，赶紧把儿子找来，哭着拿出了存折，并告诉了他密码。表哥一看父母都开始安排"后事"了，这下可受不了了，"呜呜"地哭了。哭着哭着，表哥拿起体温表一试，也是 39 摄氏度，这下表哥明白了，"啪"地把表摔到了地上，恨恨地说："这破表，险些搞得我家生死别离。"又转脸眨眨眼对姑妈说："要说也得感谢这破表，要不是这破表，我上哪知道您存折的密码去呀？"

草莓与草纸

前两天，老婆单位发了一箱约三、四斤重的草莓。刚把草莓拎回家，小女便迫不及待地要品尝。

我打开纸箱，没见着草莓，只见着一层手纸。掀开一层，又有一层，一共掀了五、六层，又扒拉开一层碎纸条，这才看见草莓。仔细一看，草莓下面还垫着五、六层手纸。合着草莓没几个，倒是发了一堆手纸。

我把一堆手纸放在手上掂了掂，估计足有2斤多。于是，我和老婆义愤填膺地谴责装箱者心黑。没想到老妈走过来，一把抢过手纸，说："你们懂什么，这叫买一送一，草莓少吃几个，可这些手纸够咱家用一个礼拜的了。"

6591-6591

无论是买手机还是安电话，谁都想要一个好记的号。

前年夏天，我买了一部手机。为了与人方便也为了与己

方便，特意多花了几百块挑了一个尾数为"1234"的号。朋友们知道了，都夸我的手机号好记，我心里也乐滋滋的。可万万没想到，这个好记的号码也给我带来了沉重的经济负担。无论朋友还是同事，打电话时想不起号码了，都给我打手机，让我帮忙查号码。我这一个月的手机费有一多半是为做好事付出的。

好事做久了，手机也不堪重负，终于出了毛病。我便与专卖店联系。接听小姐听了我的叙述后，建议我与他们总部联系一下，还热情地用播音员的语速告诉我电话号码"6-5-9-1，6-5-9-1"。我知道她这是在告诉我局号，便等着她念后面的号码。她又念了一遍"6-5-9-1，6-5-9-1"。我有些着急，大声说："局号我已经记完了，请你往下说！"小姐依然很客气地说："号码我已说完了，您记下了吗？"我这才恍然大悟，拿起电话一拨，立刻通了。

专业

这年头，玩"专业"的人太多，好像自己从事的工种不加上个"专业"俩字，就抓不住人、挣不着钱似的。

昨儿早上路过后门桥，见桥边上一拉溜站着十几位找活儿干的外来工，甭看家把式不咋地，可人家却都是"专业"出身，有"专业打孔"、"专业防水"的，有"专业粉刷"、"专业装修"的，甚至还有一位打出了"专业铺地砖"的。更可笑的是，旁边还有一收废品的正跟这些位侃山，三轮车上也立一大牌子，上书"专业回收"。我越看越觉得奇怪，如果说那些位干的活儿还算有些技术、有些"含金量"的话，你一个收废品的有什么"专业"可言呀？收废品的见我有疑惑，一拍大腿说："甭看我只有小学文化，可我从事的是'物流专业'。"见我还是不明白，就进一步解释说："你家里的电器卖给我，我再卖给'上家'，'上家'把它'梳洗、打扮'后，再卖给需要的人，循环往复，这不是'物流专业'又是什么。"真是太长见识了。

新好男人

前两天，楼下新开了一家眼镜店。为了招徕人气，眼镜店推出了不少免费项目，像免费更换螺丝，免费焊接等，特别受到眼镜一族的欢迎。

昨天晚上，我到眼镜店清洗眼镜。服务小姐接过眼镜看了看，问我："您的眼镜上净是油，您是不是经常在家做饭呀？"我点点头。"那您还真挺全职的。"服务小姐称赞道。"小姐，你用词不准确，全职只能用在女人身上，如全职太太，像我这种男同志，要称做'新好男人'。"我纠正道。

八舅

我有个远房亲戚，母亲让我叫她九姨。九姨在家行九，她上面有八个哥哥。

九姨26岁那年生下一个女儿叫甜甜，现在两岁多了，长的聪明伶俐、活泼可爱，举一反三不在话下。母亲告诉她1加2等于3，她能说出2加1等于3。九姨喜欢得不得了。可

就一样，每次舅舅来，她却常常叫错，其实也不能全怪孩子，她才两岁嘛，况且她的八个舅舅岁数也相差不多，模样也很相像，往往是三舅叫成五舅，四舅叫成二舅。九姨看在眼里，急在心上，下决心要想个好主意改变这一现象。冥思苦想之后，九姨把女儿叫到身边，说："甜甜，以后再来了舅舅，你先别说话，我先叫，我叫儿哥，你就叫儿舅。""来，咱试试，我叫三哥"，"我叫三舅"。"我叫五哥"，"我叫五舅。"看到女儿这么聪明，九姨高兴得不得了，心想：这回可万无一失了。

有一天，九姨带着甜甜来到动物园，转了半天，来到鸟笼旁边，九姨指着里面的鸟教孩子认："这是八哥。""那我叫八舅！"女儿答道。

鞋缘

70 年代末，邻居二哥由于岁数大点（35 岁）、工资低点（月薪 44 元）、模样"惨"点，一直没有搞上对象。您想啊，奔"四张"的人了，他弟弟的儿子都快上学了，父母又常提起他的事，他能不烦吗？看谁、看哪儿都不顺眼。有人把这个岁数还没搞上对象的男人比喻成"动物园下午 4 点多的狼（动物园一般 5 点钟喂食）"最恰当不过了。

那个年代娱乐活动太少，二哥在街上转着转着就奔了东四蟾宫影院（长虹电影院前身），花三毛钱买了张电影票，进去一看，好家伙，几乎满座。二哥找到了座位，漫不经心地坐下。看什么片子对他来说并不重要，就是想散散心。

电影演了一半，借着银幕上闪电的亮光，二哥突然发现前排的女同志（当时都这么称呼）穿着凉鞋还嫌热，翘着二郎腿，脱了一只凉鞋放在脚边。二哥冒"坏"用脚轻轻把地上的那只鞋勾了过来，拿着鞋奔了东四人民市场（隆福大厦前身），照着那双鞋号又买了一双。

刚回到电影院就散场了，不一会，偌大的电影院就剩下二哥和前排的女同志了。此时那位女士正急得满头大汗，她左看、右看、上看、下看，丢一只鞋可不简单，这可怎么回家啊。二哥一看差不离了，慢条斯理说开了，我这儿倒是有一双给我妹妹买的新鞋，也不知道你穿着合适不合适。女士一听这话，像是见了活菩萨，一个劲道谢，答应到了家把钱还给他。

光阴荏苒，一转眼，五年过去了。这一天，二哥带着儿子去了公园，二嫂（就是丢了鞋的女同志）一人在家归置屋子。在打扫床底下的时候，发现了一个鞋盒，打开一看，里面有一只鞋，看着有些眼熟，往脚上一穿，猛然想起来了，正是五年前在电影院丢的那只。二嫂心想：这个大骗子，回来我就骂他。可转念一想，又乐了，要不是这只鞋，又哪有我们的今天啊，我俩的婚姻真是鞋（邪）缘。

拖鞋灭蟑

　　从夏天开始，家里开始闹蟑螂，而且越来越多。我先后用粘板粘，用药毒杀，用开水烫，钱花了不少，可效果却不明显。尤其是供暖后，家里暖和了，蟑螂就更欢实了，常常成群结队在厕所、厨房转悠，弄得我特没脾气。

　　昨天晚上，老婆逛超市，买回来一双塑料拖鞋。拖鞋放门厅没多会儿，我就被拖鞋散发出的胶皮味熏得受不了了。老婆拿拖鞋闻了闻，也说呛得受不了，赶紧把拖鞋扔进厕所，还关上了门。老婆还表示要抽空到超市把拖鞋退了。

　　第二天早上我一进厕所，意外地发现厕所里的蟑螂一只都没有了，敢情这拖鞋不光熏人，还能把蟑螂熏跑了。有了这个灭蟑新法，我赶紧把还在睡觉的老婆摇醒，告诉她，拖鞋不但不能退，还得再买一双放厨房，让拖鞋把厨房里的蟑螂也熏跑了，让厨房也消停消停。

笔误

那天晚上，5 岁的女儿忽然肚子剧痛。到医院一检查，大夫怀疑是急性阑尾炎，便让女儿住院观察。办理住院手续的时候，女收费员让交 5000 元押金。由于出来的急，我身上只带了 500 元。收费员只好先收了 500 元，并开了一张收据给我。

第二天早上，我正在照顾输液的女儿，意外地接到了收费员打来的电话，告诉我，由于笔误，她把 500 元押金写成了 5000 元，让我立刻来办理更改手续。我找出收据一看，还真是写错了。可女儿这儿根本离不开人，我便告诉她，等女儿出院时，该补多少钱，我一定会结清的。在女儿住院的几天时间里，那位收费员还来过几次电话催这件事。可那两天，女儿正在做各种检查，我根本腾不出工夫，这事便耽搁了下来。

女儿出院那天，我一大早就去办出院手续，谁知别人比我去的更早，办手续的人足足有三四十位，把整个大厅都站满了。我站在队尾，心想，这要轮到我，还不得下午了，女儿还一个人在病房等着我呢。正琢磨呢，办手续的窗口打开了。我看见收费员正是那天给我办住院的那位，便凑过去跟她商量能否先给我办理。女收费员显然忘记了我，白了我一眼，说："你怎么那么特殊啊，后边排着去。"我连忙递上收据，说："我就是那位开错了收据的人……"我话还没说完呢，收费员的态度就来了个180度的大转弯，一指那边的小门，满脸含笑地说："快从那儿进来，我先给你办。"

假臂

夏天到了，穿的衣服逐渐短小。老婆为了不使胳膊晒黑，每次骑车时都戴上一双长袖防晒手套，到了单位再摘下来。老婆还给手套起了一个好听的名字——"假臂"。

昨天下午，老婆到超市购物。交款时，老婆随手就把手套放在了收银台上。结完帐，老婆拿着东西就走了。

到门口取自行车时，她才想起了手套，赶忙跑回去找。到了收银台，老婆忙不迭地问收银员："小姐，你看见我的假臂了吗？"收银员一愣，还没容人家回答，老婆就在收银员身后的桌子上发现了手套，忙要了回来。

老婆转身刚走，就听收银员嘟囔道："吓死我了，我还以为刚才给我的百元大钞是'假币'呢。"

熬夜看球

女儿从微信朋友圈得知，班上不少男生女生都熬夜看球。女儿是典型的伪球迷，属于只想知道比赛结果，却从不看球的那种。可为了上课时跟同学有所交流，昨天晚上，刚九点钟，女儿就要上床睡觉了。临睡前，女儿对我说："明早我要三点钟起来看球，万一没听见手机铃声，一定要叫醒我。"我问她是真想看球还是作秀？女儿不好意思地说："我就是想在电视机前拍张照片，然后在朋友圈发微信，证明我熬夜看球了，省着同学说我不合群。"

我一听，敢情是这么回事，就说："要这样的话，就没必要熬夜不睡了，打开体育频道，看回放，我给你拍张照，不就齐了。"说完，我就打开电视，让女儿坐在电视机前，我找好角度，拍了张女儿举臂欢呼的的照片，让她发到了微信上，说明自己是熬夜看的球。

第二天，女儿放学回来，一脸的不高兴。我问她是怎么回事。女儿说她熬夜看球的小伎俩被同学看出了破绽。我说不会吧？他们怎么知道的？女儿拿出手机，翻到我拍照片的页面，让我看。我接过手机，只见频幕左上角赫然写着"重播"俩字。

高考饮料

同事曹大姐好认死理儿，她认准的事情，八头牛拉她她也不回头。曹大姐的儿子学习一直特别棒，上高中以来在班上从没下过前三名，按说考大学一点问题没有。可头高考前几个月，曹大姐受广告影响，非让儿子喝一种"高考饮料"，说能增强记忆力。她儿子不喝，曹大姐还逼儿子喝。

昨天早上一上班，曹大姐就兴奋地告诉我，他儿子收到大学的录取通知书了，然后就问我侄子怎么样了。我告诉她，侄子也收到大学的录取通知书了。曹大姐高兴地说："我说'高考饮料'管用吧，虽说价高点，我儿子他们班有5个人喝了，都考上大学了。"我见曹大姐这么迷信"高考饮料"，就想借机改变一下她认死理儿的毛病，说："曹大姐，我跟您说实话吧，我侄子班里有40多名学生也喝了一种'饮料'，结果全班都考上大学了。""什么饮料？"曹大姐急忙问。"自来水！"

人在旅途

上个世纪 80 年代，当兜里有了点
"闲钱"，吃喝不愁后，人们想出去"溜
达溜达"的心，便开始蠢动起来。先是
郊区、周边，再就是国内，等国内"咸
不下"了，就奔国外了。旅游不光能锻
炼身体，增强体魄，还能开阔眼界，陶
冶情操，最重要的是它还能促进团结，
增进情谊，当然了，旅游期间发生的乐
子更是少不了的。

B 层

昨天，我们一行二十几人到承德旅游。晚上住店的时候，大伙儿图便宜，就找了一家郊区的宾馆。

虽然离老远就看见了宾馆的霓虹灯，可要到宾馆门前，还得爬百八十级台阶。大伙儿腿都累细了，才走进了宾馆。谈好价钱，我和老赵第一个拿到了房间的钥匙。我看钥匙上写着 B 层，就问服务员 B 层是几层，她回答：4 层。

我和老赵拉着行李箱就上了电梯。一进电梯，我有些犯蒙，电梯里根本就没标注几层，而是标注 A、B、C、D、E 层。我伸手就按下 B 层，可电梯门关上半天，硬是没感觉电梯动弹。过了约有一分钟，电梯门开了，我探头一看，还是服务台那层。我就大声问服务员："4 层怎么走啊？"服务员说："4 层就是 B 层。"接着又说："4 层也就是一层，也就是现在这层。"我不解地问："那前三层在哪儿呢？""就是外边那几十级台阶啊。"有这么算的吗？

迟到指标

上周，我和老婆带着岳母到外地旅游。岳母教了一辈子书，时间观念特别强，快到集合时间时，宁可不照相，也不能迟到，把20多岁的女导游——小丽姑娘感动得够戗。

小丽见每次都是岳母第一个回到车上，就跟岳母开起了玩笑："阿姨，您真是太有时间观念了，从今天起，连着三天，我给您三次迟到的指标，允许您迟到三次，甭管您什么时候回来，我们全车人都等着您，您要是用不完，我可罚款呀。"一句话，说得岳母直不好意思。

第二天下午，我们逛完景点，岳母一看时间差不多了，就催促我们赶紧回到车上。大家刚要往停车场走，岳母忽然感觉肚子不舒服，就赶紧奔了卫生间，等出来时，距集合时间已过了两分钟。岳母三步并作两步，刚一踏上车的脚踏板，就喊道："小丽姑娘，对不起啊，阿姨这回可真迟到了。"可往车上一看，还空无一人，自己又是第一个回到车上的。小丽姑娘拉着岳母的手，说："给了您三次迟到的特权，您要是不抓紧用，过期可作废啊。"

代价

上周，跟老婆到山东旅游。中午吃饭的时候，由于天气炎热，我一下子喝了两瓶冰镇啤酒。到了下午，一连上了两次厕所。

到了景区，我又想上厕所。老婆有些不耐烦，转身去了旁边的服装摊儿。等我从厕所出来，老婆满脸含笑地举着一条连衣裙问我好不好看。我赶紧恭维说："你穿上肯定特高雅。"老婆说既然这么好看，就赶紧付钱吧。我问多少钱。老婆说打完折280元。我心里暗暗叫苦，我就去了趟厕所，就得付出280元的高昂代价，待会儿就是憋出肾炎来，我也不上厕所了。

换地点

春节期间，我们一家准备到台湾旅行。听说春节期间赴台报名挺难的，我们本着赶早不赶晚的原则，提前两个月，我们就去旅行社报了名。

报名一个月后，旅行社小曹通知我们，首都机场的飞机票订不上，只能订天津机场的飞机票，不过你们放心，我们旅行社负责大巴接送。我虽然有些不情愿，但一想只有一百多公里的路程，也就答应了。

离出行日期越来越近了，心想，但愿别再有什么变故了。可怕什么来什么。昨天，我又接到小曹的电话，说天津的机票也告吹了，恐怕要到一千多公里外的一座城市乘飞机了。听出我有些不高兴，小曹又安慰我，旅行社会安排大巴接送的。我一听，立刻气不打一处来，冲电话嚷嚷道："干脆我们坐大巴去台湾得了，这样既不用再换飞机，还省了机票钱，真是一举两得的好事啊。"

时差

前些日子，我到欧洲旅游。临出发那天，老婆问我北京与柏林时差是几个小时，我说七八个小时吧。9岁的侄女听见了，问我什么是时差，我找来地球仪，掰开揉碎地给侄女讲起来。可讲了半个小时，侄女还是没太明白。

我见这招儿不行，就做了一个形象比喻，说："就是你早晨睡醒了，人家刚睡；大大都下班了，人家刚上班。"侄女做恍然大悟状，说："那您带我去吧，我最爱睡懒觉了，在北京能睡八小时，到了那儿天还黑呢，还能再睡八小时。"

导游图

周末，我带老婆孩子去郊区一景区游玩。在景区门口，我购买门票后，按习惯想购买一张景区导游图。就问窗口内一女服务员导游图的价格。女服务员说十块钱一张。见我有些犹豫，女服务员赶忙补充说："今天天气炎热，我们开展了送凉爽活动，也就是说，买一张导游图，送一把折扇。"

我打开折扇一看，上面也印着该景区的导游图。我就跟工作人员商量："您看这两张导游图一模一样，这么着，我只买把扇子，又能扇凉风，又能指导我游览，就不单买导游图了，可以吗？"女服务员面带微笑说："当然可以了，折扇十五元一把，您掏钱吧。"我一下子愣住了，女服务员解释说："导游图十块，送折扇一把，如果单买折扇，十五元一把。"

免税店

上周，单位组织我们到海南旅游。到了三亚，刚一下飞机，年轻的女同事就迫不及待地要去免税店购买化妆品、手表。同事王大姐明年就退休了，听说免税店的东西便宜，也想跟大伙儿去逛逛。

到了免税店门口，我们拉着王大姐刚要进门，谁知王大姐突然问门口站岗的保安："小伙子，购物车在哪？给我来一辆。"大伙儿一听，都愣了一下，随即大笑。我赶紧拉了王大姐一把。到了没人的地儿，我说："王大姐，你真行，这儿的手表都成千上万元一块，化妆品也得几百元，在这儿购物，充其量提个购物筐儿，你以为在家门口逛超市买大白菜啊，还要购物车，您想把这儿的手表、化妆品都包圆儿了啊？"

沙滩

周末，我带老婆孩子到北海公园游玩。划了两个小时的船，感觉有点累了，就坐上了园内的电瓶车，想到北岸九龙壁逛逛。

刚上车坐稳，就看见一外地模样的游客坐到我们前一排。他一边看手里的游览图，一边回过头，操着外地口音问我："兄弟，这车开到北岸是不是就能见到沙滩了。"我一愣，拍着他的肩膀笑着说："老兄，你搞错了，您要去沙滩就出公园门往东两站地，那有个地名叫'沙滩'；您要是想玩沙子，就麻烦您出门上首都机场，飞到广西北海市，那儿的沙子可好玩了。"

神奇呼噜

在海南游玩期间，同行的老赵有嗜睡的毛病，只要一上车，不出两分钟就会响起震天响的呼噜声。一般人只要响起呼噜声，就会睡的很死，旁边人说什么也不会知道。而老赵的呼噜很神奇，虽然震天的响，但旁边人说什么他都知道，很多时候他还会"哼、哈"地接上一两句，让大家叹为观止。用大伙儿的话说就是"什么都不耽误"。

在从海口去三亚两个多小时的路上，老赵又是呼噜声一片。而这回老赵睡的出奇地死，全车人又是唱歌，又是欢笑，老赵却混然不知，呼噜声响了一路。坐在他旁边的小曹说，这回老赵是睡踏实了，有了人事不知的感觉。

眼瞧着到了中午，三亚近在咫尺。车子刚一下高速，正拐上一条国道。只见老赵吧唧了几下嘴，眼睛也没睁，含混不清地说："到点儿了，该吃午饭了。"逗得全车人哄堂大笑。

十米跳台

放暑假后，上高中的女儿当起了宅女，一天到晚不出家门，不是看书学习，就是摆弄电脑。放假不到一个月，体重竟上升了八斤。我一看形势不妙，又是拽着她打羽毛球，又是拉着她踢毽儿，可眼看着她的体重还是不停地飞涨。

昨儿晚一下班，我看见女儿抱着毛绒玩具蜷缩在沙发上看奥运会女子十米跳台的决赛，我赶紧借机教育女儿说："你的体重可不能再增加了，否则你要参加十米跳台比赛的话……"我话还没说完，女儿接话茬道："您是怕我入水时溅起的浪花过大，会减分吗？"我坏笑着说："浪花大是小事儿，我是怕你入水后把水池底儿砸漏了。"

双肩背

昨天，我和同事小李到海南出差。临出发前，我特意上网查了一下三亚的天气，好家伙，最高气温还在30摄氏度上下，昨天北京零下三摄氏度，两地温差足足相差了33摄氏度。

从家走时，我特意翻箱倒柜地找出了最大的皮箱，准备到三亚后，好把羽绒服、毛衣、毛裤等统统地放进箱子，只穿短袖衬衫就齐活了。

到机场后，我远远看见小李朝我走过来。不过我发现他几乎未带行李，好像只背着个书包。等小李走近了，果然看见他只是背着一个特别小的双肩背书包，其他再无行李。我感到很奇怪，指了指我那特大号的箱子，然后问他："你只带这么小的背包，怎么装得下你臃肿的羽绒服和一身的冬装？"小李一笑，神秘地说："等到了三亚你就知道了。"

飞机在三亚停稳后，一股热浪把我包围，我迫不及待地走进大厅的更衣室，把厚重的冬衣统统地放在了箱子里。换好短衣短裤出来一看，我大吃一惊。只见小李打开了小巧的双肩背包，从里面拿出一个折了六七折的编制袋，又找出一个硕大无比的塑料袋，接着又拽出了一个无纺布的袋子，把冬装统统地塞了进去。然后冲我挑衅地笑了笑，好像是说，谁说我的包小，这不是全塞进去了吗。

咨询

周末，我带 5 岁的侄子到公园游玩。逛了一会儿，侄子说累了，我见公园里有电瓶车，就去咨询台打听电瓶车的价格。

走到咨询台跟前，才发现有四五位游客等着咨询，我就站在队尾，等着咨询。

站在第一个的是那位男子不仅身材高大，而且嗓门也大，他问的每个问题，后面几位都听得清清楚楚。只听那男子大声问："这电瓶车是开往北岸景区吗？"咨询员回答是。他又问："这车是单程，十块钱一位吗？"咨询员还是回答是。他还问："这车是不足 1.2 米的小孩免费，足 1.2 米全费吗？"咨询员竖起大拇指，夸赞说："您说得太对了，您还有什么问题要问吗？"男子摇摇头，走了。咨询员招呼："下一位。"我和刚才还排队的五六位游客哗地散开了，我们全听明白了，我们的问题刚才那位男子全替我们问了。

过山车

周末，女儿和同学珊珊到游乐场玩。珊珊胆子特大，什么游乐项目都敢尝试；而女儿性格内向，还有些晕高，刺激不大的项目还敢玩，特别惊险的项目就敬而远之了。

玩了几个小型游乐项目后，珊珊觉得有些不过瘾，就拉着女儿排到了过山车的队尾。女儿一个劲的解释自己玩不了这么惊险刺激的项目，可珊珊用几乎哀求的口吻让女儿陪她玩一次。女儿从没玩过过山车，不了解它的惊险程度，又见同学这样求她，也就答应了。

当过山车停稳后，珊珊大呼过瘾，欢笑着跑了出去。可女儿就惨了，头疼不说，还晕得天旋地转。踉踉跄跄地站起来，扶着椅子往前挪，走半步，还要歇一会儿。正蹭着往出口挪步呢，谁知入口处开门了，游客蜂拥着挤了进来。女儿刚要加快脚步走出去，谁知身旁一名游客一把把女儿按到了座位上，说："你还挑什么座位呀？能玩就行了。"就这样，女儿又稀里糊涂地玩了一回过山车。

当女儿小脸煞白地从出口出来时，珊珊立刻迎了上来，拍着女儿肩膀，兴奋地说："过山车特好玩吧，你还说自己不敢玩呢，我才玩了一圈，你倒好，一下子就玩了两回，看来你真喜欢过山车。"

北海的

朋友大宋在北海公园工作。上周，单位组织他们一行30多人到江西旅游。下火车后，一上当地的大轿子车，年轻的导游就亲切地称大家为："北海的朋友"。

一连几天，不论是集合，还是清点人数，或者是发放房间卡时，第一句话准是·"北海的朋友"，大家一听导游这句话，就赶紧往导游身边聚拢。

最后一天，在饭馆就餐前，导游又习惯地说了句"北海的朋友"。然后就开始分发火车票。大家拿到火车票后，就开始聊天。这时，一位穿戴非常讲究的老先生从旁边一桌站起走到大宋桌前，有些激动地对大家说："你们是广西北海（市）的？"大家一愣，还没回答呢，老先生又说上了："我是搞普通话推广的，你们北海（市）的普通话普及的太好了，我在旁边听你们说了半天了，你们说话不但没有当地的口音，而且还京味十足，快赶上我这个老北京了，我感到很欣慰呀……"大伙听到这儿才明白过来，但为了尊重老先生，都忍着，谁也没好意思笑出声来。

懒汉鞋

在江西逛最后一个景点时，我们遇到了暴雨，虽然每个人都带着雨伞，但还是被淋了个"透心凉"。连鞋袜也未能幸免。

说来也怪，我们二十多人刚拖着湿鞋狼狈地上了车，雨竟然停了。我们正为湿鞋犯愁呢，突然发现车窗外几个小贩正举着干松的懒汉鞋向我们推销呢。我们这二十多人不论男女每人都买了一双，以解燃眉之急。晚上，我们就穿着懒汉鞋上了回京的火车。

第二天早晨，在北京站下车前，导游还要收火车票，怕我们走散了，就嘱咐我们都戴上发的小红帽。刚出站台，我就看见老婆来接站了。老婆看着我们这群人，打量了半天，突然问我："你们找的是哪家旅行社啊？""怎么了？""他们的服务真是太到位了，我只见过统一戴小红帽的，统一发懒汉鞋我还真是第一次遇到，下月我们单位也组织玩去，就定这家旅行社了。"

志愿者

国庆长假，我跟家人到郊区游玩。在一个山清水秀的景区，我有些迷路，见旁边不远处有志愿者在工作，便过去打听某景点的位置。

志愿者是位小姑娘，看样子也就十八九岁，最多也就上大二。她听了我问的景点，显然也不知道在哪儿，觉得有些不好意思，一抬腿便跑上了山，也就一分钟，又跑了下来，告诉了我景点的具体位置。老婆见小姑娘挺热情，就又问了她一个问题，小姑娘又跑上山，回来后告诉了老婆。

我挺好奇，问她上山干什么去了？她说山后有一名景区工作人员，她上山是去请教她了。这时，女儿问志愿者厕所在哪儿，我见志愿者又要往山上跑，赶忙拦住她："你告诉我那位工作人员在哪儿，我去问，你就甭跑了。"

小红帽

上周，单位组织我们到苏杭玩了几天。临去南方前，旅行社为每个人发了一顶小红帽。可到了南方后，男同志嫌麻烦，女同志怕影响美观，再加上天热，全团20多人，只有快退休的马师傅一人戴着小红帽。

在苏州留园参观的时候，我们的队伍正往前走，旁边有一队戴着小红帽的队伍走了过去。他们从我们身边刚走过去，队伍中的导游突然返身回来，冲进我们队伍，一把拽住戴小红帽的马师傅，说："你怎么跑到人家队伍中来了？我刚接你们团，要是跑丢了，我上哪儿找你去呀？"

补票

今年初，带5岁的女儿乘火车去了趟南方。临行前，我还向当乘务员的同学询问女儿用不用买票，得到了明确的答复，"不用"。可谁知，在检票时女儿被眼尖的检票员给"挑"

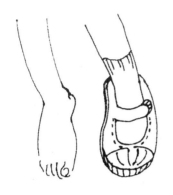

了出来，在众目睽睽之下让她的同事给女儿量身高。测量的结果是112厘米（穿着鞋量的），检票员一边量还一边讽刺我："孩子过了一米一就得自觉打半票。连这点常识都没有，您还出门呢？"我心里生同学的气，都是他让我在这大庭广众之下丢这脸，回去我就找他算账。心里想着，赶紧钻出人群到补票处补了票。

返回的时候，我吸取了教训，进了火车站，主动问检票员在哪补半价票。检票员看了看孩子，拿眼睛翻了我一眼说："这孩子不够高，不用买票。"我怕弄错了再有麻烦。就把来时补票的情形说了一遍。谁知检票员竟说："你这人真逗，3月还没到呢，雷锋先到了，王姐，你给这孩子量量身高吧！"王姐干事认真，叫女儿脱了鞋靠着尺子站直了，我定睛一看，没把我鼻子气歪了，109.5厘米。

洗相片

十一长假，我们六个哥儿们到承德游玩了三天。不论是游避暑山庄，还是逛外八庙，都是我给大家照相。回京后，为了让哥儿几个早点看到照片，一下车，我连家都没回，就找了个洗相部去洗相片，为了保证每人都有一张合影照片，我还特意嘱咐营业员，照片上有几人就洗几张。

第二天早上，洗相部刚开门，我就去取洗好的照片。营业员把照片递到我手里，我感觉沉甸甸的。拿出照片一看，有六十多张一模一样的，照片上的人我根本就不认识，我忙问营业员是不是拿错了，营业员让我回忆一下。我端详了一下照片，猛然想起，到避暑山庄游玩时，正赶上身着古装的将士在表演节目，我随手就抓拍一张。正懊悔呢，营业员不紧不慢地说："为了保证人手一张照片，可把我们给累坏了，数了好几遍，才数清了 65 个人。"

形象比喻

前几天，同事小宋到日本旅游了一趟。昨天上班后，我们让他讲讲旅途见闻。中午吃饭的时候，小宋一边回忆，一边滔滔不绝地讲开了："我们这个团一共 20 人，先到的首都，玩了半天后，乘车住到了三河，第二天，又去了石家庄，最后一天，去了廊坊。"我们越听越糊涂，小赵拦住他的话，问："你到底去的是日本还是河北省啊？""日本啊。""那日本怎么都是河北的地名啊？""是这样，我怕你们没去过日本，没有远近的概念，就打了个形象比喻，把东京当成北京，把住的千叶县比喻成河北三河，这样你们不是就明白了吗？"瞧他这弯子绕的。

骑马

从立秋开始，老婆就天天念叨着要去康西草原骑马。我由于骑马的技术不佳，一直对她推三阻四，想把此事搅黄了。

国庆节到了，老婆终于沉不住气了，拉上小赵两口子就奔了康西草原。没办法，我只好屁颠儿屁颠儿地跟着去了。

到了跑马场，老婆和小赵两口子着急，买了马票挑了马先进去了，临走时老婆还嘱咐我赶紧去追她。我想挑一匹性情温顺一点的马，耽误了不少时间。可挑来挑去，也不知哪匹好，最后还是马夫帮我挑了一匹。可谁知这匹马的性子有点烈，我刚骑上去它就叫。我本来心里就发憷，赶紧手忙脚乱地去勒缰绳，马就在原地转起圈来，说什么也不肯往前走。随后猛地一尥蹶子，把我甩了下来。我坐在地上揉着腿，再也不敢碰它了。

一个半小时以后，我见老婆等三人骑着马往这边走来，赶紧跃上马背，装作刚回来的样子。这时老婆问我："你怎么没去追我们呀？"我说："我追了半天没追上，就自己在那边骑了几十圈。"小赵睁大了眼睛说："啊？几十圈？那你怎么这么快就回来了？"我忙遮掩说："我也是刚到，刚到。"

卧铺

前几天，单位组织我们到大连疗养。由于正是假期，好多职工都要求带孩子一起去，单位都以票不好买为由拒绝了，只满足了自己带儿子过的宋姐的要求，允许她带儿子一起去。

昨天，我给宋姐送卧铺票。宋姐接过票，看了看说："我让儿子睡下铺，我睡上铺。我赶忙说："报上可说过，有一个睡下铺的小孩由于睡的太死半夜被人抱走了，您还是睡下铺，让儿子睡上铺的好。"还没容宋姐说话呢，快人快语的小赵抢着说："贼就是把宋姐抱走，也抱不走她那儿子。""为什么？""她那儿子虽然还不到十岁，可体重都 130 多斤了，贼要抱走她儿子，还不累吐了血。"

运车

周末，我开车带 6 岁的女儿去石家庄游玩。我们走的是高速公路，路面上有不少大型货车，为了赶速度，我常从大货车旁超过。一开始，女儿没在意，超的车多了，女儿发现每辆大货车上都装着七八辆小轿车，便问我是怎么回事，那些小轿车为什么不自己开，要用大货车运送。我告诉她，那些小轿车都是刚生产出来的，准备运送到车市出售。女儿点点头。一路上，我们碰上了十几辆运送小轿车的大货车，每次女儿都指给我看，给寂寞的旅途增添了些情趣。

车刚进石家庄市区，女儿又指着一辆车对我说："爸爸快看，这车还拉着宝马呢。"我往车窗外一看，忍不住笑了，告诉女儿说："这可不是运车呢，那是辆违章车，被交警的拖车拖走，准备让车主接受处罚的。"

加枕头

前两天，我们十几个人到外地出差。晚上回到宾馆，我意外发现床上竟然有两个枕头。我一下子对这家宾馆产生了好感。因为每次住宾馆，我都嫌那儿的枕头又薄又软又矮，脑袋躺上去特不舒服，每次我都是把浴巾垫在枕头下面，才勉强入睡，想不到这家宾馆真为旅客着想，一下子给了两个枕头，让我睡了个好觉。

第二天早上吃早点的时候，我发现同事小宋脖子梗梗着，跟人说话时也是先转过身子，然后再慢慢转过脖子，一看就知道是落枕了。我忙问他是怎么回事。小宋满脸痛苦地说："我最烦宾馆的矮枕头了，昨儿下午我回来早，特意嘱咐服务员给我加个枕头，可一直等到12点，也没见服务员送枕头，我给总台打电话，人家说枕头早就送了，也不知把枕头送哪儿去了，害得我只好躺着一个小薄枕头睡了一宿，脖子就变成这样了。"我一听，没敢言声，赶紧夹油条去了。

减肥石

单位组织到云台山旅游。一进红石峡，导游告诉我们，前面有两块巨石，人称"减肥石"，原因是由于巨石之间缝隙狭小，稍微胖点的人就有可能挤不过去，这也就成了该不该减肥的"试金石"。

一听导游这么说，几个稍显"丰满"的大姐都有些"闹心"，尤其是体重有一百六七十斤的胖曹，甚至有些打退堂鼓，

直向导游打听有没有绕行路线。我们就鼓励她，一定要经受住考验。

到了"减肥石"旁，我们一看，绝对没有导游说的那么悬，一般人走过去绝对没问题。于是，我们依次从"减肥石"中间穿了过去，就连胖曹也仅是侧着身子，在前后同事的"簇拥"下，"挤"过了"减肥石"。见这么容易就过来了，胖曹不无感慨地说："本来我打算回去以后减肥的，现在一看，根本用不着了。"这时导游插话了："前两年，景区刚开放时，甭说你的体重，就是我过来也费劲，现在好了，由于过的胖子多了，把石头都'撑开'了，所以你就顺利地过来了。"

满地找牙

10 月底，单位组织我们到怀柔秋游。王姐那儿天闹肚子，不想去。可她架不住 6 岁女儿小青的软磨硬泡，只好带病出征。

谁承想，刚到山脚下，王姐就坚持不住了。她浑身乏力，只好把女儿托给小李姑娘帮忙照顾。

山路崎岖、杂草丛生、碎石遍地，大家上山时都小心翼翼。小李拉着小青的手，半步不离。可就这样，还是出了差错。在上一个土坡时，小李一把没拽住，小青脚下一绊，摔了个大马趴，嘴唇嗑出了血。小李赶忙扶起小青，掏出纸巾擦小青嘴上的血。

这一擦不要紧，小李当时就吓出一身冷汗——小青的两颗门牙不见了。

小青哇哇大哭，小李也快急哭了。"这不是要我的命吗？"小李嘴上说着，赶紧蹲下来满地找牙。可地上都是小石头子，找两颗小牙谈何容易。小李找了根树杈在地上扒拉，眼睛都瞪酸了，也没找到牙。没办法，小李只好带着小青下了山。

一路上，小李心里这叫一个难受，一会儿怎么向王姐交代呀？

见到王姐，小李赶紧交代："是我没照顾好您的孩子。"一句话没说完，她的眼泪就流了下来。王姐不知出了什么事，张大嘴等着小李往下说。小李擦了把眼泪接着说："小青摔了一跤，把俩门牙嗑掉了。"还没等小李说完，王姐忙说："没关系，这没你的事，孩子正换牙呢，俩门牙都掉了十来天了。"

车牌

前两天，我带 5 岁的侄子到天津游玩。上火车前，我指着车窗旁的车牌告诉侄子："北京至天津，就是火车从北京开到天津。"侄子听后点点头。我又指着对面火车上的车牌，说："那是北京至上海的车。"侄子马上说："就是从北京开到上海。"见侄子这样聪明，我甚感欣慰。

从天津回来，我带侄子乘44路公交车回家，可侄子说什么也不肯上车。我问他为什么？他说："叔叔你看，这车牌上的俩地儿是一样的，这车根本不走。"我抬头一看，只见车牌上写着：北官厅——北官厅。

无题

上周，我们一家三口乘火车到外地游玩。由于家住得离火车站才两公里，老婆建议乘地铁去火车站。我说："你怎么这么想不开，乘地铁去火车站，仨人就得九块钱，还得跑上跑下搬行李，不如加一块钱打车，又省事，又方便。"

等坐上出租车我才感觉到形势不妙，离火车站还有一公里呢，车就走不动了，半天也挪不了几米。我心里那个急，一是时间耽误不起，二是出租车计价器都20块钱往上了。

终于在离火车站300米处下了车，我们一路小跑地往火车站里赶。等上了火车，老婆总结道："乘地铁花9块钱，既不堵车，离火车站也近；打车花了27块钱，是坐地铁的3倍，下车地点离火车站还远，多花钱不说，还让我们娘俩'助跑'了300米，真是得不偿失啊。"我听后，竟无言以对。

下铺

这几年，单位经常组织我们外出游览。可出去多少回了，我都由于"年轻"，乘火车时我都是睡上铺，偶尔睡一次中铺，我都挺满足的。

前几天，单位组织我们到山西旅游，发火车票时，负责人对我说："这次出去以青年人为主，为了让'老同志'休息好，特意给你一张下铺票，祝你玩得愉快。"活了四十多年，头一次睡下铺，让我激动了半天，心想，在火车上，我一定要早早入睡，养好精神，第二天玩个痛快。

可事与愿违，一上火车，就见单位六个年轻人坐在两边的下铺上打起了扑克，连晚饭都没顾上吃。我就一直坐在临窗的折叠椅上。晚上九点，我都困得不行了，可那六位仍兴趣盎然地玩着"斗地主"，丝毫没有住手的意思，我只好在车厢里溜达起来。直到熄灯，那六位才意犹未尽地离开了下铺，我也才终于躺到了下铺上。看着早早就躺在上、中铺的同事，我心里琢磨，回来的时候，说什么我也不要下铺了。

蚊帐

盛夏的时候，公司组织我们到北戴河避了几天暑。北戴河哪儿都好，就是蚊子太多。虽然宾馆里有蚊帐，可到那儿的头一天晚上，我还是跟蚊子过了半宿招儿才昏昏睡去。

那天晚上，我在蚊帐里刚要睡着，就听到耳边有"嗡嗡"声。一开始，我以为是蚊子在蚊帐外边叫，也没在意。直到胳膊上起了一个大包，我才意识到蚊子是在蚊帐里面。我马上起身，在蚊帐里搜索起来，直到打得手掌通红。可没睡多会儿，我又被蚊子叫醒了，于是起身再找蚊子。如此反复了四五次，我被蚊子折腾烦了，索性撩开蚊帐，在蚊帐外面睡着了。

第二天早上醒来，我发现竟没有受到蚊子的叮咬。一看蚊帐，好几只蚊子还在里面关着，等着饱餐一顿呢。嘿嘿，我明白了一个道理——越危险的地方越安全。

打电话

大年初一，我和家人去了趟北京与河北交界的天下第一城。刚到河北境内，就收到了河北移动通讯公司发来的短信，提醒我们再往北京打电话就要按长途业务收费了。

正逛着老北京微缩景园，我的手机响了，我刚问了一句对方是谁，没想到被讲解员拦住了："大哥，你在这儿接电话可按长途收费，不如去'永定门'接，那儿按北京市内收费。""啊，为接一电话我还回趟永定门？"讲解员见我一头雾水，忙解释说："忘了跟您说了，我说的'永定门'，不是北京的'永定门'，而是微缩景园里的'永定门'。由于微缩景园正建在北京与河北交界的地方，所以您在'广渠门'（现在所在地，属河北）接电话，就按长途业务收费，再往前走几十米，到'永定门'接电话，就按北京市内收费了。"您瞧她这弯子绕的。

陪聊

单位组织我们去江西旅游。临行前，领导找到我："一上当地大轿子车，你就坐到司机旁边，负责跟司机聊天，这是确保司机开车时不犯困，确保大家安全的有效方法。"

为完成领导交办的任务，火车到达目的地后，一换当地大金龙轿车，我就第一个上了车，跟司机攀谈起来。我了解到，司机姓李，九江本地人，开车15年了等等。一开始，司机还挺有耐心，我问一句，他答一句，还不时看我一眼。可车辆进山后，司机理我的次数越来越少。我以为他犯困了，就一个劲不停地跟他聊天。车走到一狭窄处，在停车让对方先行时，司机李师傅终于不耐烦了，对我大声说："你别总跟我聊天行不行，你一说话，我总得看你，出了事故谁负责？"嘿，我跟你聊天，是怕你犯困，现在倒成我影响你开车，好心当成驴肝肺了。

人生所遇和所想

俗话说的好，"智者千虑，必有一失，愚者千虑，必有一得"。在我们周围，所谓"哲人"还真是不少。人们思考了，思索了，也不见得就成了思想家，因为毕竟不是"哲人"，况且思考的深度、广度还差着十万八千里呢。可爱思考毕竟是好习惯，其中还有不少乐趣。

打工体会

开学后，女儿该上高二了。前几天一放暑假，为锻炼她接触社会的能力，我给她找了家餐馆，让她到那儿锻炼锻炼。

在餐馆锻炼的日子里，女儿一天工作近十小时，又是端盘子、扫地，又是点菜、开发票，忙得不亦乐乎。每天回到家，连话都不说了，胡乱吃口东西，就洗洗睡了。

半个月的打工生活终于结束了。那天晚上女儿一进门，就兴奋地举起半个月的打工收入——900元现金，"我也能挣工资了"。接着又感慨到：辛辛苦苦干了半个月，才挣了900元，挣钱真是太不容易了。我见她有了感触，就趁机启发她："知道挣钱不容易，你今后有什么想法？"我以为女儿会说今后再也不乱花钱了。谁知她想了一会儿，竟说："既然挣钱这么不容易，以后再花钱可得先花你们的，留着我自己的了。"

文科班

昨天，我给刚上文科班的女儿开家长会。我去的比较早，就跟旁边一位家长聊孩子的情况，由于都是闺女，聊的就比较投机。

那是一位看起来比我年长的大姐，从言语中可以看出，她对这个班的了解比我多多了。她说："本来我闺女不喜欢文科，是我给她'包办'的。""为什么呀？"我好奇地问。"这个文科班总共三十人，都是一水儿的娘子军。"我插话说："你是怕有男生，女孩子受欺负？""那倒不是，只是，只是……。""只是什么？"我不解地问。大姐嗫嚅了一阵，小声说："我那闺女去年有早恋倾向，我故意给她报了这个文科班，没有男生，就是图个踏实。"

哲理

侄子大壮虽然刚满四岁，但说出话来跟小大人似的，有时还充满了哲理。

昨天，弟弟带着大壮到我家玩。我六岁的女儿拿出好吃的招待他。侄子抓起一块威化巧克力问女儿这是什么，女儿甚感奇怪。弟弟赶忙解释说："大壮有龋齿，平时就逼着他吃菜，根本就不让他吃甜的，所以他不知那是什么。"我听后，感觉心里酸酸的，就对侄子说："今儿大大做主，你可以吃两块威化巧克力。"然后白了一眼弟弟说："我就不信吃块巧克力，就会加重孩子的病情。"只见大壮先是闻了闻巧克力，然后三口并做两口，就把巧克力吃下去了。边吃边说："真是太好吃了，大大，您说为什么我爱吃的东西毁牙，不爱吃的东西它又有营养呢？"

建筑面积

我跟几个同事到南方出差。在杭州逛西湖的时候，我问小曹姑娘来过这儿吗。小曹姑娘叹口气说："五年前，我第一次来西湖的时候，那时我的体重才八十多斤，可现在呢，没几年的工夫，一下子就超过一百斤了。"说着，又唉声叹气起来。

我见小曹姑娘挺伤感，就想安慰安慰她："你也别难过，其实你还是你，只不过前后称呼发生了一些细微的变化，打个比方说吧，你瘦的时候就好比是房子的使用面积，现在你虽说胖了点，也就是使用面积乘以了 1.333，变成房子的建筑面积了。"小曹姑娘听了，冲我翻起了白眼儿。

说外语

五一那天，我在公园门口巡视。刚站了一会儿，就看见一对外国青年男女边说着英语，边朝门口走来。

我以为他俩要出门，也没在意。谁知到了门口，他俩站住了，向门口保安问路，那小伙子张口就说："哈喽！"保安赶紧又摇头、又摆手，表示自己不会讲英语，然后指着我，意思是让外国朋友有什么事向我打听。

我是学俄语出身的，对英语一点不灵光，见状，我也赶紧摆了摆手，转身进了休息室，去找去年刚参加工作的小曹，他英语可是"六级"呀。

一进休息室，我大声叫小曹，小曹正玩游戏呢，赶紧放下手机就跟我跑了出来。来到俩老外跟前，小曹主动用英语打了招呼。谁知外国小伙子竟用纯正的北京话说："哥们儿，请问乘地铁出哪个门。"

替身

从前几年开始，每到暑期，上级单位都要组织下属单位管档案的人员到海边避暑。说来也巧，从大前年开始，每到疗养的日子，我们科管档案的小宋准有事，不是生孩子，就是孩子病了，要不就是她自己不舒服。为了不浪费疗养的名额，领导都是安排我替她"疗养"。去的次数多了，我跟其他单位管档案的同志混得都挺熟的。

上周，又到了档案人员疗养的日子，这回难得小宋没事，她就高高兴兴地去了。昨天，小宋一上班，就走到我桌前，撅着嘴对我说："你这人命儿倒挺好，档案的活儿你是一点不干，可疗养你倒一次没落，明年你这个替身还是接着当吧。"我一听小宋话里有话，赶忙问她是怎么回事。小宋不高兴地说："上火车后，带队的刚一介绍我，就有好几个人打听你的情况，觉得你没来特别遗憾，要是光打听你也就算了，那几个人还问我，是不是海东有事，你替他来疗养了，这不是倒个儿了吗？"

免费迟到

公园开年会的时候，我只抽中了三等奖。人家一二等奖都是大大的精美包装礼盒，而我手里只是个信封。一开始，我以为是现金奖励，谁知打开信封一看，没把我鼻子气歪了，只见信封里只有一张纸，上面写着：本年度您可以免费迟到20次。这叫什么奖励呀？

正郁闷呢，同事尚大姐笑嘻嘻地走过来说："兄弟，恭喜你中了三等奖。""站着说话不腰疼，您是中了头等奖，还恭喜我中了三等奖，知道什么叫'猫哭耗子——假慈悲'吗？"尚大姐打了我一巴掌，说："我正要拿我那一等奖换你这三等奖呢。""为什么？"我奇怪地问。"三等奖的奖品是'免费迟到20次'，我家住的远，保不齐总得迟到，一迟到就得扣钱，你家住的近，你又模范遵守公司劳动纪律，从来不迟到，要这三等奖也没用，不如换给我，咱俩都皆大欢喜，你说是不是。"

岗哨

前几天，我参加了为期一周的档案工作培训。由于从事档案工作的多为女性，因此，在我们那个班里女性占了95%，只有包括我在内的几位男性。男性人数少，就受女性"歧视"。

大楼共有五层，就一层和五层有洗手间。培训教室在五层，楼道里各有一个男女厕所，按说是井水不犯河水。可一到课间休息，女洗手间前便排成了长龙，而男洗手间门前则门可罗雀。于是，有人盯上了男洗手间这块"宝地"。

果然，第二天刚一下课，我正要去"方便"，却发现男洗手间门前已经布了"岗哨"。两位大姐在距门前两米处挡着，并告诉我，现在男洗手间的使用权已归女性所有。你们几个要方便，要么去一楼，要么等"岗哨"撤了才能进。您说我招谁惹谁了？唉！谁让培训班里阴盛阳衰呢！

又过了一天，我上课到早了。一看男洗手间前没有"岗哨"我想，这回不会出错了。我正要推门进去，突然门开了，吓了我一跳，从门里竟走出一位女性。门口没设岗哨她也敢进去？我正纳闷，扭头一看牌子，才发现不知谁把男厕的"男"字改成"女"字了。嘿！这回她们到名正言顺了。

又错了

　　小王是公司的专职司机。那天，经理让小王给一工厂送10箱配件，小王等车一装完，开着车就去了。到了那家工厂，车间李主任带了几个装卸工三下五除二就把车卸完了。小王关车门的时候，才突然发现配件下面的两箱山东大桃也被装卸工搬走了，那可是经理嘱咐他给上级领导送的，有心找李主任要回来，又不好意思。

　　往回开的路上，小王正琢磨这事呢，经理的电话打过来了，问他那两箱桃送去了没有。小王支吾着说："送去了。"就赶紧挂了电话。调转车头，奔了四道口水果批发市场，想买两箱本地产的桃换回那两箱山东大桃来。

　　等小王搬着两箱桃走进车间时，只见车间里的工人正聚在一堆儿吃桃呢，李主任见小王又搬着两箱桃走进来，愣了一下，马上满脸堆笑地迎上来，边接桃边说："你这人可真客气，刚送了两箱桃，我们还没吃完呢，你又送来两箱。"小王一听，真恨不得抽自己两巴掌。

眼镜

　　这几年，我一直在单位的浴池洗澡。每次洗澡前，我都把眼镜放在更衣室的长椅上。半年前单位浴池对外开放了，人一下子就多了起来。每次洗澡时，我总怕眼镜有个闪失，总想换个地方放，可更衣室除了两把长椅，就只有衣架，没有更合适的地方放眼镜了。每次听见更衣室人一多，我就赶忙从浴室探出头，提醒一句："各位师傅留点神，椅子上有眼镜。"也许是这句话起了作用，也许是大伙眼神都好，几个月了，从没出过事儿。

　　这一天，我在更衣室碰见了同事小王（他也戴眼镜），他

见我把眼镜放在长椅上，就好心地提醒我："更衣室这么多人，眼镜放椅子上可不保险，万一哪位二五眼一屁股给坐了，你还不抓瞎呀。"说着摘下眼镜给我介绍他放眼镜的窍门。在更

衣室拐角处的暖气管旁，他把一条眼镜腿儿折上，把另一条眼镜腿儿往暖气管上一挂，说："看见了吧，放在这儿绝对万无一失。"我看了大受启发，早点儿我怎么没想到呢？于是我拿起眼镜，照着他的样子把眼镜腿儿往暖气管上一挂，就听"吧嗒"一声，眼镜掉在了大理石地上，我赶忙捡起眼镜一看，俩镜片竟裂了六道纹。

发财梦

同事王博做梦都想发财。头几年他炒股，赔多赚少。后来他又玩彩票，三年搭进去两万多块钱，只中了几个末等奖。看来两条道都走不通。王博一直伺机寻找新的发财之路。

那天晚上，王博在家看报纸，一条消息深深地吸引了他。他一边看一边啧啧称道："你看人家泰森，才打了49秒的拳，就挣了五百万，还是美元！比我买彩票可强多了。"他父亲在一旁泼冷水："净瞧人家拿钱容易，拳击那活儿你干得了吗？"王博说："泰森我比不了，我可以

当挨打的埃蒂安啊。人家还挣了一百万美元呢！""人家泰森才不打你呢，就算他打你一拳，你挣的钱还不够付抢救费的呢！"父亲说。

永无宁日

上个月，同事兼哥们儿小曹生了个儿子，可把他乐坏了，赶紧找头儿请了一个月的事假，在家伺候媳妇坐月子。

昨天，小曹上班来了，我听说后，就去办公室看他。一见面，吓了我一跳。小曹不光人瘦了一圈，连眼窝也发黑了，整个人显得苍老了许多。我急忙问他是怎么回事儿。小曹叹口气说："这爹可真不是好当的，我那儿子白天睡觉，一宿却醒个五、六回，不是吃，就是拉，弄得我根本没法睡觉，一个月来，天天如此，你说，我还能'水灵'吗？"

我在安慰他几句后，以"过来人"身份对他说："孩子两岁之内，你恐怕是'永无宁日'了。"小曹打了个哈欠说："我儿子是'永无宁日'，可我是'永不瞑目'啊。"

斗智

每天中午，我跟同事小郝都要在会议室的沙发上眯一小觉。上周，会议室新添了一台液晶电视，午睡前，我都要看看法制节目。小郝睡觉特别轻，尽管我把电视调到最小声音，小郝还是嫌吵。可我看法制节目上了瘾，对小郝的意见置若罔闻。终于有一天，小郝宣布，他要采取强制措施，制止我看电视了。

前两天，我一进会议室，习惯性地打开电视，想看看法制节目。可按了半天遥控器，就是调不了台。我仔细看了看遥控器，发现后盖里面根本没有电池，我立刻明白是小郝做了手脚，便臊眉搭眼地求他把电池给我。谁知小郝根本不吃这套，闭着眼不理我。我心里这个气，出去找了半天才找着电池，结果把法制节目时间也错过了。

第二天中午，我再进会议室，发现遥控器不见了，甭问，又是小郝干的，我找遍了整个会议室，才在沙发垫下面找到了遥控器，得，节目还是没看成。

昨天上午，我在单位门口碰上了小郝，小郝抱歉地对我说："前两天对不起了，今儿中午有 NBA 直播，能把电视让给我吗？"我鼻子哼了一声，没言语。

中午，小郝一进会议室，就直奔放遥控器的抽屉，拿着遥控器就调台，可按了好儿下，电视却没反应，小郝打开遥控器后盖儿，见电池好好的，急得抓耳挠腮的。一个劲地求我："比赛都开始了，你行行好，快帮帮我吧。"我见小郝也怪可怜的，便拿出大人不记小人过的姿态说："去，把电视机接收器上的胶布揭下来就行了。"

没谱的小宋

业务室新来的小宋，做事不过脑子，处于没谱儿状态，是个典型的马大哈，常闹出笑话。

前天，小宋用免提给客户打电话，问对方是不是总机，人家说，我们单位都是直播电话，没有总机。小宋"哦"了一声，说："没有总机呀？那你给我转一下人力资源部。"

昨天，有客户打电话来，要给公司经理寄个快件，问经理名字中的"庚"（经理叫马庚义）是哪个字，小宋张嘴就来："就是甲乙丙丁"（后面是戊己庚辛）的那个'庚'。"

今天早上，小宋急着去排练春节节目，正要出门，我叫住他，说："你把昨天那个客户的电话给我，经理催着要我跟他联系呢。"小宋慌慌张张地掏出一张名片，递给我就跑了。我拿起名片一看，原来是一家经营水煮鱼餐馆的定餐卡。

轮流请瓜

一连三天，每天早晨上班的时候，我都从家门口的农贸市场挑一个二十来斤的大西瓜带到单位，为的是让同事们解解暑。

昨天中午我们十几个人吃瓜的时候，大李问我西瓜多少钱一斤，我说第一次买时一块钱一斤，第二次九毛了，第三次八毛。大李随手从兜里掏出二十块钱，递给我说："老让你一人请瓜忒不合适了，明天的瓜我请客，就是你受累再帮着买一个。"我赶紧表示没问题。这时小曹插话说，后天的瓜他出钱；小赵说大后天的瓜他买单。还有大杜、小宋等等也都表了态。我见大伙都有所表示，只有平时以"抠"著称的小杨一句话没说，还扳着手指在计算着什么，就故意逗他，问他哪天请大伙吃西瓜。小杨又认真地掰了掰手指头，若有所思地小声说："照着西瓜一天降一毛来算，再过七天，我请大伙吃西瓜的时候，就可以不用花钱了。"然后又斩钉截铁地大声说"就这么定了，第八天的瓜，我请了。"大伙一听，都气乐了。

起名

单位小钱下个月就要当爸爸了。那天吃午饭时，哥儿几个在食堂碰见了，都张罗着帮小钱未出世的孩子起个名。

小罗爱开玩笑，说："现在给孩子起名，不仅要与姓相配，还要与家庭、单位、经济收入相结合。咱们单位不景气，收入不高，干脆，你的孩子就叫'钱紧'吧。"小尚推了小罗一把，说："你盼人家点好，将来叫你们家孩子'罗锅'，你高兴吗？"小罗听了说："有什么不高兴的？将来，你们家孩子叫'尚山'，咱哥儿仨整个一句歇后语：罗锅尚（上）山——钱（前）紧。"

小钱不愿意听他俩瞎贫，就打断说："你们俩不懂，如今起名的趋势，最时髦的就是把两口子的姓加在一块，就像我，我姓钱，你们嫂子姓程，加在一起，就是'钱程'。不错吧？"大伙儿一听都说挺好。小罗接茬："那我将来找女朋友还真不能找姓郭的了。"

半天没开口的小陶说话了："要照你们这种起名法，那我倒霉透了。我们那位姓范，孩子一出生就成陶范（逃犯）了！""你倒霉？我比你加个'更'字。小夏接上了话茬："我爱人姓刘，将来要是生了孩子，那就是夏刘（下流）啊！"

拾遗补漏

/ / /

"狗熊掰棒子，掰仨丢俩"，是说人到了一定年龄，记忆力大不如前，经常丢三落四。写文章也同样，拉拉洒洒写了十几年，虽然自认为归置的差不多了，但难免还有遗漏。把那些"舅舅不亲，姥姥不爱"的，搁哪儿都不太合适的都归置到"拾遗补漏里"，再恰当不过了。

眼 巴 前 儿 那 点 事

光盘

周末，刚升职的大薛邀请我们十位小学同学到一家饭店聚餐。为表示热情，大薛一下子连凉菜带热菜点了二十来个，要不是服务员说差不多了，他还要往下点呢。

几道菜上来后，服务员就走过来给每个人夹菜。不一会儿，桌上大盘里的菜就夹空了，都转移到了每个人面前的小盘子里。然后，服务员就把桌子上的菜盘收走了。一开始，我们也没在意，以为是服务员怕后面的菜盘没地方放，要赶紧腾地方。可小盘里的菜还没吃完，后面的菜刚上桌，服务员又开始往我们面前的小盘子里夹菜，我就问她是怎么回事儿。服务员说饭店有规定，就是客人离开时桌子上不能有剩菜，必须光盘，否则扣服务员的工资。

为了节约，也为了保住服务员的工资，我们几个就使劲吃小盘子里的菜。刚吃完，服务员又开始夹菜，把大家忙的，几乎没有喘息的机会，根本顾不上聊天，光顾着低头吃菜了。

大概还剩四五道菜没上的时候，大家一个个都撑得够呛了。大赵站起来，揉着肚子，面露痛苦状，说："大薛，你去跟服务员商量商量，我们决不给她丢脸，剩下的几个菜就别给大伙夹了，找几个餐盒，我们打包带走行吗？"

急死我了

　　星期天，我到单位值班。中午 11 点，我拿起饭盆准备去食堂打饭，忽然听到隔壁办公室传来大曹的嚷嚷声："从早上 5 点到现在都 6 个小时了，也该活动活动了，就算只剩仨月了，每天也得吃饭吧，我命令你，休息俩小时再学习。"见我走进来，大曹有些不好意思，说："再过仨月，我闺女高考，可大礼拜天的，也不能一分钟不闲着，光学习呀，真是急死我了。"我一听，赶忙让大曹消消气，说这是闺女刻苦用功，边说边把大曹拉进了食堂。

　　吃完午饭，我刚进办公室，就听见大李冲着电话吼道："这都中午了，也该起床了，儿子，不到仨月，就该高考了，咱也得差不多了呀，你看人家大曹的闺女，5 点就起来读书了，不打电话都不歇会儿，你倒好，12 点了还没起床呢，真是急死我了。"说着，把电话使劲挂断了。我一看这阵势，赶紧退出了办公室。

人多请按铃

周末，我到超市购买一周的食品。楼上楼下转了半天，终于将多半车的食物推到了收银台前。

离收银台还差十来米，购物车就推不动了。七、八个收银台前，都排起了长龙，哪队也得有十多个人。由于每个人购买的物品都比较多，估计没半小时甭想交上钱。

我到收银台那边转了一圈，突然发现收银台入口处立有"如果您前面超过 4 个人排队，请按铃告诉我"的标牌。我一看，如获至宝，赶忙按响了铃声。谁知收银员像没听见一样，头都不抬，依旧扫码、收钱。我只好再次按响了铃声。这次收银员听见了，向我这边望了一眼，语速极快地说："快回去站着吧，要不你前头又站上好几位了。""那我按铃有什么用啊？"我疑惑地问。收银员立即接茬说："半小时以后，如果你前面还有四个人，我先收你的钱。"一句话，差点没噎死我。

生日

晚上，同事小曹到家串门。一进屋，小曹就掏出钱包，拿出一样东西递给 10 岁的女儿，说："听你爸说你快过生日了，这是一张蛋糕卡，算是给你的生日礼物吧。"女儿一边道谢，一边满心欢喜地接过来。

过了一会儿，小曹若有所思地对女儿说："你爸只说你快过生日了，可具体是哪天却没说，你到底是哪天过生日啊？"女儿快人快语地回答："我是 5 月 20 日的生日，我的生日跟我爸挨着，我爸是 5 月 21 日的生日，我比我爸大一天。"

租房

我把要出租的房子交给了中介。三天后，中介一小伙子打来电话，说我们家的房子太旧了，几位看房的都不太满意，建议我把房子刷一刷，四白落地的，既租的快，也能租个好价钱。我听他说得有道理，就花了 2000 多块钱买了涂料，又请了装修工人对房屋进行了彻底粉刷。四天后，房间就焕然一新了。

中介小伙子看了挺满意。临走时却说，房间是白了，可更显家具旧了，最好能换套家具。我一想也是，就去了趟家具城，花了万把元订了套浅色家具，摆进了房间。小伙子看后，夸赞了一番，说既然房间都归置好了，就事儿把厨房、卫生间也投点资，来个一步到位算了。

十天后，厨房安装了橱柜，更换了新热水器、油烟机，卫生间换了新马桶，连冰箱、洗衣机都改成名牌的了，几样下来，一万多块钱又投了进去。中介小伙子看了，点点头，表示满意，说这回你的房子有竞争力了。我心里也美美的，想早一天把房租出去，且租个好价钱。

没两天，中介小伙子打来了电话，说有一家子看上了我们家的房子，说只要答应他一个条件，明天就能签合同。"什么条件"？我迫不及待地问。"他自带家具、电器，不要你们的家具、电器，而且墙要涂成浅蓝色的。"我脑子一蒙，得，这半个月的工夫，再加上三万多块钱算是打了水漂了。

开会

中午，我靠在大李开的车上，听着音乐，一会儿，竟迷迷糊糊的睡着了。刚迷瞪着，手机铃声大作，我一激灵，猛地坐直身子，接起了电话。

对方一说话，我才知道，敢情是推销房子的。对方告诉我，如果现场看房，还有精美礼品赠送，然后又滔滔不绝地介绍起房子的好处来。我被他惊醒，还赶上这么一个电话，心里那叫一个烦，可又不好发作，就打断对方说，我正在开会，不方便接电话。没料到司机大李听到了我的"谎言"，犯起了"坏"，猛地把音量调到了最大，小小车厢内立刻被音乐声包围了。显然，对方在电话中也觉察到了什么，喂了好几声，问我开什么会这么大的动静。我没好气地回答说："我开的是音乐会。"估计能把对方鼻子气歪了。

老店

一大早，我蹬车到街上买茶叶。到了三环路上，我见一茶叶店门招牌上写着"百年老店"，始建于1893年。心想，这家店可真够老的，茶叶肯定错不了，就是它了。

等我拿着茶叶走出来时，发现茶叶店旁边一卖电动车的店铺正在举办店庆仪式，门两边摆放的花篮上写着"六年老店店庆"。我看了一愣，"六年也算老店"，太可笑了。

正琢磨呢，看见一戴着"嘉宾"胸牌的男子从店内走出，我就走过去向他请教为何旁边茶叶店都一百多年了，才称"老店"，而你这家店才开业六年，怎么也算老店。"嘉宾"看了我一眼，有些不屑地解释说："这个牌子的电动车推出才六年，我们一直经营，可说是'前无古人'，而那家茶叶店才经营一百多年，在她前面几千年前就有茶叶了，所以，是不是'老店'不应以经营时间来划分，而要以所经营商品的历史来划分。"闻听此言，我吐了吐舌头，真长学问呀。

职业换购

我跟老婆到超市购物。一转眼儿，购物车就装满了。老婆就推着车去收银台结账。

到了收银台我们才知道，购物满 398 元，加一元可换购 10 袋方便面或价值 20 元的塑料盆一个。我便和老婆商量，要不要换购一个塑料盆，回家洗衣服用。可能是我们说话声稍微大了些，让排在我们后面的一位大妈听见了，她一扒拉我们俩，对我老婆说："这儿换购的东西都是鸡肋，没什么用处，拿到家里也占地儿，最好别要。"老婆见大妈手里什么也没拿，却在我们后面排队，以为是家人拿东西去了，让大妈先排队，就说："要不咱们就听大妈的，甭换购了。"谁知大妈听罢，双手一拍说："你们要是不换购，把机会给我吧，我加一块钱买方便面。"我们正惊讶呢，只听收银员对大妈说："你今天买多少包方便面了，够开小卖部的了。"得，碰上职业换购了。

最后一位

快到中午了，我才看完病，赶紧到药房取药。中午下班前，正是取药人多的时候，每个窗口前都排着十几个人，我便在最边上一队站下来。

刚刚站定，司药员大姐打开窗口，探出身子，用手指着我，大声嚷道："你是最后一位，后面别让人再排队了。"我赶忙答应下来。

约莫过了一分多钟，一位步履蹒跚的老太太来到我身后。我赶忙告诉她，我是最后一位，让她排其他队。老太太哀求说："其他队人更多，再说我腿脚也不利落，让我站这儿得了。"我心一软，说："那您只能站我前面，我是最后一位。"老太太感激地站在了我前面。

没过五分钟，又有三位老人站在了我前面。这时，司药员大姐好像发现了问题，冲我嚷道："你怎么老让人加塞儿啊，你心眼儿倒好了，可我怎么下班啊？"我刚要解释，还没容我说话，她又嚷道："你到第一个来，这回我看你还怎么让人加塞儿？"

让座儿

前两天，办公室新来了位研究生学历的小曹。小曹虽然才二十几岁，却长了个"少白头"，整个头部黑发不超过两成。

昨天，我跟小曹乘公交车外出办事。我俩是在总站上的车，就近坐在了门口靠里的座位上。车走了几站，车厢里开始拥挤起来。我跟小曹正聊工作呢，就听售票员嚷着谁少坐会儿，给老人让个座儿。我这才注意到，门口上来一位挂拐棍的老太太。我赶忙起身，招呼老太太过来坐，谁知小曹噌一下站起来一把把我按回座位，说："您都快五十了，就踏实坐着，让老太太坐我这儿。"我还没说话呢，售票员却开口了："那位白头发的老同志，您就踏实坐着吧，让您身边的那位'黑头发'让座儿就行了。"我一听，赶紧起身让老太太坐我那儿了。

新款车

我这个人从小就喜欢车，家里大大小小的车模也攒了不少，可一看到新款车，还是有些挪不动步。

昨天下班时，我在路边突然发现了一款新式丰田汽车，汽车无论是车型、颜色，甚至包括车灯，都与众不同，真是太完美了。我要是能开上这款车，估计这辈子也没有什么遗憾了。我一边想，一边围着车欣赏起来，还掏出随身携带的数码相机，准备给车拍儿张照片，然后回家去仔细欣赏。

我端着数码相机正找角度呢，突然从对面楼群里慌慌张张地跑出一男子，一边跑还一边嚷："师傅，人在呢，别照相，别贴条（罚单），我马上就开走。"这都哪儿跟哪儿啊？

抽奖

周末一大早，我就从北三环的家中直奔南四环的"城外诚"购买家具。下楼乘电梯的时候，出门遛早儿的吴大妈主动跟我打招呼："这么早出门啊？""我去趟南四环"，我边回答边从电梯里跑了出去。

在家具城转了一天，花了一万多元订购了四五样家具。临出门，我见服务台可以抽奖，便去试试手气。可我的运气不好，抽了10张奖票（每消费千元抽一张），只抽中了5个末等奖，领回来5包卫生纸。

天擦黑时，我提着卫生纸终于赶回了家。在电梯里，我又遇上了出门遛狗的吴大妈。吴大妈看看我，好奇地问："起那么早，奔南四环，就为了买几卷卫生纸啊？"

简称

春节快到了，我们这些学金融的老同学聚会了一次。为了表达对老师的敬意，我们还特意请来了大学时的班主任王老师。

王老师虽年过七旬，但依然精神矍铄，记忆力惊人。十几年未见，我们每个人的名字他都能叫上来。问起我们的工作，我们十几个人一一做了介绍。有在"中行"的，有在"工行"的，也有在"农行"的。轮到小赵了，他自我介绍说："我目前在'北行'工作。"

王老师听了，满意地点点头，说："大家的工作都不错，也都坚守在金融战线上，只有小赵同学'出口儿'了。"小赵一脸疑惑地问："我也是在银行工作，怎么说我'出口儿'了呢？"我问他："你不是到'北航'工作了吗？""那是简称，'北行'就是'北京银行'，我们银行刚刚改的名，就是原来的'北京商业银行'。"

手机铃声

大伟在公司跑销售，几乎每晚10点钟左右公司王经理都要给他打手机布置第二天的销售任务。一天，大伟突发奇想，把王经理的来电铃声专门设置为野狼嚎叫。从那以后，每次王经理来电话，大伟屋里都会响起野狼的嚎叫声。

大伟住的是50年代的筒子楼，隔音效果不好。每天晚上，邻居小张家都会传来他两岁儿子的哭闹声，可自从大伟的手机铃声设置为野狼嚎叫声后,每次王经理一来电话,张家儿子立刻就不哭了。

前两天,王经理调走了,大伟把手机铃声改换成了进行曲。可自从大伟更换手机铃声的那晚起,小张儿子的哭闹声便止不住了,常常是半夜里扰得人不能入睡。

三天后,小张受不了了,大半夜敲响了大伟家的门,"谢谢你了,明天你还把手机铃声改回野狼嚎叫声吧,否则你我都难以睡个安稳觉了。"

本科人员

前几年,北京推销风盛行,大李所在的医院也不例外。每天一上班,推销药品、医疗器械的,甚至推销食用油的,不停地往医生办公室里钻。正常的工作秩序被扰乱了,医生们非常苦恼。

为了防止推销人员进入办公室,大李打了一张大大的告示,贴在门上,

上写"非本科人员禁止入内"。您还别说，自从贴了告示以后，推销员的身影还真少了许多。

那年冬天，大李远在农村的小舅子来医院找他，可巧大李外出办事。等大李办事回来，见小舅子正在医院门口溜达呢，便埋怨小舅子大冷天的为什么不在办公室等他，反倒在门口冻着。小舅子嗫嚅了半天，不好意思地回道："我本来想进去，可你们医院的门槛真高，那不是，门上写着：'非本科人员禁止入内'。我连高中都没毕业，所以没敢进。"

差辈儿

公司经理比我大两岁，快奔"四张"了。可由于他谢顶比较厉害，不多的几根头发也"地方支援中央"了，因此看起来他要比实际年龄大许多。小王刚到公司时曾偷偷向我打听经理今年五十几了，是不是返聘的。我把他推到没人处，告诉他经理今年才三十九岁。小王瞪大眼睛，吸了半天凉气。

前些日子，一陕西客户的家属来北京玩儿，由于是大客户，经理特别热情，专门派我带他们到北京的著名景点游玩。

晚上，经理在饭店设宴，为他们接风。酒足饭饱后，经理送他们上车回宾馆，几个人非常感谢经理的热情款待，其中一位大嫂一边说着感谢的话，一边把 4 岁的女儿拉到经理面前说："快谢谢爷爷，跟爷爷说再见。"我正纳闷呢，他们回头看见了我，那位大嫂又拉过女儿："快谢谢大哥哥带咱们玩了那么多地儿，肯定累坏了。"经理一听这话，差点没背过气去。

酷发型

周末，同事小曹理了发。周一一上班，同事们看到小曹的理了个外边一圈几乎没头发、中间头发倒挺多的时髦发型，都有些震惊。小曹是去年新来的大学生，人特老实，发型也一直是"板寸"，没想到这回却理了个"超前"发型，人们多少还有些不习惯。有人议论小曹的发型像上海滩青红帮的，有人说像摇滚乐队的。小赵早上跟小曹一块儿坐地铁上的班，他也给大家讲了早上的经历。

早上在地铁排队时，几乎每队都排了六七个人，惟独我们这队只有我和小曹。我们正纳闷呢，只见一位女青年嘴里嚼着肉夹馍，慌慌张张地从楼梯上下来，一下子就站到了小曹后面。一边吃着饭，女青年无意间看了小曹一眼，"吓"得嘴都不动了，赶紧跑到别的队排队去了。

正讲得热闹呢，经理走了近来，听了大伙儿的介绍，又仔细看了一眼小曹的发型，说："下午，让小曹跟我去讨债，我就不信追不回欠款。"

穿雨衣

昨儿晚上下班的时候，正赶上下起了小雨，我赶紧穿上雨衣骑车往家里赶。路过一家超市时，我想进去买点熟肉，就停下车，走了进去。到超市门口时，我本想脱掉雨衣，可天气挺凉的，穿着雨衣还能保点温，我就穿着雨衣进了超市。

从站在上行电梯开始，下行的顾客就不断向我证实外面是不是下雨了，没开口的也指着我，议论外面是否下雨了。一开始，我也没在意，可逛的时间长了，我突然发现本来人并不是太多的超市显得有些拥挤了，显然是顾客不愿出去"挨雨浇"，想多停留些时间。

正琢磨呢，一位戴着值班经理标牌的妇女站在了我面前，微笑着对我说："这位大哥，跟您商量一下，您能把雨衣脱了吗？""我没把雨水蹭到别人身上啊？"我有些不解。"不是因为这个，只是您穿着雨衣在超市里逛，其他顾客以为外面下起了大雨，都不肯离开超市，时间长了，顾客只进不出，非得出事不可。"

看报纸

昨天下班时，窗外突然飘起了小雨。见我直皱眉头，同事王大姐主动从柜子里拿出一把印有报纸图案的新伞，大方地说，拿去用吧。着实令我感动不已。

雨越下越大，出租车都坐满了人，没办法，只好乘公交车回家了。可到了车站一看，黑压压一片人，都打着伞在排队候车。见此情景，我也只好硬着头皮加入到候车行列，随着队伍一点一点地往前蠕动。正闲得无聊的时候，忽然觉得后面的人用手指捅了我一下。我回头一看，见那人比我高了近一头，就问他有什么事。那人嘿嘿一笑："不好意思，您能转一下身，让我看看第五版吗？"

现场气氛

前些日子，好友小宋搬到了距工人体育场仅100余米的幸福一村居住。每次体育场踢球的时候，小宋都会给我打来电话，邀请我去他家看"现场直播"。而每次我都以"在哪儿看电视还不都是一样"为由，拒绝跑二十几里地到小宋家看"直播"。

前两天，工体又有球赛，小宋再次邀请我去他家看比赛。那天一来我正好没事，二来人家邀请了好几次，再不去就不合适了。于是，我打了一辆车到了小宋家。比赛一开始，小宋就把电视伴音关闭了，我正纳闷，小宋说："一会儿你就明白了。"果不其然，没过两分钟，从体育场里传出的锣鼓声、喇叭声、呐喊声、起哄声就不绝于耳，尤其进球时的欢呼声，更是振奋人心。小宋激动得对我说："听见了吧，我从搬到这儿以后，就再也不用花钱买球票了，每次有球赛我都是在家看电视，既省钱，还能感受'现场气氛'。"我故意逗小宋说："你倒是省钱了，可我到你家的打车钱足够进工体看一场球了，合着我是花了一场看球的钱，到你家看了一场电视。"我话还没说完，就发现小宋正用三角眼瞪我呢。

闸皮

有些小贩骑车讲究实惠，车既要结实，又要能多带东西。商场卖的加重自行车他们看不上，专门爱骑用自来水管焊接的车，他们说那车"皮实"。

那车好是好，就是没闸。骑车要是遇到紧急情况，得赶紧用脚够前车轱辘，靠鞋的摩擦力将车停下。这车骑得可够悬的。

那天，我在朝内小街就遇见这么一位骑车小贩。他是收废品的，车后衣架两侧一边一个大筐，里面装的旧报纸都冒尖了。他的车在窄窄的街上摇摇晃晃，行人纷纷躲闪。骑着骑着，来到了十字路口（路口是下坡道）。他刚要通过，凑巧红灯亮了，他想干脆闯过去算了，车就顺着斜坡往下溜。

突然，他听见前边有人嚷，猛一抬头，见交警正示意他停车。他赶紧伸脚去蹭车的前轱辘，想把车停下来。谁知解放鞋的鞋带有点松，鞋刚一挨车轱辘就朝交警飞了过去。如果不是交警躲得快，就打到交警身上了。小贩一见吓坏了，赶忙跳下车，光着脚，一边推着车跑，一边给交警赔不是。交警一看他那狼狈相，忍不住乐了。他一指地上那只鞋，说："去，先把你那'闸皮'捡回来再说。"

找车

新山地车买了整整 28 天，便销声匿迹了。这是我丢的第三辆自行车。我有些不甘心，就去派出所报案。

民警听了我的叙述，努了努下巴："在那个丢车记录本儿上登个记吧。"我把近一寸后的本子从第一页翻到最后一页，竟没有一页白纸。"我登哪儿呀？""你不会写背面呀。"民警有点上火。我把本儿倒过来，当翻到多一半时，终于发现了白纸。

从派出所出来的那一瞬间，我对找车已不抱任何幻想了。

一条路走不通，就换条路走。好在丢了两辆车后，我长了记性，这辆刚丢的车，我已在三处做了记号。于是，只要上街，我走到哪儿就踅摸到哪儿。看见跟我相仿的车，总要多看上两眼。

功夫不负有心人。一个月后，在崇文门路口，我终于发现一外地

小伙子骑的车跟我丢的那辆车一模一样。

我骑车在他身后跟了二里地，在确认无误后，我紧蹬两步，把他从车上别了下来：“哥们儿，这车是你的吗？”我先发人。小伙子看了我一眼，心里明白了是怎么回事儿，可他是煮熟的鸭子——肉烂嘴不烂。“给我50块钱，车你立马推走。”“凭什么呀？”“我给你补过两回车胎！”

看报

晚上快10点了，我坐地铁往家里赶。地铁里拥挤不堪，列车行走了三站，我才等到了一个空座儿。坐下之后，我拿出报纸看起来。座位旁边一中年女士一路上哈欠连天，见我拿出报纸，眼神也往报纸上凑。我看完一版刚要翻报，无意中发现旁边那位女士还盯着报纸看，就没好意思翻报，心想，等她看完了这版再翻吧。

谁知大约两分钟过去了，旁边那位女士还“盯”着报纸瞧呢。我正觉得奇怪呢，那位女士竟传出了鼾声。我一笑，继续翻报纸。也许是翻报纸有声音，那位女士突然醒了，看了我一眼，不好意思地说：“平时在家一看报就着，今儿困了一直没睡着，刚才一看您的报，立马睡着了，真对不起，耽误您看报了。”

看房

中午吃饭的时候，我问同事小宋周末上哪儿玩了，小宋说他去看房了。我也正想买房，一听就来了兴趣，忙问他看的楼房多少钱一平方米。小宋说 6500 元一平方米。我一听就泄了气，"一听这价钱，就知道这地方肯定近不了，最少也得六环外了，即使买了房，可怎么上班啊？"

谁知小宋辩解说："你甭看这楼房价格便宜，道儿却不太远，我乘公交车从市中心的总站出发，四五站地就到了。"我忙问他乘的几路公交车，小宋告诉了我。我到网上一查，并仔细数了数，好家伙，从市中心总站出发，要 38 站才到小宋说的那个楼盘。我转身去找小宋算帐。小宋不好意思地解释说："看房那个周末我起的特别早，坐的是头班车，车上没几个人，也没人上车，司机就没站站停，只停了四、五站，就到目的地了。"我一听，真想拳击他一顿。

转圈儿睡

同事小赵家的新房刚装修完，午休的时候，我们几个哥们儿到小赵家参观新房。

参观卧室的时候，小曹见双人床的床头冲着东摆放，就建议说："按照地球磁场的原理，床头冲南摆放是比较科学的"。而小李却说："我也看过一篇科普文章，我记得那上说床头应冲北摆放。"说着，小李就跟小曹争竞起来，小赵劝了半天也没用。我见状，忙打圆场到："干脆这样吧，东西南北四个方向，你一天睡一个方向，转着圈儿睡得了。"

常温啤酒

昨儿晚上，我跟俩哥们儿到饭馆就餐。点菜的时候，哥们儿建议每人喝一瓶啤酒。我这人肠胃不好，不能吃凉的，要啤酒时，我特意叮嘱服务员啤酒要常温的，不要冰镇的。

啤酒上来后，我喝第一口时，好家伙，没把我后槽牙给激掉了，那叫一个冰凉。我赶忙把服务员叫来，问她是怎么回事。服务员辩解说："这就是常温啤酒。""那怎么比冰镇啤酒还凉啊？"我问。"我们店面狭小，啤酒箱都放在院子里，放了一个多星期了，您说能不凉吗？"我还没说话呢，她又进一步解释到："您要不能喝凉的，我给您从冰箱里拿一瓶去。""那不是更凉了吗？""冰箱里的啤酒是'热'的，一冬天了，专门存放啤酒饮料的冰箱就没通过电。"

回报

周末下班后，我乘公交车回家。车刚进二环，就堵了个一塌糊涂，10分钟了，硬是没动地方。幸亏我早有准备，一边看杂志，一边喝着饮料，好不惬意。

座位旁边是一年轻女士抱着一两岁多的男孩，一开始，男孩还算老实，一边吃零食，一边跟妈妈嬉戏。过了一会儿，男孩提出要小便。女士说再有三站地就下车了，下车后再小便。可堵车时间一长，男孩不干了，说憋不住了。女士也很为难，只好不住地安慰男孩，要他再坚持会儿。

我见男孩闹得不行，就几大口喝完饮料，把饮料瓶递给女士，让她给孩子就地解决。男孩尿完后，女士一边说着感谢的话，一边叫男孩也谢谢我。谁知男孩一把夺过饮料瓶朝我递过来，边递边说："叔叔，果汁儿，喝吧。"

挑西瓜

周末，我到超市购物。刚上二楼，我就看见水果柜台前围着不少人。走近一看，原来是在卖特价西瓜。西瓜原价一块二，现在卖八毛八，比农贸市场的西瓜还便宜，难怪有这么多人买西瓜。西瓜便宜是便宜，可就一样，瓜得自己挑，且生熟不保。

仗着我挑西瓜的娴熟经验，没两分钟就挑了满意的西瓜。刚要抱着挑好的西瓜去过秤。旁边一中年妇女一边擦汗，一边把西瓜递到我面前，说："我看你挑瓜满在行的，受累帮我掌掌眼。"我见人家这么相信我，赶忙放下手里的西瓜，帮中年妇女"掌起眼来"。中年妇女前脚刚走，一位老太太又让我帮忙给挑一个瓜，我抹不开面，又帮老太太挑起来。

这时，一位穿着入时的小姐又挤到我身边，说了声"谢谢啊"，抱起我刚挑好的那个西瓜就走。我忙说那瓜有主了。小姐冲我一乐："师傅挑的瓜，肯定错不了，我也不麻烦您帮我挑瓜了，还是您自己再挑一个吧。"嘿，她还真没拿自己当外人。

号坎

昨天，我到中关村电子城攒了一台电脑。负责组装的赵师傅站在柜台外又是装设备，又是装系统，忙得不亦乐乎。一个多小时过去了，我见还没有装完的意思，就指了指柜台里的凳子，请赵师傅拿出来让我坐会儿。赵师傅说："坐柜台外面可不行，检查人员看见要罚款的，要坐你也得坐柜台里面。"我在柜台里面落座后，赵师傅还找出一件号坎（印有电子城编号的坎肩）让我穿上。

我刚穿上号坎没两分钟，就有顾客指着我身后的一款机箱向我询问价格，我指了指赵师傅，让顾客问他。顾客不满意地说："你不是卖货的吗？怎么连价格还保密呀？"

过了一会儿，我有些内急，便起身上厕所。到了电梯口，我向一位工作人员打听厕所的位置。那位工作人员白了一眼穿着号坎的我，说："你不是也在这儿上班吗？怎么连厕所也找不着？"

忘词

去年七月，报社让我们十几个常写稿的业余作者到电视台为竞赛选手们呐喊助威，说白了就是当观众。由于只是当当观众，看看节目，也没什么任务，我就答应了。

录像那天，我们作为黄色代表队的啦啦队，每人都穿了一件报社发的黄 T 恤衫，一身轻松地坐在大厅的正中间，就等着节目开始了。

可谁知录像开始前，领队突然通知我，要我代表观众谈谈对本次节目的看法，并接受主持人的现场采访，时间一共是 2-3 分钟。

领了任务，我根本顾不上看节目了，赶紧现攒词，一边默念着一边背词，刚背得差不离了，就看见主持人手持话筒款款向我走来了。

由于平时功底还不错，再加上刚才过了几遍词，我一点也没怯场，面对话筒侃侃而谈，主持人非常满意，现场也响起了热烈地掌声。

任务完成了，我开始踏踏实实地看起了节目。眼看着节目就录完了，可录像设备却出了毛病，导演赶忙叫停。过了一会儿，导演对大家说："真对不住大伙儿，后一半的节目还得重录，主持人，再重新采访一下那位小伙子，让他把刚才的话再说一遍。""啊"！我一下子叫出了声，心里直叫苦，我早把刚才的词给忘了。

卖水

前一阵，我到郊区开了几天会。开会的人中哪个区的都有，很多人我都不认识，由此闹出了笑话。

会议的最后一天，主办者邀请我们到当地两个景点游玩。等我从第一个景点出来时，大多数人都已上了车。我连忙朝停车场走去。快走到车前时，我见一位 40 多岁的女同志拿着

几瓶矿泉水朝我走来，我以为她是当地兜售矿泉水的小贩，也就没在意。没想到"小贩"竟跟着我走。我觉得让大家等我一个人不合适，也不理她，赶紧上了客车。可她竟跟我上了车。还将一瓶矿泉水塞到了我手里。我想，这小贩胆儿也太大了，还强买强卖。当着满车的人，我嘴上一边说"我不买"，一边不耐烦的把矿泉水塞给他。"小贩"急了，大声说"我不是卖水的，我是会务组的，凡是来开会的，我都发一瓶水，怎么你就不拿着呀！"车里的人哄堂大笑，我这才知道闹了误会，赶紧臊眉耷眼地拿水坐进了位子。

适得其反

张老师从班长口中得知，班里有几名学生的家长嗜酒如命，每次喝醉后，不是惹事就是打孩子。张老师听了非常着急，便在班上发起了"我为父亲进一言"活动，想通过孩子给家长写信等形式帮助家长戒掉酗酒的坏毛病。

为了让学生更直观地了解到酒精对人体的危害，班会的时候，张老师还特意用酒杯装了二两白酒并带了几只小肉虫子。她用镊子夹起一只肉虫子对同学们说："现在我把它放进白酒里，你们猜它会怎么样？"只见肉虫子在白酒里蹬了几下腿，便一命呜呼了。张老师趁热打铁地启发大家说："你们谁知道这个实验说明了什么？"一个男孩自信地站起来说："这个实验说明只要喝了白酒，就能杀死肚子里的蛔虫。"

专利产品

最近家里闹蟑螂，厨房、厕所，甚至卧室频频出现它的身影。我先后用蟑螂药、粘板等五六种方法，可结果都不令人满意。

上个周末，我下班回家的路上，见街边一小店门前热闹非凡。我凑近一看，见一小贩正极力推销一种灭蟑器。他一边将装有十几只蟑螂的灭蟑器给大家展示，一边口若悬河地介绍："这是专利产品，灭蟑效果极佳，一个晚上就能抓几十只蟑螂。"我仔细看了一下，灭蟑器是一个三层塑料盒，在中间放上诱饵，外层四个角留有进口。蟑螂进入后，进口里面的薄铝片便会把进口挡住，使蟑螂有进无回。

　　我见那灭蟑器设计还算合理，再加上多人购买的从众心理，我也毫不犹豫地花 50 元买了一个。

　　回到家，我按小贩的嘱咐在灭蟑器里层放了一大块饼干。第二天早上一看，灭蟑器里一只蟑螂都没有。我想，可能是饼干甜度不够，不足以吸引蟑螂，便换了一块奶油蛋糕，谁知还是一只蟑螂也没抓住。第三天，我放了一块奶酪，可结果还是跟前两天一样。一气之下，我拿着灭蟑器去找小贩理论。

　　还真让我找到他了。一见小贩，我劈头盖脸地一通发问，小贩说了实话："大哥，这灭蟑器根本就抓不住蟑螂。""那怎么还有那么多人买？""那是我雇的托儿。""那灭蟑器里的蟑螂是怎么回事？""那是我抓了放进去的。""你不是说这是'专利产品'吗？""就我一人能'抓住'蟑螂，你们都不能，这不是'专利产品'吗？"

有效监督

　　大李下岗后，经朋友介绍，当上了一名交通协管员，在路口维持非机动车的秩序。

　　大李负责的那个路口自行车流量大，人们遵守交通法规的意识淡薄，闯红灯，越线停车，与机动车争道抢行的现象比比皆是。每天大李都嚷得口干舌燥，累个贼死，也没把那个路口的交通秩序维护好。那次评比，大李负责的路口还被挂上了"交通违章严重"的"黄牌"。

回到家里，气得大李半宿没睡着觉，冥思苦想地寻找解决问题的办法。终于，一条妙计开始在大李脑中盘旋。

第二天，大李负责的路口交通秩序大为改观。一上午，几乎没出现交通违章的情况。有几个小伙子刚要闯红灯，旁边一小伙子赶忙提醒说："小心，有电视台记者摄像呢。"大李一听，心里这个乐。那不过是请弟弟扛着儿子小时候玩的塑料摄像机帮了哥哥一个忙。

保镖

同事老赵乔迁新居，我们哥儿个都去贺喜。一进门，老赵又是沏茶，又是拿水果，还把他 20 岁的儿子介绍给大家。我们一看老赵的儿子，长得还行，可就是太瘦。1 米 78 的大个子，体重却超不过 100 斤。我问他在哪儿上班，小赵说是给一私企老板当保镖。我们哥儿个一听，差点笑出声来。就您这小鸡子似的，人家一拳能把你打到南头去，还能当保镖？可碍于情面，我们谁也没好意思笑出来。我们就问小赵，你是不是会武功啊？小赵回答更是令我们吃惊："我从小体弱多病，手无缚鸡之力，哪会什么武功啊？"我们听了一头雾水，

这就怪了，你这么瘦，又不会武功，怎么想也跟电影里块大膘肥的保镖联系不起来呀。

老赵见我们不理解，笑着解释说："那个私企老板以前也雇了个长得特壮的保镖，可恶虎也架不住群狼，由于经济纠纷，老板被人家打过两次，保镖没起什么作用，老板一怒之下，把壮保镖给辞了，换了我儿子。对方一看我儿子这么瘦，竟当上了保镖，肯定身怀绝技，所以再也没敢滋过事。"

脂肪肝

前两天，单位组织我们体检。到医院抽了一管儿血后，我走进了 B 超室。

做 B 超时，60 来岁的女大夫检查完，说我有中度脂肪肝，然后问我喝酒吗，我摇摇头。又问我体重多少，我说一百三十多斤。大夫按了按我的肚子，说："不喝酒，体重不超标，肚子也不大，得了中度脂肪肝真是有点冤。"

接着，她话锋一转，问我是不是有不好的生活习惯。我坦诚相告，一是爱吃肉，二是不爱运动。大夫一听，先是说了脂肪肝的危害，又问我今后怎么办。我说："管住嘴，迈开腿呗。"大夫一听，说："敢情你都明白呀，就是不做是不是，要这么说，你这脂肪肝得的一点也不冤枉，简直是咎由自取，罪有应得。"

跋

人人都有梦想，我最大的梦想就是有机会把近年来撰写的文字结集成书，为自己或读者留下点什么，既不虚度此生，也为社会做些贡献。

2001年5月18日，《京华时报》创刊，而《胡同》版以身边短小精悍的故事，不拘一格的风格，以及浓浓的京味深深地吸引了我。读了几天，我也不禁手痒起来，为《京华时报》投出了稿件。稿件在编辑修改后，没几日，便见了报。从此，我便一发而不可收。十四年来，我共为《胡同》版撰写了近七百篇稿件，刊登五百余篇，成为《胡同》版"元老写手"。本书收集的四百余篇稿件，笔者在原有基础上，"与时俱进"，进行了再创作，再修改。当然，虽然本人殚精竭虑，可由于才疏学浅，不免会有不到之处，望读者指正。

本书结集出版历时近五年，烦劳舒乙老先生为拙作做了序，书法家良肇新老先生题写了书名，邓晗薇女士、周子璇女士为本书绘制了漫画，张璐昊先生为本人勾描了肖像，特别是王斌先生、刘大丽女士、李晓丹女士、胡晓女士、《京华时报》张莉丽编辑以及家人等为本书的出版跑前跑后，操了不少心，受了不少累，在此一并感谢。今后，我将以更优秀的作品回报他们。

笔者于北海公园